宋如珊　主編
現當代華文文學研究叢書

從程長庚到梅蘭芳
——晚近京師戲曲的輝煌

么書儀　著

秀威資訊・台北

目次

前言

戲曲從一開始就是一種民間娛樂，生長力很強也很脆弱。沒人管它的時候它能夠土生土長開花結果，受到支持就可以枝繁葉茂、繁榮昌盛，遇到政令的干預就會日漸凋敝枯萎滅亡。

元代戲曲很興旺，單單是元雜劇劇本就有一百六十多個流傳至今，興旺的主要原因還是因為蒙古政權很少過問。

明代戲曲很發達，發達的原因和明代的文人雅士鍾情戲曲、有錢的達官貴人都蓄養家班栽培扶植有關係，家班的主人買童伶、雇樂師、聘教習，甚至於自家寫劇本、做導演……所以傳奇劇本發達得文辭典雅帶著書卷氣，南曲歌唱流麗悠遠，舞臺表演婀娜多姿。明代政權也不干預戲曲上的事情，對於高官富戶的家班和民間的戲班子都不管。

清代戲曲更加繁盛，繁盛的重要原因是清代的帝王個個都愛好戲曲、參與戲曲，他們的愛好和參與直接的引領和支撐了戲曲的發展，鼓勵了戲曲走向繁榮和鼎盛。

從清初到晚清，京師的俗間戲曲按照自己的發展規律經歷了崑弋進宮、京腔走紅、秦腔爭勝、徽班進京、花雅易位、京劇成形等等過程，這些過程都與皇家劇團和宮廷戲曲演出有著互為表裏的關聯。

晚清時候，戲曲的進一步商業化更加激勵了京劇的鼎盛（或者叫做畸形發展），具體表現就是：南城大柵欄的戲園子天天對棚演戲，唱戲從「家有三斗糧，不進梨園行」變為一個看好的職業，眾多的從業名伶技藝超凡脫俗，一批名伶的社會地位從「下九流」上升到成為追逐和模仿的對象，看戲成為時尚消費並且席捲了整個社會，包括滿族人在內的票友成批出現，他們帶領著由各個階層的人員組成的一大批追星族。

晚清以降，民間戲班子各個行當都出現了一批技藝出眾的名伶，內廷供奉、前後「三鼎甲」、四大名旦、四小名旦、四大鬚生都曾經是一個時期的流行語，而諸多的名伶如：程長庚、余三勝、張二奎、譚鑫培、孫菊仙、汪桂芬、喬蕙蘭、穆長壽、時小福、楊月樓、王桂花、陳德霖、余玉琴、王長林、田際雲、王瑤卿、龔雲普、楊小樓、王鳳卿、梅蘭芳等等名伶和他們的事蹟，都曾經是京師百姓耳熟能詳的故事。

這裏所說的「晚清以降」，包括了從道光到光緒再延續到二十世紀二三十年代京劇的全盛時期。

京劇在文學史上是文學，在戲曲史上是藝術，在社會生活中是娛樂、是消費，它在不同的場合都曾經異彩紛呈，就像是一個多稜鏡，從不同的角度，以不同的方式折射出色彩繽紛的光譜，顯示出燦爛的光輝。

而今，當京劇以「文學」和「藝術」的「大雅」身份在文學史上和戲曲史上沉積下來的時候，它的作為娛樂品和消費品的「大俗」存在方式卻已經香消玉殞，無處追尋。

以世眼觀，無雅不俗，以法眼觀，無俗不雅——京劇既是大俗，也是大雅。

面對京劇鼎盛局面的逝去，雅人說是：原來姹紫嫣紅開遍，似這般都付與斷井頹垣，良辰美景奈何天，賞心樂事誰家院……

俗人說是：時尚土風朝暮改，年年滄海變桑田……

在與京劇共生的「老北京」逝去之後，無論「振興」還是「弘揚」都會變成癡人說夢。

二〇〇八年一月末於藍旗營

第一章　清代京師的戲曲與宮廷

清代京師北京，在唐虞時名為幽州，沿革過程之中曾用名很多：冀州、薊、燕、廣陽、涿郡、范陽、燕京、析津、中都、大都、北平……都是。

明代的「燕京」，開國時稱「北平」，後來稱為「北京」，永樂十九年正式成為都城。嘉靖三十二年，於九城之南，前三門（正陽門、宣武門、崇文門）之外，築「重城」包京城南一面，轉抱東西角樓止，重城的修築，使原本四方形的北京城，變成了「凸」字形。這重城就是明代的「外城」，也叫做「南城」。

清代繼遼、金、元、明之後，亦定鼎於北京，不僅城垣建置、九門之名一仍其舊，而且連京師的名稱也沿用明代——仍然叫做北京，《大清一統志》說得清楚：

> 京城周四十里，高三丈五尺五寸。門九：南曰正陽，南之左曰崇文，南之右曰宣武，北之東曰安定，北之西曰德勝，東之北曰東直，東之南曰朝陽，西之北曰西直，西之南曰阜城。明永樂七年為北京城，十九年乃拓其城。本朝鼎建以來，修整壯麗，其九門之名則仍舊焉。
>
> 外城包京城南面，轉抱東西角樓，計長二十八里，高二丈，亦曰外羅城。門七：南曰永定，曰左安，曰右安，東曰廣渠，西曰廣寧，在東西隅而北向者，東曰東便，西曰西便。

這裏需要說明的是：古代敘述方位左、右的時候，都是以紫禁城的金鑾殿為座標的，所以前門東邊的崇文門在左，西邊的宣武門在右，左安門在東，右安門在西。

京城「九門」和外城「七門」的名稱，在民間還有約定俗成，老百姓把朝陽門還叫齊化門，那可是元朝留下來的舊名字，其他管阜成門叫平則門，宣武門叫順治門，正陽門叫前門，崇文門叫哈德門，廣渠門叫砂鍋門或者沙窩門，左安門叫江擦門，右安門叫南西門，廣安門叫做廣寧門或者彰義門。

清代京師的「京城」也叫「內城」，由八旗駐防「拱衛皇居」。《八旗通志》說是：

> 鑲黃居安定門內，正黃居德勝門內，並在北方。正白居東直門內，鑲白居朝陽門內，並在東方。正紅居西直門內，鑲紅居阜成門內，並在西方。正藍居崇文門內，鑲藍居宣武門內，並在南方。蓋八旗方位相勝之義，以之行師，則整齊紀律，以之建國，則鞏固屏藩，誠振古以來所未有者也。

也就是說，按照這樣的方位佈置八旗軍隊，可以攻無不克、戰無不勝。

清兵定鼎北京以後，多爾袞首先用地毯式轟炸的辦法清理了北京城：皇帝住進皇城，八旗軍隊駐紮內城，而內城的漢族人在三天之內全部遷往外城（見北京大學歷史系編《北京史》增訂版）……這一名為「滿漢分居」的政策，是滿清貴族在京畿實行「圈佔」房屋和土地行為的根據。

域外的歷史學家唐德剛在《晚清七十年》中說是：

> ……西元一六六四年，當那位不祥的人物吳三桂，引清兵入關時，全部清兵一共只有「八旗」六萬人……那時中國本部十八行省人口上億（十足人口）……

入關的八旗官兵人數六萬，面對的卻是一億漢族臣民啊——滿清的君主從一開始就把滿人和漢人分開居住，可能主要是出於「管理」和「提防」的考慮。

清代的「外城」，老百姓叫「南城」，由於京師內、外城的居民成分不同，因而分工、職能也不同，內城住著滿族統治集團和他們的下屬（帝王、貴族、官僚、地主、書吏、太監、差役）以及他們的保衛者——八旗官兵；而「外城」則聚集了漢官、漢人士紳、文士、商戶、工匠等等。也就是說，「內城」有全國最大量的寄生者，而「外城」則主要是內城居民的「後勤」，他們負責維持著整個都城的運轉。

善於商業構想的漢族人，在不太長的時間裏，就完善了南城的建設，使北京南城成為了京師的商業和娛樂中心。

南城成為整個城市糧食、蔬菜，旁及日用百貨的集散地，每天忙碌無暇。

南城成為商賈雲集、店鋪如林的處所，行人如梭，車馬如龍。

南城成為飲食聖地，從滿漢全席到茶樓茶館，豐儉齊備。

南城成為娛樂、休閒場所的集中地：聽戲、打茶圍、走票、看雜耍……應有盡有。

這種情況一直繼續到晚清以至二十世紀二三十年代，而清代戲曲的繁榮鼎盛，就發生在這一時期。

清代戲曲的繁榮，呈現出一種與元雜劇、明傳奇完全不同的方式：戲曲席捲了整個社會的各個階層：帝王皇族、高官顯宦、書生舉子、商賈豪客、平民百姓、三教九流……戲曲在幾乎是整個清代都帶有「流行」和「時尚」的意味，無數的漢族人和滿族人，為了聽戲、學戲和票戲，投入了不可思議的興致、精力和財力。

清代從順治到光緒，九位帝王，再加上西太后，無一例外都是戲曲的愛好者，他們的愛好，使得清代宮廷的戲曲演出熱烈、持久而且花樣翻新，而宮廷戲曲的排場和熱烈，影響和提升了戲曲在民間的地位，鼓勵了民間的戲曲演出經久不衰地保持著繁榮昌盛。

如果從宮廷演戲的發達來看戲曲發展的脈絡：清代的順、康、雍三朝，可以稱做是清代戲曲的「醞釀期」。乾、嘉、道、咸時期可以視為清代戲曲的「高潮期」和「變革期」。而同、光（包括西太后）時代，則可以說是以宮廷演戲為中心的清代戲曲的「全盛期」了。

第一節　清代戲曲的醞釀期

順治皇帝雖然有過愛好戲曲和降旨修改曲本的行為，可是仔細清點一下清代帝王對於宮廷演戲制度建設的貢獻，應該說還是要數康熙名列前茅。

康熙皇帝不僅首創了「南巡」盛事，而且「南巡」回京時還從南方帶回了優美時尚的崑山腔和弋陽腔、由此確立了崑、弋兩腔為宮廷戲曲的正宗。

管理宮廷演戲事宜同時也是宮廷劇團的「南府」和「景山」兩大機構建立於康熙朝，他不僅成立了宮廷劇團，建立了宮廷演戲制度，而且開創了從南方挑選伶人和教習的先例，蘇州織造李煦曾有奏摺上奏從蘇州挑選女子弋腔班送進京城的有關事宜，這一奏摺存留至今……康熙精通音律，而且還饒有興趣地下旨修改過《西遊記》……這些在文獻和檔案裏都有記載。

現存故宮博物院的巨幅長卷《康熙帝六旬萬壽圖》是他在慶祝自己六十整壽的時候，以慶壽為由，開啟戲曲進京會演的方式和先例。

圖長三八・二八五米，宮廷畫家冷枚、徐玫、顧天駿、金昆、鄒文玉等，用細描重彩，對當時規模盛大的慶祝活動做了紀實性的描繪：從紫禁城神武門逶迤向西，直至西直門，大道兩旁張燈結綵、錦坊彩棚鱗次櫛比、亭臺樓閣店鋪林立、百官黎庶熙攘擁擠……而引起後世戲曲研究者注意的是：戲臺高築、百戲雜陳。

有人仔細地清點過：畫卷之上有四十多座戲臺正在上演，根據戲臺上面的道具、人物、穿著、打扮可以辨認出，當時正在上演的劇目有《白兔記》、《西廂記》、《金貂記》、《安天會》、《浣紗記》、《單刀會》、《邯鄲夢》、《玉簪記》中的折子戲。這些從元朝和明朝流傳下來的傳奇、雜劇中的優秀作品，應當是康熙年間民間的流行，也應當是在清宮上演過和被肯定過的劇目。

雍正是第二個對於宮廷演戲建設有貢獻的帝王。

雍正為皇子時，曾為恭祝父皇的壽誕，親自參與編寫賀壽的節目，這個劇後來作為賀壽獻戲的樣板，到乾隆時期還曾經拿出來上演。由此開始，皇帝參加劇目修編的傳統，一直繼續到西太后主持改編《昭代簫韶》。

而且，在他的主持下，清代第一座三層大戲樓——圓明園同樂園中的清音閣戲樓於雍正四年竣工，而這個三層大戲樓應當是體現了雍正皇帝對於未來的宮廷大戲的設想。

經過順治、康熙、雍正三朝熱心於宮廷戲曲制度建設的皇帝近百年的努力，皇室劇團和宮廷演出的各個方面都趨於成熟和完善。下一屆皇帝只要在父、祖多年經營的基礎上再出一把力，就可以水到渠成地促成清代宮廷戲曲演出的繁盛局面，而好大喜功的乾隆，恰好就是成就這一契機的極好人選。

第二節　清代戲曲的高潮期和變革期

乾隆皇帝對於戲曲可以稱做是嗜好，他在位的六十年間，曾經親自下達和支持實施了不少與戲曲的發展相關的政令，而這些政令對於奠定清代戲曲繁盛和釀成清代第一次戲曲高潮都可以說是起到了決定性的作用。

乾隆皇帝在位期間進一步擴展和實踐了雍正皇帝對於宮廷大戲的設想，他下令在京城和行宮建造了很多各種規模的戲臺，擴展了皇家劇團（南府、景山）的規模，建立了完善宮廷和行宮的演戲制度，指派詞臣編寫「節戲」和「宮廷大戲」，在揚州組織官修戲曲，把審查和改定全國的劇本作為纂修《四庫全書》的組成部分，他還仿效康熙的樣子用慶祝皇太后的「慈壽」和自己的「萬壽」的機會鼓勵全國各地戲曲的進京會演。他把前幾代帝王對宮廷演劇的理想，加以實現並且發揮到極致，實現了以宮廷戲曲演出為主要推動力和表徵的清代第一次戲曲高潮。

漫長而且轟轟烈烈的乾隆時代使嘉慶皇帝一生都籠罩在父親的陰影之中，父親所取得的輝煌，他永遠也達不到，他三十七歲即位，卻是直到四十歲乾隆死去之後才算是真正掌權。他繼承父親留下的一切，包括那不再能使皇室成員感到興奮的宮廷劇團的陳舊演出，已經不再是大清帝國向諸外番屬國炫耀窗口的大而無當的皇家劇團，以及崑弋「雅部」已經落後於當時的民間舞臺而失去了活力的事實。

從有關的宮廷檔案的「縫隙」間我們可以發現，極盛難繼的嘉慶在執政的二十一年中，不事聲張地將劇團民籍伶人裁減了一半，也悄悄地把時尚的「侉戲」亂彈引入了宮內。

嘉慶之後的道光皇帝，大刀闊斧地對於清代宮廷劇團的改革是實質性的。第一，他撤銷了南府、景山兩大機構，降低了取而代之的昇平署的級別。第二，他使宮廷演劇的規模縮小和從簡，取消了部分全國性的獻戲活動。雖然不能說完全破壞，至少是相當程度拆解了乾隆時期確立的演劇規模和體制。

在我看來，這些變革表現了嘉慶時期已經開始的、父子兩代皇帝的共同謀略。從清代宮廷戲曲的存在情況來看也可以說，嘉慶是一個時代的結束，道光則是另一個時代的開始。

出現這些情況的根本原因還在於，戲曲史上「崑亂易位」狀況的發生，影響所及動搖了崑弋的權威地位，並且對於宮廷演劇帶來衝擊。道光皇帝的作為，不論從原因還是從結果上說，都是削弱和動搖了崑弋在皇宮中權威地位的根本。

道光皇帝比嘉慶有決斷，他對戲曲有更大的興趣，也更有藝術鑑賞力。自道光七年至宣統三年，正是崑腔、弋腔逐漸衰退，而徽班的亂彈逐漸興盛以至成熟的時期。所以，道光裁撤以崑弋為主要演出劇目的皇室劇團的這一變革，實際上是與戲曲史上「崑亂易位」的過程同步。

咸豐皇帝又是一個實質上的宮廷戲曲變革者，在咸豐十年英法聯軍攻佔天津（庚申之變）國難當頭的日子裏，咸豐帝從八月初八日「駕幸熱河」起，至第二年七月十七日「駕鶴西歸」止，在不到一年的時間裏，熱河行宮共演出崑弋、亂彈劇三百二十餘齣。這是清宮演劇史上最瘋狂、最熱烈的一頁，也是昇平署中二百餘名伶顯示出驚人活力的一幕。

趕到熱河為咸豐皇帝演出的並非是宮廷劇團的全班人馬，取代了宮廷劇團的二百餘名伶絕大多數是從京城名班就近遴選的優秀伶人，這一新的宮廷戲劇演出機制的嘗試，雖然由於咸豐的駕崩而宣告中斷，然而，他的改革舉措對後來宮廷戲曲演出的示範作用卻是不可忽視的，這個方式的三大優點顯而易見：

第一是動作快、效率高。

清代前中期宮廷內外的戲曲演出均以崑弋兩腔為正統，宮廷劇團的名演員、名教習、名隨手（樂隊及後臺勤雜人員），甚至樂器都要從江南運送至京城，入選的演員多半在十二三歲，長途跋涉、水土改變、進宮當差的禮儀訓練，再加上技藝上的培訓……沒有幾年的工夫上不了臺。而咸豐從京城之內的名班選擇正在臺上走紅的名演員入宮承差，進宮時每人都帶著擅演的戲目，上午受命下午就可以上臺，這真是省了幾多的麻煩。

第二是節省資金。

始於康熙南府時代的南方民籍學生待遇優厚，新選入宮的學生，入京前由江南織造統一發給北方的禦寒衣物、生活用品及置辦零星物品的銀兩。到達京城以後，與家鄉的書信往來、銀錢、用品、食物的傳運，都由織造便船隨時遞送。民籍學生在京城站住腳跟以後，就由南府安排住房，家眷也會逐漸接到京城。教習和演員一門幾代傳下去，吃、住都由國家解決，病故之後，織造的便船還要將靈柩運回南方進行安葬……生老病死，諸事多多。

授藝教習每月有四兩至四兩五錢銀子的「月俸」，有頂戴的伶人會有相應的六品、七品、八品職官待遇，學生也都有規定的待遇，所需的錢銀就更多了。嘉慶時，一般教習學生的俸銀大多數定在二兩至二兩五。道光七年以後，昇平署人員裁至百人，每年支出的錢糧便只有二千兩了。

王芷章《清昇平署志略》中說：「全南府人數確額，雖亦在不可知之列，論其大概，要自不下一千四五百之譜。」如果假設乾隆時期，教習的月俸不低於康熙時代，人數按十至十五倍翻上去計算，乾隆時代南府、景山兩大機構，每年的開支應當是白銀四至六萬兩。

這樣看來，咸豐皇帝在京城就地取材進宮承應演出的方法，真是又經濟又便利的法子。

第三是有利於追趕俗間戲曲演出的時尚。

乾隆皇帝建立皇家劇團的初衷在於表示其權威性，指令詞臣編寫承應戲，意在保證藝術品味的上乘，從崑弋的故鄉選取教習和伶人，意在網羅崑弋的經典表演和劇目。然而他卻沒有意識到，戲曲從一開始就是一種藝術消費品、一種與都市經濟和生活方式共生的通俗文藝形式，它的生命力在於與鄉鎮、城市俗間觀眾的互動關係所形成的流動和更新的機制。當皇家劇團顯現了它的規模氣派的同時，封閉和停滯也同時發生，與民間演劇所具有的活力相比，它的優勢也逐漸失去，以致變得陳舊而且僵化。

與俗間戲曲相比，乾隆中期以後，民間演劇的熱點開始從崑弋向亂彈轉移，戲曲中心地域也從南方北移到京師。京城之內演劇發生的崑弋之變、花雅之爭、以高腔、秦腔、亂彈競勝爭妍為推動力的演劇高潮的不斷變易，經典劇目的不斷刷新，都使俗間戲曲演出代替宮廷而成為時尚的引領。相對而言，宮廷演劇的優勢已不復存在，咸豐從民間的名班直接調演名劇，是最直接、最有效的追逐時尚之路。

如下的數字或許可以證明咸豐時期宮廷對俗間戲曲的傾心：咸豐在熱河期間由昇平署主持演出的三百二十齣戲中，有一百齣亂彈戲。而這一百齣戲中有二十五齣是在《都門紀略中的戲曲史料》統計中，道光二十五年時三慶、春臺、四喜、和春、嵩祝、新興金鈺、雙和、大景和，八個戲班的名演員的「拿手戲」（代表作），有二十齣是直至同治三年還名列三慶、春臺、四喜、嵩祝成、久和、小福勝、萬順和，七個戲班的名演員的「拿手戲」，這四十五齣戲應該算是當時俗間正在走紅和將要走紅劇目中的精粹。

因為周明泰《道咸以來梨園繫年小錄》「道光四年甲申」目下記載著：「退庵居士藏舊戲目一冊，係道光四年慶升平班領班人沈翠香所有之物。」戲目共二百七十齣，可見道光年間的戲曲名班至少也要能演出二三百齣戲，才能在社會上站住腳跟。由此也可以推斷：《都門紀略中的戲曲史料》道光二十五年列出的八十七齣戲目中，所涉及的八個戲班，和同治三年列出的一百七十一齣戲目中所涉及的七個戲班，可以演出的戲目至少應在千種以上，而「八十七齣」和「一百七十一齣」都只是主要演員最主要的代表作。因此，我們完全可以相信，咸豐在熱河傾情觀看的一百齣亂彈戲，都是當時民間最著名的演員演出的最走紅的流行劇目。

應該可以說，咸豐對於宮廷演劇制度的新構想已經付諸實踐，「崑亂易位」在宮廷演劇中也已經完成，而實際上在道光、咸豐時期，宮廷演劇制度的變化應該是與民間京劇的形成、走紅相為表裏。

第三節　清代戲曲的全盛期

在同治二年，咸豐帝服期已滿的七月二十二日，「由內閣抄出」的兩宮皇太后「懿旨」宣佈：「咸豐十年所傳民籍人等著永遠裁革。欽此。」遣散了所有「外學」名伶之後的內廷演劇，又恢復了節制的狀態，只在節令演獻戲、宴戲和點綴幾場必不可少的承應戲，仍然由原昇平署演戲的太監擔任，所演之戲亦仍舊以弋腔、崑腔為主，同治在位的十三年中，清廷演劇這樣的清減狀態應當是與慈安太后主政相關。

根據今存檔案可以知道，東太后服期過後的光緒九年開始，宮中恢復了高密度的演戲狀態，從光緒十九年開始，西太后開始頻頻傳入民間戲班整班進宮演戲，這也是對咸豐思路的發揚光大。當時在民間走紅的戲班子三慶、四喜、雙奎、雙合、春臺、福壽、小丹桂、小天仙、同春、廣和成、玉成、寶勝和、義順和、萬順奎、萬順和、永勝奎、吉利、全勝和、太平和、鴻順和等等二黃班和梆子班，都有過全班被傳進宮「供奉內廷」的榮幸，然而他們沒有「供奉」的頭銜，也沒有「俸米」可吃，和營業演出的不同，只是那收入叫做「賞金」。

傳民間戲班進宮演戲的做法截止到庚子變亂，庚子為光緒二十六年（一九〇〇），之後的宮廷演劇又恢復到光緒十九年以前的狀況，主要由昇平署和「內廷供奉」擔當，「兩宮回鑾」（指庚子變亂時，西太后和光緒出京避難之後的回京）之後，民籍教習仍然照常供奉，不再傳叫外班。

事實上，從光緒九年開始的宮廷演劇演藝人員由內廷供奉擔當的構成和方式，已經與乾隆時代大不相同——內廷供奉不是專職而是流動的，他們同時供職於宮廷和民間；演出劇目是變化的，主要是在民間流行的走紅劇目；這些演員一直保持在五六十至八九十名，加上「隨手」（後臺勤雜及樂隊）八九十人和「斛斗人」（專門翻跟斗）五六十人左右，內廷供奉的人數雖然只是民間劇團的二倍（當時的民間戲班子人數大約是一百人左右），但陣容卻非任何一個民間劇團可以相比——當時民間即使像三慶、四喜這樣的名班大班，也是各行當只有一二至三五個名伶，每個戲班能演劇目有二三百齣戲，常演劇目不過數十齣至百齣左右而已。可內廷供奉個個都是名伶，所能搬演的劇目總數遠遠超過任何一個民間戲班。

今存的《昇平署劇本目錄》近四百種，這四百種劇目都是經過供奉們的篩選，寫出本子交到昇平署，經過檢查之後沒有違礙者，被允許在宮廷上演的劇目。而實際上他們能演的劇目遠遠不止此數，進入宮廷承應演戲的民間名伶，把民間劇團的拿手戲和流行的新戲都帶入了宮廷。

從咸豐十年開始實行的，民籍學生被傳差進宮承應演戲唱完退出，對民籍學生留在宮內當差「不必勉強，亦不准勒派」的新規矩，給了名伶自己選擇的機會，也從根本上改變了南府時代的民間藝人，一入皇門便終身或幾代人與世隔絕的常規，開始了昇平署在管理上的「開放」。

這種制度到了西太后時代，「開放」的幅度越來越大，流動於宮牆內外的內廷供奉取代了皇家劇團的權威地位，原來的皇家劇團極度萎縮成為南府以來舊例的遺存，在很長的一段時間裏，內廷供奉、皇家劇團與西太后的「普天同慶」太監科班的三足鼎立，成為宮廷演劇的主體。

從光緒九年開始，西太后以「戲迷」和「票友」的熱情和帝王的身份，對於宮廷戲曲演出經營了整整二十五年，應當說，她在建立新的宮廷演劇制度，促成京城京劇鼎盛局面的出現上起到了至關重要的推動作用……

實際上，是清代的帝王們引領著戲曲，成為整個京城的興奮點和談論中心，造就了晚清至二十世紀二三十年代京師戲曲的輝煌時代。

第二章　徽班進京・程長庚・前後「三鼎甲」

在戲曲史上，「徽班進京」是一個帶有劃時代意義的事件，它的進京不僅是給北京帶來了豐富多彩的聲腔、曲調、劇目和表演，使京城舞臺上出現了一批新名伶、新腔調、新劇目，而且它以自己雅俗兼擅、崑亂雜奏的新面孔、新格調，開始是與京師的崑腔班、秦腔班、京腔班一起雜陳爭勝，之後就戰勝了高雅的崑腔，淘汰了魏長生們俗下的秦腔，擠垮了陳舊的京腔，很快就一枝獨秀、聲譽日高起來。

乾隆五十五年（一七九〇），以慶賀自稱是「十全老人」的一代帝王八十歲壽辰為契機，徽班在徽商和徽籍官員的支持下，載著徽調、皮黃等花部劇目相繼進京獻藝，並且在京城駐紮繁衍。

嘉慶年間，四大徽班的陣容一步步形成和壯大，而且在京師的梨園界逐漸取得領袖的地位。

道光末，程長庚、余三勝、張二奎，分別成為三慶班、春臺班、四喜班的頭牌老生和領班人，一直到咸豐末、同治初張二奎和余三勝去世的這段時間，都是「三鼎甲」（或者「老生三傑」）並存的時代。

程長庚仙逝於光緒五年年末（陽曆已經進入了一八八〇年），這是「三鼎甲」時代的結束。

光緒中後期，譚鑫培、汪桂芬、孫菊仙的演藝逐漸趨於成熟，被稱為「後三鼎甲」（或者「後三傑」）。

應該說，是徽班進京造就了晚清京師京劇的輝煌。

第一節　徽班領袖京師舞臺

乾隆五十九年（一七九四）冬至到第二年春分，鐵橋山人、石坪居士、問津漁者合寫了一本《消寒新詠》，這是一部品評名伶性情、品質、臺風、演藝的梨園雜記——《燕蘭小譜》之後的花譜類刊刻物。由於它涉及了徽班進京之後的一些重要的戲曲歷史事件，所以它有著特別重要的意義。

《消寒新詠》說到：徽班進京時候被稱為「武部」，以與被稱為「文部」或「崑部」的崑腔相對應；最早進京的徽班「三慶徽」、「四慶徽」、「五慶徽」，班名上都顯而易見地帶著地域標識，以與「揚班」（揚州戲班）、「崑部」相區別。

事實上，徽班並不是同時進京的，乾隆五十五年，掌班高朗亭帶領著「三慶徽」戲班進京，當它在京城爭得了「京都第一」的地位之後，乾隆五十六年，「四慶徽」進京，接著是「五慶徽」……乾隆末年在京城對臺打拼、出盡風頭的主要是這三個徽班。

序於嘉慶八年的《日下看花記》中寫到三慶徽班的班名時，已經去掉了班名中的「徽」字，名為「三慶部」，這一做法說明三慶徽班已經被認可為京師名班，既然是京師名班也就不必在班名上表示地域特色了。

這本書記載的名伶共計八十三人，其中屬於三慶部、春臺部、四喜部三個徽班的名伶將近四十人，佔了名伶人數的將近一半；《日下看花記》的記載雖然不能說是代表了當時京師的全部情況，但是也可以說是表現了這時候的三大徽班實力之雄厚、名伶之叫座能力已經在京城的戲班子之中名列前茅。

和春新班初亮臺是在嘉慶八年，是四大徽班之中出現最晚的一個，一般的說法是由北京的莊親王出資，邀集安徽藝人組成的「王府大班」，如果這個說法沒有錯訛，那麼四大徽班說法的出現，至少也應該是出現在嘉慶八年之後。

實際上四大徽班並非同時進京，三慶部（班）就是原來的三慶徽進京最早，四喜部（班）和春臺部（班）進京的時間應該是在嘉慶八年之前，而和春部（班）可能就是在北京成班的。

嘉慶八年之後不知道從什麼時候起始，最有聲譽和實力的三慶部（班）、四喜部（班）、春臺部（班）、和春部（班）就被稱為四大徽班了，至於後來的戲曲史書上敘述「四大徽班進京」的時候好像是在同時，其實不然。

從乾隆五十五年到道光、咸豐年間，一般被認為是京劇的形成期。在這一時期，京師的戲曲舞臺可以說是徽班的世界。幾代優秀藝人在經歷了狹邪遭禁、諸腔起落、各部爭勝、徽漢合流的變化之後，使京劇在藝術上得到了脫胎換骨，逐漸取得獨立，進而又確立了它在戲曲界的霸主地位。及至程長庚、張二奎、王洪貴、余三勝成為四大徽班的頭牌老生時，三慶班、四喜班、和春班、春臺班，其實已經「蛻變」成為名重京師的京劇名班，而不再是當年進京時的「徽班」了。

道、咸時候程長庚、張二奎、王洪貴、余三勝為掌班人或者頭牌老生的四大徽班時代，從劇目到表演都呈現出自己的特點，道光二十五（一八四五）年的《都門紀略》紀錄了他們擅演的劇目和其中的角色：

程長庚　演《法門寺》趙廉、《借箭》魯子敬、《文昭關》伍子胥、《讓成都》劉璋。

張二奎　演《探母》楊四郎、《捉曹放曹》陳宮。

王洪貴　演《讓成都》劉璋、《擊鼓罵曹》禰衡。

余三勝　演《定軍山》黃忠、《探母》楊四郎、《當鐧賣馬》秦瓊、《雙盡忠》李廣、《捉曹放曹》陳宮、《碰碑》楊令公、《瓊林宴》范仲禹、《戰樊城》伍員。

從劇目來看，《借箭》、《讓成都》、《捉曹放曹》、《擊鼓罵曹》、《定軍山》都是三國戲；《文昭關》、《戰樊城》、《探母》、《碰碑》、《當鐧賣馬》、《瓊林宴》，分別取材於《列國演義》、《楊家將演義》、《隋唐演義》和《三俠五義》；《法門寺》和《雙盡忠》雖然取材於公案故事和民間傳說，內容也都是演繹忠孝節義和倫理道德故事。這些劇目顯然是當時已經唱紅了的戲，而這些角色也就是當時觀眾的所愛。

從表演來看，主要演員扮演的趙廉、魯肅、楊四郎、陳宮、禰衡、黃忠、楊令公、伍子胥……都是忠臣孝子、大節大義之人；從倫理道德的角度來看，舞臺上謳歌的都是忠臣孝子、傳統的道德表率和楷模。再加上程長庚猶如金鐘大鏞渾厚的聲音，富於感染的慷慨唱腔和舉手投足的雍容大度；余三勝嗓音醇厚、聲調優美；張二奎粗獷奔放、樸素自然……他們的舞臺形象也構成了富有個性的嚴正色彩。

這是一個老生名伶輩出的時代，與乾隆四十四年（一七七九）京師舞臺上出現的以蜀伶魏長生為首的、以色情戲為號召的清代男旦的第一次走紅相比，真是不可同日而語。

道光十七年（一八三七）蕊珠舊史的《長安看花記》云：

近年演《大鬧銷金帳》者漸少，曾於三慶座中一見之。雖仍同魏三故事，裸裎登場，然坐客無讚歎者，或者不顧而唾矣，天下人耳目舉皆相似，聲容所感，自足令人心醉，何苦作此惡劇，以醜態求悅人哉？

道光十七年距離魏三時代不過半個世紀，論者已經不屑於「以醜態求悅人」的「惡劇」，一種體現了新的欣賞情趣的，在意而不在象的審美觀正在悄悄的出現……

這種新的情趣幾乎是與京劇的形成和四大徽班之中的佼佼者「三鼎甲」的成功同步成熟，並在觀眾中取得了具有傾向性的地位。

觀眾新的審美標準和情趣的構成和建立，應該歸功於四大徽班！

第二節　「三鼎甲」的領袖程長庚

「三鼎甲」原本是科舉殿試前三名（狀元、榜眼、探花）的總稱，梨園中人是借用這個說法來稱譽梨園行最出色的名伶。

京劇形成之後的咸豐、同治、光緒時代，各個行當都出現了一大批優秀的名伶，他們的出現，使得京劇進入了鼎盛時期，他們共同造就了京師京劇花團錦簇的輝煌時代。

如果說「同光十三絕」（程長庚、盧勝奎、張勝奎、楊月樓、譚鑫培、徐小香、梅巧玲、時小福、余紫雲、朱蓮芬、郝藍田、劉趕三、楊鳴玉）是同、光時代最優秀的名伶，那麼前、後「三鼎甲」就是道、咸、同、光「老生時代」的中心人物。

從道光二十五年（一八四五）到光緒初年（一八七五）之間三十多年的時間裏，京劇的著名戲班子都是老生挑班（戲班領導和頂樑柱），老生成為各行當的魁首，走紅劇目也多是老生戲；余三勝、張二奎和程長庚被稱為「三鼎甲」，而程長庚則是當時最棒的老生和梨園界共同認可的領袖。應當說是以程長庚為首的前後「三鼎甲」開闢了老生的時代。

程長庚聲音渾厚、慷慨，猶如金鐘大鏞一般富於感染，他堅定地相信：忠義節烈的劇目本身自有感人的力量，伶人的本份就是將英雄的雄豪、慷慨、奇俠之氣傳達出來。

陳彥衡在《舊劇叢談》中說：

（程）長庚、（王）九齡皆讀書識字，故其胸襟與俗子不同。余幼時見其登場，不但聲容之美、藝術之高，人不能及，即其神采舉止，一種雍容爾雅之氣概，亦覺難能而可貴。蓋於古人之性情、身份體察入微，一經登場，不啻觀身說法，故為大臣則風度端凝，為正士則氣象嚴肅，為隱者則其貌逸，為員外則其神恬，雖疾言遽色，而體自安詳，雖快意娛情，而神殊靜穆，能令觀者如對古人，油然起敬慕之心……

程長庚受到梨園行和觀眾的一致推崇，不僅是因為技藝出眾，更重要的是他以自己嚴正的人格和對表演藝術的嚴肅態度，使長久地、特別是在清代又被強化了的、被認為屬於「賤民」「下九流」行業的梨園行令人刮目相看。

他做三慶班掌班時，禁止手下的男旦去「站臺」（男旦在上演其他劇目時，站在舞臺一邊，展示風采）招攬臺下的生意；禁止他們去與士大夫宴樂相狎、出賣色相；禁止他們演淫戲、粉戲；鼓勵他們在技藝上刻意求新。在三十年的苦心經營之後，他和他的同仁們不僅在舞臺上塑造出了不少道德高尚的藝術形象，使老生這一行當在演出藝術上取得了輝煌的成就，而且造就了一代具有相應的審美心理的觀眾。

程長庚不僅更看重戲曲的教育功能，對「娛樂」也有了更高層次的引導，他是以自己對藝術的深入理解為基礎，使表演藝術富有理性，引起觀眾更高層次的愉悅。

這種對高於生活的理智的追慕，對社會責任感的承諾和對作用於這種情感的表現，都對觀眾的內心產生了一種截然不同於挑動人的，更偏向於自然欲望、自然本性的魏長生們的秦腔色情戲給人的感受，它更偏重於浸潤著、影響著觀眾的情感和理智。

這種顯然是引人注目的影響，很快就從觀眾的變化裏得到了驗證：仍然是以京師的大小官員、知識階層、豪客富商和市井百姓為主體的觀眾，開始在戲園子裏安安靜靜地欣賞「同光十三絕」這批第一流的名伶演出，即使想要照老例「狂叫喝采」的人，也會因為害怕程長庚中途退場屏聲斂氣，他後來被召入內廷，成為領供奉、授品官的御用名優時，對天子也提出不要喝采：「上呼則奴止，勿罪也。」皇帝也答應了他。在他演出的數十年裏，無論王公大臣還是販夫屠沽，甚而至於皇宮內院都接受了程長庚的規矩——在中國戲曲史上，程長庚是空前絕後的獨一份。

他戲德高尚和藝術精到的作風對當時的伶人產生了很大的影響，對不自尊自愛的習氣和心理，也起到遏制作用。正如歐洲著名的文化社會學家和藝術史學家阿諾德・豪澤爾在《藝術社會學》中所言：

> 當藝術反映人的理想和規範的時候，當它創造新的習慣、道德和思想方式的時候，它對社會構成了規範和榜樣。新的思想方式、趣味傾向、表達感情的方法和價值標準可能在當時的社會結構中找到自己的「根」，但人們是通過文學或藝術形式瞭解它們的，並在這些形式中對社會做出反應。

觀眾開始津津樂道程長庚的唱腔「沉雄」、表演「精到」；王九齡的「喉音清脆」；汪桂芬的「豪邁縱橫」；楊月樓的「奕奕有神」；譚鑫培的「白口爽利」……即使是對男旦的推重，也多半改從藝術著眼，比如：讚許胡喜祿「以態度做派勝，其所飾之人，必體其心思，肖其身份」；欣賞寶雲「嗓音既秀雅，其行腔悉自出心裁，不襲他伶窠臼」；看重時小福「嗓音高朗，如風引洞簫」；喜歡余紫雲「嗓音柔脆，玉潤珠圓」……縱然是《盤絲洞》、《雙釘記》、《翠屏山》這類可以演得粉、演得淫的花旦戲，表演者和觀劇者的關注重心也開始向人物刻劃「體會入微」和「出奇制勝」的藝術標準轉移。這時候，即使還不能說新的藝術觀已經形成，但起碼可以認為新的欣賞角度和價值標準已經逐漸得到了確認。

張二奎死於咸豐末，余三勝亡於同治初；同治至光緒初年，程長庚一個人支撐著「三鼎甲」時代，在舞臺上以他的爐火純青的藝術和人格魅力，全力以赴地孕育著他的觀眾和繼承者——應該說，程長庚不愧為「三鼎甲」的領袖、「三鼎甲」時代的靈魂。

程長庚，安徽潛山人，在京師擔任三慶班班主，精忠廟首（晚清梨園行行會會首，上對內務府管理精忠廟事務衙門負責，對下協調戲班子之間的關係，為同業排難解紛），家住北京南城大柵欄百順胡同西頭路南，自名「四箴堂」，死後葬在彰義門（今廣安門）外。

程長庚畫像。

第三節　一批開拓型的名伶

「三鼎甲」出現和走紅在道、咸時期，道光末楊靜亭和同治末李敬山各有〈竹枝詞〉一首詠唱「三鼎甲」：

> 時尚黃腔喊似雷，當年崑弋話無媒。而今特重余三勝，年少爭傳張二奎。
>
> 二奎今日已淪亡，三勝由來沒準常。若向詞場推巨擘，個中還讓四箴堂。

這兩首〈竹枝詞〉的排名先後，恰恰是他們的成名次序：余三勝、張二奎、程長庚。余三勝是春臺班的首席老生，張二奎是四喜班的主演和領班人，程長庚是三慶班的首席老生兼領班人。相比之下，余三勝和張二奎成名早於程長庚，可是二人的壽命都不長，程長庚成名雖然稍晚，可是他的聲望和對於老生行當的影響力，都是余三勝和張二奎不能企及的。

「三鼎甲」對於初期京劇的形成和發展，特別是在京劇聲腔曲調和舞臺表演上，都有各自的開拓和貢獻，蘇移在《京劇二百年概觀》中有妥切的品評：

> 余三勝原為漢戲之著名老生……（進京之後）在漢調皮黃和徽戲二黃的基礎上，吸收了崑曲、秦腔等特點，創造出抑揚婉轉、流暢動聽的京劇唱腔。雖然在余三勝進京之前，北京流行的徽戲二

黃腔就已經有著四十多年的歷史了，但是當時徽班所擅唱的二黃腔，無論在聲腔上、曲調板式上，還是比較簡單的，即所謂「時尚黃腔喊似雷」……聲雖響亮，但曲調簡寡、平直、少旋律……余三勝不僅將徽、漢二腔融於一爐，而創製出旋律豐富、具有獨特風格的京劇唱腔，在舞臺語言的字音聲調上，又將漢戲的語言特色與北京的語言特點相結合，創造出一種能使北京觀眾聽得懂而又具有京劇風格的舞臺語言……在表情動作上也很見功力……

張二奎……原籍河北衡水……嗓音宏亮，行腔不喜曲折，而字字堅實、顛簸不破……在其演唱說白的聲調字音上，更多的吸收了北京的一些語言特點……扮演帝王，一經袍笏登場，儼如王者……

程長庚的演唱是高亢之中，又別具沉雄之致……能夠使聞者泣下……

由於余三勝以曲調豐富、優美見長，唱腔念白多漢調色彩，人稱「漢派」；張二奎以擅唱高亢激越、平穩寬亮的高腔，慣用京字獨樹一幟，時稱「京派」；而程長庚出身於徽籍、徽班，演唱帶徽音，因而被稱為「徽派」。在京劇成熟的初期，這樣各有特色的一大批頂尖的名伶在京師舞臺上各領風騷，堪稱是魏紫姚黃百花競放。

如果說「三鼎甲」時代還是「京劇成熟的初期」，那麼，「後三鼎甲」時代就是京劇作為一門綜合藝術，在唱念做打各個方面的進一步發展和完善，處於鼎盛時期了。

繼「三鼎甲」之後出現的「後三鼎甲」，走紅主要是在光緒年間，如果按照名望次序排列，應該是：譚鑫培、汪桂芬、孫菊仙。

陳彥衡的《舊劇叢談》說是：

譚鑫培文武全才，於戲無所不能，獨王帽戲只演《上天臺》、《摘纓會》兩劇，餘不多演，蓋以其平鋪直敘，不足展發才氣，故寧不演，非不能也。譚氏最稱九齡唱工，《上天臺》為九齡傑作，極喜仿其聲調，《摘纓會》則唱做、武工一一具備，譚氏演之如火如荼，有聲有色，令觀者如入山陰道上，幾於應接不暇……

汪桂芬專學程氏（長庚），而好用高音，遂成汪派……

孫菊仙出身於天津票友……天賦歌喉，不必循規蹈矩，而高下長短，從心所欲，自成一家，以唱工得名……庚子赴上海，亦負盛名……

「後三鼎甲」之中，譚鑫培出身科班、汪桂芬自學成才、孫菊仙是票友下海，學藝雖然殊途，成名卻是同歸，三人之中，以汪桂芬的成名最富傳奇色彩，許九埜在《梨園軼聞》中說是：那汪大頭（桂芬）幼年學藝於春茂堂，學習老生和老旦，他天賦不好，身短貌陋，人稱「大頭鬼」，出師之後，藝既不佳嗓音又劣，不得不改習文場，誰知他竟然是個胡琴天才，指法玲瓏如彈丸脫手，不久，他的琴技就超乎當時的名家樊三、李四之上了，等到樊三去世，汪大頭就成了程長庚的琴師，隨侍「大老闆」左右，久而久之，他就把程長庚在臺上的聲音笑貌、舉止動作全都爛熟於胸。程長庚仙逝之後，天助汪大頭的是，他的嗓音又復活了，而且聲音更加清越，登場一試，四座皆驚。當時，程長庚嗣響無人，懷念程長庚的觀眾就把中氣充足、嗓音高亢、音容笑貌神似程長庚的汪桂芬，當作是程長庚的復活，捧上了「後三鼎甲」的寶座——這是一個「私淑成名」的故事。

「後三鼎甲」首席老生譚鑫培師承余三勝、程長庚，以余為主；汪桂芬師承程長庚、張二奎，以程為主；孫菊仙師承程長庚、張二奎，以張為主。三人條件不同、天賦有異、師承不一，因而造就了不同的藝術風格和命定了他們各自在戲曲史上的地位。

在中國京劇表演史上，譚鑫培可以稱得上是一位才華出眾、博大精深的表演藝術大師，他的嗓音甘甜圓潤、剛柔相濟、亮而不噪、柔而不綿；他的唱腔旋律豐富、悠揚動聽，而且能夠傳達出豐富的情緒；他的表演真實、優美、具有吸引力；他的武工精當、富有節制、禁得住琢磨。

蘇移在《京劇二百年概觀》中所言甚是：

> 譚鑫培的嗓音甜潤，唱腔花巧而富於韻味，所謂以「腔」（旋律）勝；汪桂芬的演唱剛勁渾厚，味道醇濃，所謂以「韻」勝；孫菊仙的演唱特點是調高聲宏、粗獷豪邁，頗重氣勢，所謂以「氣」勝。「腔」、「韻」、「氣」之說，大致概括了這三位藝術家的演唱特點和風格。
>
> 不過，若全面的來看，由於汪桂芬學程（長庚）少於創新，演戲又不太注重身段表情，使其藝術不能隨時代而不斷向前發展；孫菊仙雖在唱工上頗有獨特風格，但因出身票界，唱念做打難以全面發展，不能不在藝術上受到了一定的局限。唯譚鑫培出身科班，有扎實的武生根底，不僅是位唱念做打全能的演員，而且在藝術上是一位能夠博採眾長、勇於創新的戲曲革新家，因此，譚的藝術造詣以及對後人的影響，均遠遠地超過了汪、孫二位。

雖然前、後三鼎甲都屬於開拓型的名伶，而且他們對於京劇形成繁榮鼎盛局面的貢獻都可以說是無可替代，可是，京劇的鼎盛時期（道光、咸豐、同治、光緒），當然並非只是由前、後「三鼎甲」六個人來支撐，程長庚、張二奎、余三勝和他們的同仁們，包括老生盧勝奎、王九齡、薛印軒，小生龍德雲、徐小香，老旦譚志道、郝藍田，淨角慶春圃、朱大麻子，丑角黃三雄、楊鳴玉、劉趕三，都曾經是在藝術上具有創新特色的名伶。而後來的譚鑫培、汪桂芬、孫菊仙和他們的同伴們，猶如老生楊月樓、許蔭棠、王鴻壽、劉鴻聲、賈洪林、汪笑儂、潘月樵，武生俞菊笙、黃月山、李春來、楊隆壽、姚增祿，小生王楞仙、鮑福山、朱素雲、德珺如、陸華雲，旦角梅巧玲、余紫雲、時小福、陳德霖、侯俊山、田際雲、楊桂雲、田桂鳳、路三寶、余玉琴、王瑤卿、朱文英，老旦熊連喜、周長順、羅福山、謝寶雲、龔雲普，淨角何桂山、金秀山、劉永春、黃潤甫、錢金福，丑角王長林、羅百歲、張黑、蕭長華……都曾經是舞臺上下耀眼的明星！他們共同造就了京劇的輝煌時代！

以程長庚為首的前、後「三鼎甲」的崛起，使演員和觀眾在藝術觀上都出現了新的追求。老生在藝術上的進取和勝利，在當時的戲曲舞臺上確已形成了無可爭議的主流，而這一時期的男旦一直處於附屬的地位。

「後三鼎甲」的成員譚鑫培、汪桂芬、孫菊仙雖然都不是徽州人，而且，他們在藝術上也都是把徽派、漢派、京派融為一爐，但是他們的「師承」之中還是以徽派為主，在神髓上仍然主要是程長庚的繼續。

這是一個對魏長生時代揚棄的完成，前、後「三鼎甲」時代對於京劇表演藝術的追求和完善，使得二十世紀二十至三十年代男旦壓倒老生再度奪冠的時候，它的基點就比魏長生的時代要高得多，而絕不是一個簡單的、往復式的風水輪流轉了。

第三章　京師南城的戲園子

清朝開國之初，滿族人對於明朝的腐敗誤國記憶猶新，心中的借鑑意識也很濃重，所以清初的帝王們對於他們以為具有「腐敗」性質的娛樂業和娛樂現象，比如：深夜懸燈唱戲、男女混雜喧嘩、秧歌婦女及女戲四處遊唱、八旗官兵出入戲園酒館、職官挾妓飲酒……乃至於在內城開設戲園子，都曾經三令五申地禁止。

所以，清代京城的商業和娛樂中心被逐到外城也就是南城，南城的中心是大柵欄，戲園子就集中在大柵欄一帶。

晚清時候，「看戲」是最最時尚的娛樂活動，北京的娛樂中心就是戲園子。

第一節　晚清大柵欄的戲園子

《國劇畫報》二十七期上面登載的吟梅居士〈藤陰雜記中之戲劇史料〉一文中說：「《亞谷叢書》云：京師戲館，惟太平園，四宜園最久。其次則查家樓、月明樓，此康熙末年酒園也。」《亞谷叢書》成書於乾隆年間，上面不僅記載著太平園、四宜園、查家樓、月明樓歷史久遠，還有方壺齋、蓬萊軒最為著名……這些戲館多數是在前門附近，只有方壺齋在城西。

乾隆末京師有名的戲園子有：萬家樓、廣和樓、裕興園、長春園、同慶園、中和園、慶豐園、慶樂園。這些戲園子多在大柵欄一帶（見〈修喜神祖師廟碑誌〉）。

道光年間戲園子更加繁盛，見於紀錄的有：中和園、裕興園、慶樂園、廣和樓、三慶園、慶和園、廣德樓、天樂園、同樂園、慶春園、慶順園、廣興園、隆和園、阜成園、德勝園、芳草園、萬興園、太慶園、萬慶園、六和軒、廣成園。而實際上，查家樓就是後來的廣和樓，太平園、四宜園就是後來的中和園、慶樂園。

從道光年間起，四大徽班和另外幾個有實力的戲班子，在前門外幾個大的戲園子輪流演出，大園演四日，小園演三日，這叫做「輪轉子」。也就是說，每一個戲園子三四天就要更換一個演出的戲班子，而每一個戲班子三四天就要換一個戲園子演出。比如，道光二十五年的三慶園：

初一至初四——三慶班
初五至初八——春臺班
初九至十二——和春班
十三至十六——四喜班
十七至二十——春臺班
二十一至二十三——嵩祝班
二十四至二十七——和春班
二十七至三十——和春班

又比如，光緒十三年的三慶班：

初一至初四——三慶園

初五至初八——廣德樓

初九至十二——慶和園

十三至十六——廣德樓

十七至十九——中和園

二十至二十三——慶和園

二十四至二十七——廣德樓

二十八至三十——中和園

這種做法，應當是當時大的戲園子和有名的戲班子之間的調節和約定。

沒有能力參加「輪轉子」的戲班子被叫做「小班」，雜耍班、山陝戲班都是小班。沒有資格參加輪轉子，也就是「戲無準演」的戲園子，被叫做「小園」。芳草園、阜成園、德勝園都是小園，四大徽班都不會蒞臨。

晚清時候京城的大戲園子都在南城。南城有資格參加輪轉子的十個大戲園子，都集中在正陽門西南的大柵欄和正陽門東南的肉市、鮮魚口一帶。它們的所在地是：

三慶園，大柵欄中間路南。

同樂軒，大柵欄門框胡同口內路西。

慶樂園，大柵欄中間路北。

廣德樓，大柵欄西口路北。

中和園，糧食店北口路西（大柵欄東口向南一拐彎）。
慶和園，大柵欄西口路北。
慶春園，楊梅竹斜街路北。
廣和樓，肉市北口路東。
裕興園，鮮魚口抄手胡同路西。
天樂園，鮮魚口內小橋路南。

如果我們把糧食店北口的中和園也算在大柵欄域內的話，那麼，單單是大柵欄一條街就有六個京師最大的戲園子。

可以想像，大柵欄一條街上，每天晚上都有六個大戲園子開鑼演戲，以每個戲園子上座五百至一千人左右計算，大約有三千至六千人在看戲。以當時每個戲班子有伶人一百個左右計算，大約有六百個伶人幾乎是同時在從事這項服務；全國最棒的名伶，每天都是以競爭的姿態登臺獻藝。

京師南城對於戲曲的消費達到了怎樣的程度，是可以想像也是令人驚歎的！

第二節　清代戲園子的結構和管理

清代南城商業性的大戲園子是一個封閉式的大廳，大廳裏面有戲臺（後臺、前臺）和觀眾席。

戲臺靠著一面牆壁修建，牆壁後面是後臺，前面是前臺，牆壁左右各有一個門，連接著前臺和後臺，從正面觀眾的角度來看，左手是上場門（演員從此上場），右手是下場門（演員從此下場），門上懸掛著門簾，演出時有人專門在演員上下場的時候負責掀門簾。上下場場門的尺寸不大不小，足夠一個人從容的出入，可是紮靠的武將就得側著身子出門上場了。章靳以為黃裳的《舊戲新談》所寫的序裏，談到過楊小樓出場的獨特魅力：

> 猶記小樓在世，戲簾一揚，側身而出，輕微地顫那麼兩三下，然後猛地把頭向臺口一轉，眼睛一張，彷彿照亮了全場；雙腳站定，又似安穩了大地，全身挺住，連背旗也像塑就的，這時全園鴉鵲無聲，過了二三秒鐘才似大夢初醒般齊聲來一個「碰頭好」。

「碰頭好」也叫「迎簾好」，清代京師的觀眾，在自己心儀的名伶一出場就大聲為他的出場叫「好！」成為一大景觀，從碰頭好的多少，就可以判斷這個角色名氣的大小和在觀眾之中的「人緣」怎麼樣，有的名伶已經青春老去，出場時仍然舉座歡呼「好！」，那是因為他著名已久，觀眾對他戀戀於心，這種「好！」叫做「字號好」。

四方形戲臺伸向大廳，高不到一米，一般是六七米見方，三面戲臺的邊緣都有雕花矮欄杆，戲臺朝向觀眾的三面都可以看戲。木製臺頂上面畫著藻井，臺板下面埋著大甕，可以起到共鳴的作用，那時候沒有擴音器，全憑著演員的聲音打遠，充滿整個劇場。

臺頂前方懸掛戲園名匾，戲園名匾兩旁的臺柱上寫著楹聯，臺柱之間還高高地裝著一根鐵槓，供一些有功夫的武戲演員表演特技時用。面對觀眾的舞臺後壁上面掛著作為背景使用的底幕，是綢布或者絲絨製品，素色或者刺繡著裝飾性的圖案，舊名「大帳」，後來叫「守舊」。

戲園子裏面的觀眾席分為「官座」、「散座」和「池座」三種，把不同經濟地位的觀眾分隔開來。

官座是最好的座位，設在樓上，便於觀看而且每個單元相互隔開，就像後來的「包廂」一樣，官座裏面有桌子和椅子，椅子上面有墊子，桌椅後面還有高凳，那是給僕人預備的。

《百本張抄本子弟書》中，就有對於當時廣德樓裏面的「官座」和「賣座兒的」對於官座客人服務的有關描寫：

> 來至了廣德樓內擇（挑選）單座，樓上面包了一張整桌會（付）了錢，看座的假殷勤他遞和氣，提溜壺茶說外打的開水香片毛尖……

散座比官座次一等，設在樓下的樓廊內，客人圍著方桌而坐，也有椅墊和茶水。

池座是最為普通的座位，設在大廳中間，面對舞臺有縱向的條桌（不像現在的觀眾席都是橫向的一排一排），條桌兩旁有條凳，平民百姓全都圍著條桌，側身看戲，兩廊下和大牆邊也是這類座位。

三十年代的電影人吳性栽在他的《京劇見聞錄》裏面寫到了為什麼北方人不說「看戲」說「聽戲」，他以為和戲園子的環境有關係：

> 從前戲劇表演是在茶園（當時的習慣，戲園子叫茶園）進行的，習慣上圍著四方桌子品茗看戲，一定有一部分人因位置關係，頗不方便，於是便聽多於看，靠牆壁直擺的長凳，要扭過頭來看，尤其費勁了，再因以前演戲時間不同，照明條件不夠，在黃昏時分張著火把，看不清臺上演員的動作，當然聽重於看了。

吳性栽此言不差，他是個經營實業（劇場事業、電影事業）的人，考慮問題自有「實業」的角度。晚清的大戲園子最多可以容納千人。油燈、蠟燭、都是照明的設備。官座以包桌計價，散座和池座以人頭收費。

戲園子每天都有對於第二天戲目的預報，用紅紙或者黃紙寫了「戲單」張貼在鬧市和戲園子門口。普通人看戲都可以臨時進場找座，可是官座因為少，需要事先預定。

戲園子裏主要的服務人員是「賣座兒的」，進場看戲的人由他們帶著安排座位、發放座墊、收取「茶錢」（也就是「門票」錢），所收的茶錢要交給戲園子的園主，而由於他們為觀眾提供各種名目的「方便」而收取的「賞錢」則可以裝入腰包。

此外，戲園子裏面的「副業」還有很多，據唐魯孫在《老鄉親・中國舊式戲園子裏的副業》文中所言：包座送吃食的、賣碗茶的、賣古玩的、打手巾把的、賣雜拌的、賣戲單的、賣水煙的……應有盡有，為了取得進入戲園子經營的資格，他們都要向園主交納一定的費用。

一個官座最多可以容納十一二個人，一家人坐下會很寬綽，座位好、桌椅好，一邊喝茶，一邊吃零食，一邊看戲，還可以攜帶僕人。

和朋友一起到戲園子裏散心，可以在散座看戲，同桌同好可以聊天，憑桌靠椅也算舒服。

普通百姓在池座裏面自然難免熙熙攘攘，條凳雖然不那麼舒適，倒也自由自在，共用的條桌雖然簡陋，也能擺放茶壺和小吃，一邊喝茶、嗑瓜子，一邊看戲大聲的叫好，倒也是樂在其中……當時，去戲園子聽戲是一種帶有時尚意味的娛樂。

清代戲園子開戲的時間並不劃一，不同的季節、不同的戲班子、不同的戲園子，開戲的時間都不一樣：嘉慶十九年的〈都門竹枝詞〉上說是「雙表對時交未正，到來恰已過三通」，意思是：未正時候前往戲園子，進入劇場，已經打過了開場的三通鼓，看來，那時候是下午兩點開戲；宣統元年十二月二十日玉成班的「天樂茶園」戲單上面寫著「十二點鐘準演」；宣統四年正月十二日喜慶奎班的「德泉茶園」戲單上面寫著「十一點鐘準（演）」，或許這是冬季的開戲時間吧？

舊時開戲之前還有一套程規，曾經是譚鑫培、梅蘭芳的黃金搭檔、「六場通透」的琴師徐蘭沅，在他的《徐蘭沅操琴生活》裏面談到：

> 當劇場還未進觀眾時，檢場的先上臺來，將舞臺中央放上一個高臺，上面掛一頂帳子，將印盒放在旁邊，臺的兩旁各放兩張椅子，每一張椅子上插一面標旗，在舞臺前邊的欄杆上插五面大纛旗，分紅、黃、綠、白、黑五色，黃旗居中，左紅右綠，左黑右白，分插兩邊，舞臺上整整齊齊，這叫「大擺臺」。等到觀眾都進了場，臨開戲前，後臺嗩吶聲起，這叫「吹臺」，嗩吶完挑子便接著吹，檢場的聽到挑子聲起，就將舞臺上的旗、高臺等都撤下，這叫「後臺吹臺，前臺撤臺」。然後換上第一齣戲的彩頭，最後卯頭（前臺管事人）站在臺中間高喊一聲，才響鑼鼓開戲。

「鑼鼓」的演奏分為「三通」，叫做「三通鼓」，每通之間有片刻停息，三通鼓之後就演出開始了。每天的劇目都有十齣左右，前後安排是「三軸子」：「早軸子」是開場戲，「中軸子」是重頭戲（由戲班子中的各個行當的主要演員演出他們的「拿手戲」），中軸子的最後一齣叫做「壓軸子」，由戲班子裏面的當紅名伶出演；「大軸子」是新排的大戲……當時，最挑剔的觀眾只看中軸子。

比如：宣統元年七月初三日廣德樓戲單如下：

永平安——全班合演
御果園——侯春蘭、榮福
借趙雲——德俊如、李順亭、李青山
鐵蓮花——劉景然、高四保、高小套
落馬湖——李連仲、王長林、瑞德寶、張增明
牧羊圈——許蔭棠、榮壽、孫怡雲
魚腸劍——王鳳卿、何桂山、閻子恆
虹霓關——王惠芳、王瑤卿、朱素雲、羅壽山
青石山——朱桂芳、俞振亭、紀壽臣、小何九、岳春林、遲月亭

《永平安》、《禦果園》是早軸子、開場戲；《借趙雲》、《鐵蓮花》、《落馬湖》、《牧羊圈》、《魚腸劍》是中軸子，《虹霓關》是壓軸子，《青石山》是大軸子。

德俊如、李順亭、李青山、劉景然、高四保、高小套、李連仲、王長林、瑞德寶、張增明、許蔭棠、榮壽、孫怡雲、王鳳卿、何桂山、閻子恆都是不錯的演員。王惠芳、王瑤卿是戲班子裏的當紅名伶，他們和朱素雲、羅壽山共同抬演壓軸戲。

當時，每個戲班子的演出都很講究搭配，這一場的大軸子《青石山》是「全武行」，所以壓軸子配了「生旦戲」《虹霓關》，中軸子武戲、淨戲、旦行戲、生旦戲相互穿插，為的是可以滿足不同觀眾的不同愛好。

這裏所說的，多半都是晚清戲園子的一般情況，劇目、時間、票價隨行就市變通調整的事情也不在少數，戲園子畢竟是娛樂場所嘛！

第三節　清代的戲園子近況

晚清戲園子今天尚存的其實還有不少：中和園、廣和樓、正乙祠、湖廣會館、平陽會館……可惜的是，修過的沒有做到「修舊如舊」，沒修過的也沒有好好的保持「原汁原味」。

中和園還在糧食店北口，「中和飯莊」和「中和戲院」兩個門臉、兩塊牌子共同支撐著舊日的中和園，門臉雖然是油漆彩繪、瓦脊儼然，可是中和戲院門前預告的節目和上面的數層玻璃樓頂，都顯得有點不倫不類：戲曲、茶社、遊藝、錄影外加檯球是它的經營項目，屋頂上「中和戲院」的霓虹燈廣告旁邊，一行小字把「戲曲、錄影、檯球、火鍋、遊藝」串成一串，顯示著中和園在大柵欄生存的不易，也把昔日堂堂中和園的檔次，降低到了天橋雜耍的水準。

廣和樓也還在肉市，戲樓高聳，樓頂上面的四個大字「廣和劇場」顯然是當初的定位，可是，下面的「卡拉ＯＫ歌舞廳」、「廣和歌舞廳」、「廣和遊藝廳（嚴禁中小學生入內）」三塊牌子，讓人覺得昔日的廣和樓在如今好像總是找不到自己的位置；水泥預製板的樓壁在光天化日之下，顯得簡陋而寂寞，就像是戲曲在今天一樣……

正乙祠門前紅燈高掛，門洞上面藻井和兩邊的臉譜彩繪花裏胡哨——不知道是國人之中已經沒有彩繪的基本知識，還是故意出新以討好國外的「傻冒」。門口的廣告是：「北京京劇院、北方崑曲劇院、北京市河北梆子劇團，連袂首創隆重推出中國古典戲曲薈萃」，一九九九年四月二十一日的劇目是《擋馬》、《下山》、《鬧龍宮》，這些戲當然不是演給內行的北京人看的，誰都知道這樣的「戲碼」面對的觀眾顯然是老外和外地遊客，應付他們「看熱鬧」——騙錢的把戲。正乙祠一副再醮的樣子，仍然是在為主人招財進寶。

湖廣會館可以算是新貴，四合院外面青磚白牆，裏面遊廊瓦舍，樓上樓下油漆彩繪自不必說，八仙桌、木靠背椅也是光可鑑人，舞臺上的上場門、下場門依然分別寫著「出將」、「入相」，宮燈高掛、繡花守舊、伸出式舞臺、三面雕花矮欄杆……一切都是按照舊時代的模樣特別修建的，連臺柱對聯「魏闕共朝宗氣象萬千宛在洞庭雲夢，康衢偕舞蹈宮商一片依然白雪陽春」也令人想起舊日光景，可是沒有了官座、散座和池座的分別，仍然只是贗品而已。

湖廣會館的介紹之中，不僅打著「孫中山先生曾五次蒞臨會館，並在此主持國民黨成立大會」的政治牌子，而且還有了另一塊牌子「北京戲曲博物館」，自稱這裏是「集演出、博覽、研討、購物以及對外文化交流於一體的多功能文化活動場所」，這說法帶著一臉官氣、振振有詞、不容置疑，至於「京劇大師譚鑫培、余叔岩、梅蘭芳等都曾在此舞臺演出」說的就是廢話了——這些演員在哪兒沒演過啊？不過，廢話對於年輕人和不知道的人來說，就是「新知識」。

實際上這些戲園子都有著值得一聽的輝煌歷史：

中和園的名字在二百二十多年前的乾隆五十年（一七八五）就出現在崇文門外精忠廟的〈重修喜神祖師廟碑記〉中了，它的年代居然早在徽班進京之前！

廣和樓的前身是「查樓」，查樓是明代巨室查氏所建戲樓，乾隆庚子曾經毀於火，重建之後名為「廣和查樓」，乾隆五十年就名為「廣和樓」了！是清代的大戲園子。

銀號會館正乙祠，是北京現存的、稀有的行業會館，康熙六年浙江人所建，既是祀神之所，也是集會宴飲之地。「正乙」即「正一」，民間以財神爺趙公明為「正一元帥」，所以銀號會館以「正乙祠」為名，也是名實相副！正乙祠戲臺前的柱聯「八千場秋月春風盡消磨蝴蝶夢中琵琶弦上，百五副金箏檀板都付與桃花扇底燕子燈前」，出語對語均以傳奇題目作結，似乎可以證明正乙祠是皮黃尚未盛時所建。

湖廣會館原來是明代萬曆年間張居正的相府，清代嘉慶十二年，由長沙籍的在京官員創議公建成為湖廣會館以聯絡鄉誼。後來，湖廣會館曾經做過兩廣總督葉名琛的私宅、八國聯軍美軍提督的司令部……煞是風光啊！

不過，要是說起臺柱對聯的話，黃裳在《舊戲新談》裏面說過，還是要數當年廣德樓相傳是吳梅村寫的那一副最好：「大千秋色在眉頭看遍玉影珠光重遊瞻部，十萬春花如夢裏記得丁歌甲舞曾醉崑崙」——無論內行還是外行都覺得好，那也就是真好了

晚清時候大名鼎鼎的廣德樓，嘉慶二十一年出現在〈重修喜神殿碑序〉裏，也就是說，在這一年，廣德樓參加了修繕喜神殿的捐資活動，那也是很有歷史的著名茶園啊！而今，廣德樓卻是早已經蹤影皆無。

崇文門外小江胡同三十六號，平陽會館（或稱「陽平會館」）的戲樓還在，如今是藥材公司的庫房，門上掛著鐵鎖，院子裏住著兼管保安的外地人，說是：「想要進去看看，得有同仁堂的條子才能開門。」不知道戲樓之內晉南豫西孟津人王鐸所寫的「醒世鐸」橫匾是否還在？從門縫看看，裏面蛛網塵封，從旁邊拍照，懸山式屋頂已是斷壁頹垣……

平陽會館的始建時間雖然說不清，可是在乾隆間人吳長元的《宸垣識略》裏面，就已經有了它的記載。此樓是北京今存時間最早、規模最大、有兩層戲臺的會館戲樓，樓內還有嘉慶七年的重修碑誌，屬於「北京市文物保護單位」，這應該就是它至今還能夠倖免拆除而存在的原因！

一九九九年，我和同事王學泰專門約好去看大柵欄的戲園子，王學泰說：大柵欄西口路北那懸掛著「北京曲藝廳」霓虹燈招牌，而實際上已經成了「北京市曲藝廳百貨商場」的地方，就是廣德樓舊址，門框胡同南口路西，而今是什麼「全景動感電影院」，那裏就是原來的同樂軒，大柵欄中間路北現在經營

「KTV包間舞廳旗牌室檯球」，上面還有「雜技團聖達利俱樂部」招牌遺跡的那塊兒，是原來的慶樂園，路南的步瀛齋鞋店是三慶園故地，瑞蚨祥西邊的空地，是原來的慶和園，地皮後來賣給了瑞蚨祥……

博聞強記的王學泰生在南城，長在南城，上面所寫的情況都是當時所見，我們還一邊唏噓著一邊拍了照片。

如今，又是八年過去了，整個前門外都在大拆大建，誰都知道「大拆大建者」骨子裏想的只是一個「錢」字，可是大標語上卻寫著「傳承歷史文脈，永續古都風韻」、「保護文化遺產，守護精神家園」、「保護歷史文化遺產，彰顯歷史名城魅力」……多麼像是上個世紀五十年代梁思成在《人民日報》上發表的文章〈偉大祖國建築傳統與遺產〉的拙劣抄襲？現在發現「老北京」可以賣錢，才想起來「傳承」和「保護」了，可惜的是老北京早就都被毀光了，重新「打造」的最多也就是贋品次品罷了。

大柵欄是拆建的中心和重點——這塊被「看好」的生財寶地，在不久的將來不知道又會變成什麼樣子。

第四章　清代的科班、戲班子和精忠廟

科班、戲班子、戲園子、精忠廟都是與戲曲演出相關的組織，它們都與戲曲藝人一生的生活息息相關——小時候進科班學藝，學成了進戲班子搭班演戲。戲班子自己沒有舞臺，需要與戲園子合作，精忠廟是梨園行會，戲班子裏或者戲班子之間解決不了的糾紛，就會報到精忠廟，精忠廟要是再解決不了，就得報到內務府「堂郎中」那裏了，堂郎中代表官方，內務府才是管理戲班子真正的政府機構。

發展到晚清時候的清代戲曲演出，已經形成了一套完整的商業規則，科班、戲班子和戲園子都是獨立的經濟核算單位，它們彼此之間的合作都有成熟的商業規則。

第一節　科班的教學和管理

清代戲曲的傳承途徑大約有四：「科班」、「堂子」、「私家」和「票房」。伶人們多半都把科班視為正途，說自己是「科班出身」的感覺，就彷佛像是讀書人說是「科舉出身」一樣。

清代的科班由來已久，乾嘉年間的慶昇平、慶和成、永成、吉立；道光年間的集秀班、嵩祝班（後名小嵩祝成）、雙奎社；咸同年間的雙慶、全福、小和春、小福勝、得勝奎、小金奎；後來的三慶班、四喜班、小榮椿、小丹桂、小吉利、小福壽、小玉成、小吉祥、長春班等等，都是培養出很多名伶，名標戲曲青史的著名科班，它們大多是戲班子捎帶的科班。

喜（富）連成（開始名為「喜連成」，後來更名「富連成」，現在說起來都籠統地說是富連成）不一樣，它是專門的科班。

清代的諸多名伶都是出身於科班，比如：早年程長庚徽班坐科出身，老生王九齡小九合成科班出身，丑角黃三熊高腔恩慶科班出身，丑角楊鳴玉崑曲和盛科班出身，內廷供奉文武花臉錢金福、青衣陳德霖、花旦余玉琴都是三慶班科班出身，老生泰斗譚鑫培金奎科班出身，老生王福壽、武淨范福泰、花臉彭福林小福勝科班出身，丑角王長林勝春奎科班出身，花旦田際雲雙順科班出身，武生尚和玉久和成科班出身，武生楊小樓、小生程繼仙、老生葉春善等都是小榮椿科班出身，武淨許德義福壽科班出身，花旦郭際湘長春科班出身，花旦榮蝶仙小長春科班出身，崑旦韓世昌醇王府小恩榮科班出身，花旦荀慧生、趙桐珊、青衣尚小雲三樂科班出身，青衣于連泉鳴盛和科班出身，後來譚鑫培的孫子譚富英等等就多是富連成科班出身了。

清代科班的運作方式大體相同：兒童進入科班需要有人介紹、家長與科班簽寫賣身契式的「官書大發」、科班之中由教師量才分配行當、有教師專門負責教授武功和唱工、以體罰作為基本的督促方式、坐科期間由科班負責衣食看病，收入也歸科班、一般需要七八年出科……

有完整的文字資料留傳至今的科班是富連成科班——一九三三年唐伯弢有《富連成三十年史》問世，其中記載了舊時科班的組織和運營方式。

喜（富）連成科班如果從出資方來看，可以分為三段：喜連成（一九〇四－一九一一）的東家是吉林富紳牛子厚、富連成（一九一二－一九三五）的東家是北京外館（做外蒙各地買賣的人）財主沈仁山、沈秀水昆仲。一九三五－一九四八年的富連成沒有了東家，由葉春善、葉龍章父子自負盈虧。

喜（富）連成科班於光緒三十年（一九〇四）方才開始召徒授業，四十四年後的一九四八年宣告解散。

這個科班的出現時間雖然較晚，但是它歷史比較長久，又由於科班的社長是梨園老宿葉春善和他的兒子葉龍章，父子倆一脈相承，幾十年如一日的兢兢業業，它的組織和社中設施多採舊制，運營方式比較傳統，也比較成功，在四十四年悠長的歷史之中培養出一代代優秀的名伶，所以我們可以把它看作是舊時代科班的代表。

喜（富）連成科班主要由班主（東家）、社長、管事、執事、經勵科、教師、會計、庶務、教育班、場面主任、箱頭、雜役組成，組織和分工都很嚴密，彼此的配合也很完善：

班主（東家）：只負責財政的供給和享受盈利，並不過問社中的具體事宜。

社長：負責社內一切事務（包括經營科班、管理學生、聘請教授、傳授戲曲、對外交際等等）的處理。喜（富）連成社的社長先後是葉春善、葉龍章父子。

管事：輔佐社長治理社務，社長不在的時候，權作「代理」。

執事：俗呼「治事」也叫「文武行（háng）頭」，也是輔佐社長辦事，但是與管事的輔佐範圍不同，只對臺上演戲負有重大責任，比如：指揮監視每天的臺上演戲、處理臨時發生的問題等等。

經勵科：俗呼「頭兒」，對內輔助社長上傳下達，對外（包括與戲園子、堂會本家）負責交涉，以及為了「辦賬」（算賬）清點上座人數等等。

教師：對學生傳授戲曲，武功教師負責「教功」和「看功」（監視學生練功）。

會計：會計經管社中財政收支、開戲份。

庶務：負責料理伙食、置辦什物。

教育班：教授學生一些識字和普通課程。

場面主任：俗呼「場面頭」，負科班的文武場（音樂伴奏）部分的全責。

箱頭：負責科班的戲衣、道具、催戲、檢場等等演戲時候的一切後臺管理和調遣。

雜役：負責社中的成衣、理髮、廚司等等。

喜（富）連成科班對於入學的學生互相都有一個「選擇」的程序：

學生入學需要有人介紹，介紹者應該與喜（富）連成科班的同仁有交情，比較可靠。學生經過介紹人介紹暫時進入科班，教授對於學生觀察一段時間以後，如果認為這個學生可以造就，是「吃戲飯」的材料，科班就與學生家長訂立正式契約。

出科年限一般是七年，如果學生的資質好，也可能酌減為三至五年。

契約叫做「關書大發」，民國六年（一九一七）譚鑫培的兒子譚小培將兒子譚豫升（富英）送入富連成科班的時候，他的「關書大發」格式和內容如下：

立關書人譚小培今將長子豫升年十二歲情願投在
葉師名下為徒學習梨園六年為滿言明四方生理任憑師父代行六年之內所進銀錢俱歸
葉師收用無故不准告假倘有天災病症各由天命有私自逃走兩家尋找年滿謝師但憑天良
日後若有反悔者有中保人一面承管空口無憑立字為證

立關書人　譚小培畫押
中保人　文瑞圖畫押

中保人　辻劍堂畫押

中華民國六年陰曆二月十二日吉立

譚富英出身梨園世家，所以他的出科時間是六年，他的中保人辻劍堂（聽花）是當時《順天時報》的專欄作者、日本的中國戲迷。

喜（富）連成科班對於學生坐科時期的生活規定如下：

坐科學生必須遵守社裏的規例訓條。

學生的學習門類由教授按照學生的資質決定。

學生入科之後，衣、帽、靴、襪、飲食、醫病均由社裏供給。

學生習藝由教授安排規定，不得任意和相互干擾。

學生學藝精熟之後，須每日上臺演出，由教授安排角色，並無「戲份」（報酬）。

社裏的規例訓條是「四要」和「四戒」，「四要」包括：要養身體、要遵教訓、要學技藝、要保名譽；「四戒」包括：戒拋棄光陰、戒貪圖小利、戒煙酒賭博、戒亂交朋友。這樣的規例訓條不僅是「行規」，而且對於一個青少年來說，也是為人處世道德層面的啟蒙教育。

喜（富）連成科班學生坐科時期的生活日程如下：

早上六點起床，盥洗之後開始「晨課」（文行吊嗓子，武行練功）。

九、十點早膳（多半是饅頭和菜蔬）。早膳之後，整理好衣履「上館子」（由管事領導排隊前往戲園子演戲）。

十一點至下午六點演戲，演戲場所在廣和樓。演戲完畢學生分兩班（下午四點和六點以後）回社（仍然是由管事領導排隊走回去）。回社之後稍事休息即用晚飯（多半是米飯和菜蔬）。晚飯之後，學生自行修煉「夜課」（同於晨課）。晚上十點安寢，電燈一夕不滅，教授或管事輪流監視。

凡是在喜（富）連成科班坐過科的伶人，對於上館子「走大隊」和「打戲」都有深刻的記憶，富連成第四科弟子孫盛雲回憶：

我們富連成科班的學生每天從虎坊橋宿舍往廣和樓去演戲，演完戲再從廣和樓回虎坊橋宿舍，在這往返途中，都要排成一列縱隊行走。這些學生都是十來歲，大多剃光頭，一色的竹布長衫。有玉樹臨風、眉清目秀的小生、小旦，也有堅挺壯實、鼻直口方的花臉、武生，這一來一往，每天都引來不少戲迷和好事者沿途觀看。這就是當時人們說的看「走大隊」。

「走大隊」的隊形要求很嚴，由矮到高依次排列，一個身量高大的大師哥當排頭領行。教師或者在後面押隊，或者忽前忽後地檢查隊形，如果發現隊伍走得不齊整，有哪個學生走得不好，回去之後就會嚴加責打。

喜連成的頭科弟子侯喜瑞回憶：

舊科班把教戲叫「打戲」，好像學戲和挨打是一碼事。坐科七年，我挨了數不清的打。學戲學不會，自然要挨打；學會了上場唱不好，當然更挨打；小孩子免不了淘氣，這也要挨打；就連別的同學唱不好，別人在場上忘詞，你也要挨打，這叫「打通場」，還有「打通堂」等等，真能打出各種各樣名堂來。

今天看來這樣的規矩似乎過於殘酷，按照今天張揚個性的社會主張來看，也有點不人道，特別是「不打不成材」的教育理念，更屬不無欠缺，可是如果從今天的「說服教育」方式也並非盡善盡美來看，從喜（富）連成科班的畢業生幾乎都是學到了真實的本領來看，從他們出科之後，演戲、教戲都有一定的能力，很少有改行或者不稱職的演員或者教員來看，應該說它的辦學方針、教學方法在當時的歷史階段都是屬於上乘。

實際上，科班的職能極其複雜：它既是寄宿學校，又是戲班子，同時還要與戲園子密切合作，事務多多，但是從喜（富）連成科班能夠運轉四十四年，而且既能營利也能培養人才看來，它的組成和管理還是很科學的。

第二節　戲班子與戲園子

戲班子是演出的基本單位，因為演戲需要很多部門的合作：演員、樂隊、行頭、道具、主腳、龍套……缺一不可，所以，戲班子的組成也很龐雜。

獨資經營也好，合資經營也好，戲班子首先得有財東，財東就是「承班人」。

承班人對於戲班子租賃下處（住處）、配備管理人員、約聘角色、置辦行頭道具、向精忠廟申報等大事有職責和決定權，這五件事辦完之後，戲班子方才可以開鑼演戲。

戲班子的日常運作靠管理人員分工合作，每一個部門都需要有人專門負責，以下的職能部門在發展到晚清的戲班子之中幾乎是必備的：

領班人：就是經理，專管應付官場上的事情。

總管事人：俗名「管事的」，總管演出事務，包括安排戲碼、分配角色、指揮演出。

小管事：不只一人，負責聽從總管事人的指揮，辦理後臺各種零碎事件，保證臺上演出順利進行。小管事多是各個行當的代表，會戲多，有威信，在需要的時候能夠說戲，可以代演，也有權對本行當的角色派戲。

催場人：是演出現場的指揮者，督促角色按時上場，掌握演出節奏和臨時應變。

抱牙笏人：專管接洽「堂會」及「點戲」事務，是戲班子的外事人員。

查堂人：直屬領班人，專管查點上座人數，作為與戲園子「分賬」時候的根據。

司賬人：總管財務，一般都是承班人的親信。

當然，前臺的演出，全靠約聘角色（演員和樂師）齊全、業務熟練，才能夠撐得起場面，每個戲班子各個行當都需要有頭等角一人或二人、二路角（俗稱「裏子」）最好是「硬裏子」（好的二路角）二三人、三路以下角色三四十人、斛斗匠八人、龍套至少「三堂」（十二人）、武行（打鬥人員）二十餘人、文武場面（吹奏、弦樂為文場、打擊樂為武場）二十來人……算起來，單是臺上的樂師和演員也得一百人上下了，這就是當時戲班子的基本配置。

後臺雖是後勤部門，卻必須要每個人每一齣戲都內行、每一場都精神專注才能保證臺上演出的順利進行，因為臺上道具場場有異，行頭、砌末人人不同，某戲某角色哪一場穿什麼、戴什麼、拿什麼……都要事先準備齊全。大衣箱、二衣箱、盔頭箱、旗把箱都有「箱頭」總主其事，各箱還有「箱倌」管理，其他如：勾臉的彩匣子、梳頭的梳頭桌、小砌末的後場桌、水鍋、催戲、打臺簾、扛砌末、檢場……也都有專人管理。這也是每一個戲班子必備的部門。

檢場也叫監場人，戲臺上面擺放桌椅、安置床帳以及一切零星事件都歸他管理，高明的檢場也會有精采的表現。梅蘭芳在《舞臺生活四十年》中，記載了一九二二年宮中的老太妃過生日，傳內廷供奉進宮演戲的一個片段：

……到了辰時開戲，先「跳靈官」，十六個靈官都勾臉穿靈官大鎧，有織錦的，有刻絲的兩堂。我們在後臺耳房隔著窗戶正好看戲臺的兩側面，靈官跳的很熱鬧，最後檢場的一把松香火從十六個靈官的上面飛過去，落在臺口一個大火盆上，火盆裏松柏枝和黃錢元寶（紙的）冒出很高火焰，同時火盆裏有一掛鞭炮也響起來，這場靈官就跳完了。

檢場的可以把松香火隔著十六個靈官，準確地撒到舞臺另一邊的火盆裏，點燃火盆裏的松柏枝、紙元寶和鞭炮，那真是手藝。

戲班子之中，還有一些成文或者不成文的「行規」，比如：搭班之初需要上交自己能演的戲目，以便總管事人作為「排戲目」的根據，不同行當的演員在後臺都有固定的坐處，避免混亂，各行都有自己的職責，必須遵守，戲班子也有場上和場下趨吉避凶的禁忌，所有的演員都會自覺地遵守。戲班子有很多信仰的神祇：老郎神翼宿星君、祖師爺唐明皇、武猖神、喜神、九皇神、關公、岳武穆、包孝肅、二郎神、十二音神、黃繙綽、羅公遠等等，有的供奉神像，有的供奉牌位。

此外還有許多禁忌，諸如：大衣箱上不許睡臥、不許摔牙笏（豎立在賬桌前書寫重要通知的物件），不許砸戲圭（木板所製，上面掛著寫有當天戲碼的象牙或者牛骨的小籤），不許翻場（一個角色出了錯誤，其他角色笑場或者故意誇大他的錯誤引起觀眾的注意），不許開攪（演劇時起鬨），不許誤場（耽誤了上場的遲到），不許笑場（演員在臺上脫離劇情的失笑），九龍口言公（臺上出錯互相推諉時，由打鼓佬判斷，打鼓佬坐在九龍口，時刻都在注意場上的演出，他的判斷會比較公正）等等。

這些行規、信仰和禁忌，從不同的角度約束著每一個人，使得一個戲班子可以正常運轉，以自己的方式在社會上生存下去。

戲班子與戲園子是合作夥伴，誰也離不開誰，他們之間分錢叫做「辦賬」，戲園子和戲班子一般是三七開至二八開。戲班子每天「開份」給演員分錢，每人的「戲份」多少錢、何種花費都寫在「卡子」上，卡子是公開的，得讓大家覺得公平。

第三節　精忠廟、精忠廟首

明代管理宮廷音樂、伶人事宜的機構是「教坊司」，清代管理戲曲、伶人的機構是南府、昇平署。昇平署的上司是「管理精忠廟事務衙門」，這個衙門是內務府所轄司監之一，設「郎中」（堂郎中）一員主管其事，下屬的精忠廟對戲班子有管轄的職責。

按照王芷章先生在《清朝管理戲曲的衙門和梨園公會、戲班、戲園的關係》中的說法是：精忠廟的設立始於明朝，開始修建精忠廟的時候，在祭祀岳飛的大殿旁邊，建築了一座天喜宮，裏面供奉著喜神廟祖師爺的聖像（所以天喜宮也叫做喜神廟），歲時祭祀。到了明末或者清初，梨園行會（梨園公會）成立，名為梨園會館（或梨園公所），地點就設在這座精忠廟內，所以精忠廟又是梨園行會的別稱。作為行會組織的精忠廟，開始只是一個梨園中人解決糾紛、談公事的地方，京中戲班子的行政領導是內務府，戲班子的「成立」和「報散」諸事都需要向內務府呈報。

傳說是鑑於嘉慶年間，有天理教徒混入內城直犯宮禁的事情發生，所以，內務府對於咸豐皇帝常常傳外邊的戲班子進宮演戲一事，很是覺得責任重大，為了加強防範，專門責成當時演藝最好、最有名望而且熟悉各個戲班子情況的三慶班班主程長庚，負責事先審查進宮人員的品格，並且保證戲班子進宮不出事端，等於是在宮門之前加了一層防護網。內務府給予程長庚的頭銜是「精忠廟首」，精忠廟在實際上也就成了內務府下屬的半官方機構……也就是說，由內務府指定精忠廟首始於咸豐年間，第一任廟首是程長庚。

除了擔當著「審查進宮人員資格」這項重任之外，內務府把接受戲班子「成立」和「報散」事宜、處理戲班子之間的矛盾糾紛等等繁雜的事務，也都委派給了精忠廟首。

比如：新成立的戲班子搭成之後，具「甘結」（舊時交到官府的一種畫押字據，內容為「保證……，否則甘願受罰」之類）一紙，寫清楚該班都有哪些人、都能演哪些戲，交給精忠廟首，登錄於梨園行會中的名冊，再由會首寫一張「結」（舊時表明保證、負責或者承認了結的文書），轉呈內務府堂郎中，再由堂郎中上呈堂倌，得到批准之後才能夠開鑼演戲。等於是在報內務府之前，新的戲班子先經過了一次審查。

當然，精忠廟首並沒有決定權，它只是一個中間環節，內務府把事務性的事情都交給了精忠廟首，而且，萬一戲班子出了問題，內務府就可以追究精忠廟首，由精忠廟首去擔當責任和面對雜七雜八棘手的事情，自己落得輕鬆神氣。

又如：戲班子之內或者戲班子之間發生了糾紛，班內或者戲班子之間不能處理的時候，報到精忠廟首那裏，精忠廟首履行職責的權力範圍是：判斷是非、罰香（在祖師爺前焚燒）幾何、罰錢多少，一直到當時辭退、革出梨園永不錄用……所以精忠廟首必須要公正無私而且有威望才行，如果遇到精忠廟首也解決不了的事情，就得呈報堂郎中了，一般來說如果到了這一步，事情可能就鬧大了。

精忠廟隸屬於內務府堂郎中，直接對內務府負責，卻不是內務府的人員，它雖然是個有名無實的職務，但是，對上靠著官方、對下權限不小，雖然沒有決定權（成事不足），可是卻有否定權（敗事有餘）。所以，程長庚之後，精忠廟首慢慢從一人擴充到四人：劉趕三、徐小香、楊月樓、王九齡、俞菊笙、譚鑫培、余玉琴、田際雲都出任過廟首。

不少人覬覦這個職務，也有人通過各種各樣的方式謀求這個職務，就像今天一樣……人性酷愛權力，能夠掌握別人的命運是一種享受，古今一理。

景孤血在《精忠廟首瑣談》中說是：精忠廟廟址在「前門外珠市口迤東草市……一度改設在前門外糧食店南口惠濟祠內」，齊如山說是在「崇文門外東曉市」。一九五零年版的舊地圖上面，崇文門外東珠市口南邊有精忠廟街，一九九九年出版的（一九九七年以前的資料）《北京街道胡同地圖集》上改名精忠街，而今它在地圖上已經消失了。

齊如山一九三二年一月在《國劇畫報》第一卷第二、三、四期上，連載刊登了他在民國十七年（一九二八）發現拍攝的、年代當在乾嘉間的「精忠廟壁畫」，傅惜華配文〈關於精忠廟壁畫〉對於壁畫上的「十二音神圖」做了闡釋：

按戲劇音學，昔時凡演鬚生色者，其歌喉須具有小龍虎音、雲音、鶴音、琴音、猿音。演小生色者，當具有鳳音、雲音、鬼音。演老旦色者，與鬚生色同而略小。演青衣色者，則與小生色同。演淨色者，必具有大龍虎音及雷音。至演丑色者，則具有鳥音。蓋各種音，復分用之於歌者之唇、齒、舌、鼻、喉之間，故梨園中遂祀此諸音之神也。

伶人心中神聖的十二音神是羅公遠真君、黃繙綽真君、琴音綿駒真君、龍吟王豹真君、猿音石存符真君、雷音孫登真君、葉法善真君、雲音韓娥玄君、鳳音阮籍真君、虎嘯秦清真君、鳥音薛譚真君、鬼音沈古之真君。

在齊如山看來，「十二音神圖」等八幅壁畫是精忠廟留給後人最有價值的研究資料，關乎中國戲曲的歷史、關乎音樂歷史、關乎梨園界伶人的信仰……值得研究也值得保存，他的拍攝和發表顯然都具有「搶救」的意圖。

傅惜華說是：在拍照的當年，齊如山曾經將所拍照片「以二幀贈與《北京畫報》刊登，復贈一幀於《南金雜誌》」，意在公之於眾，然而「北平研究院，更取此影複印於研究院院務彙報中，竟將發見者之名去而不載，殊失學者之態度也！」

看來，那時候也有「侵權」事件發生，齊如山很是珍視自己的「知識產權」，傅惜華亦有過抱打不平之舉。

第五章　清代的封箱戲、義務戲和堂會戲

清代戲班子一年到頭忙忙碌碌，除了每天正常的商業演戲之外，還有一些特別的演出：封箱戲、義務戲和堂會戲都屬於這一類。

第一節　精采好看的年末封箱戲

「封箱」是戲班的習俗，特指戲班年終休息前的儀式：每年的農曆十二月中旬以後，戲班子例行封箱典禮：先跳靈官（驅邪），跳完之後給祖師爺燒香叩頭（感謝他老人家一年的恩賜），然後將戲衣、道具清點裝箱，貼上「封箱大吉」的封條，表示年前不再開箱演戲，伶人們就回家過年了。

戲班子「封箱」習俗依然是來源於官場「封印」（就像是學戲的正途叫做「科班出身」一樣），齊如山在《除夕話封箱》中說是：

> 前清……官場每到臘月二十日封印，封印的禮節，是到這天，把印洗淨，入匣封固，尚書率全

部人員，對著印行一跪三叩禮，這算是把印封起來了，次年正月二十日「開印」，也是這樣行禮。外省總督巡撫，下至州縣大小衙門都是如此。在這一月之間，除大盜人命等大案件之外，是任何事不辦……

官場封印，戲班則封箱，戲園子則封臺，至封箱封臺的日期，最早者為臘月二十四五日，最晚者二十七八日。每次封箱封臺，都要唱好戲，一則因為到了年底，各商家住戶都要忙著過年，無暇聽戲，則賣座當然較常為難。二則無論何班，唱了一年了，臨末尾，總要落個豐滿的面子，取個吉利。所以各班都要唱硬正叫座之戲……

春節過後，大家回到戲班子，鄭重地啟封開箱，換上「開鑼大吉」的新帖子，算是正式「開臺」，開臺之後的第一次演出會加演「跳靈官」（驅邪、淨臺）和「跳加官」（祝願觀眾加官晉爵）。

戲班子封箱之前的最後一次演出叫做「封箱戲」。戲園子封臺之前的最後一次演出叫做「封臺戲」。由於各個戲班子「封箱」的時間不同，各個戲園子的「封臺」時間也不一樣，所以，戲班子的封箱戲不一定就是戲園子的封臺戲。

一年一度的封箱戲，戲班子都會挑選、安排本班可以招徠觀眾的戲碼（戲目），伶人們也都會拿出自己的拿手好戲，有時候還會邀請其他戲班子中的伶人助興出演。伶人們也會格外地賣力氣。所以，封箱戲多半諧趣、火熾，都會賣「滿座」（戲園子座無虛席）。

程長庚時代的三慶班各個行當名伶如雲，曾經以新編《三國志》作為戲班子的看家本領。從劉表託孤到取南郡共計三十六齣，平時單齣上演，年底作為封箱戲連演四天，這三慶班的「連臺本戲《全本三國志》」也是挺有號召力的——用平時藏而不露的戲碼年終酬謝主顧，應該是早年封箱戲的宗旨。

三慶班的《全本三國志》角色整齊：劉貴慶的劉先主、程長庚的關公（帶魯肅）、錢寶豐的張飛（帶黃蓋）、楊月樓的趙雲、盧勝奎的諸葛亮、曹六的徐庶、徐小香的周瑜、何九的龐統、黃三的曹操、華雨亭的劉璋（帶喬國老）、殷榮海的孔融、遲玉泉的馬良、褚林奎的太史慈、陳三福的孫權、徐二格的蔣幹、張長順的張遼、陳小奎的張昭、羅七十的關平、袁禿子的周倉、方洪順的曹仁、袁大奎的曹洪、黃五的許褚、崇富貴的張郃、張啟三的蔡瑁、林大柱的張允、田寶林的蔡夫人、陸緯仙的糜夫人、吳巧福的甘夫人（見齊如山《京劇之變遷》）。

這裏的程長庚、盧勝奎、楊月樓、錢寶豐、徐小香、何九（何桂山）、黃三（黃潤甫）、劉貴慶、曹六、田寶林……都是當時數得上的頂尖名伶，他們的名字在如今的戲曲史和表演史上都有地位自不必說，其他例如：崇富貴唱武二花、兼做武功教師，華雨亭、張長順、陳小奎、殷榮海、陸緯仙、吳巧福也都是各有所長，樣樣都拿得起的伶人。從這張名單上就可以知道這《全本三國志》有多麼精采，這樣的封箱戲真可以說是對得起主顧了。

後來，主顧的興趣有了變化，青睞有趣的名伶反串（飾演本人行當以外的角色），於是封箱戲的戲碼也就跟著起了變化，封箱戲的大軸子多半變成了格外好看的「反串戲」，這反串戲也是平時「不露」（不演）的，這樣的情況也持續了很多年。

唐魯孫在《南北看》中，紀錄了一次「坤班」的封箱反串戲：

> 有一年琴雪芳的戲班，年底在北平華樂園唱封箱戲。全體反串大翠屏山中的抄家殺山，由李桂芬（本行老生）反串潘巧雲，琴雪芳（本名馬金鳳，本行花旦）反串石秀，琴秋芳反串潘老丈，李桂芬弟婦李慧琴，是唱青衣的反串揚雄，唱花旦的金少仙反串海和尚，當晚紅豆館主的胞兄溥倫也在

座聽戲……

李桂芬是二十世紀三四十年代京師坤角鬚生（女老生）最最有名的「三芬」（張喜芬、金桂芬、李桂芬）之一，因為她在「三芬」之中最為出色：扮相淡雅脫俗，身材修頎瀟灑，嗓音高亢圓潤，沒有「雌音」（女人音色），而且她為人重義氣講感情，德藝兼優卓爾不群，深得世人的敬佩，所以她的「人緣好」，她的老生戲也很能叫座（因為她而提高戲園子的上座率），反串戲就更有號召力了。

況且，一個「坤班」中的女伶人，行當是「生行」、「淨行」的反串「旦行」，行當是「旦行」的反串「生行」、「淨行」，扮演人和行當以及角色之間的性別發生多次複雜的轉換倒錯，就更加耐人尋味了，這也是坤班反串戲更加叫座的原因，難怪像唐魯孫、溥倫這樣的宗室王孫也會專門蒞臨看戲呢！

第二節　名伶薈萃的年末義務戲

梨園行在每年的年根底下，都要唱一臺「義務戲」（後來又叫做「窩窩頭會義務戲」），這臺戲的收入除了舞臺零碎開銷之外，全部周濟戲班子「底包」（旗鑼傘報、院子過道、宮女丫鬟、龍套文武場等等基層服務人員）貧苦同行回家過年，名伶是只盡義務不拿報酬——也就是說，義務戲原本的性質是周濟同行的義舉。

義務戲和封箱戲一樣，也是名演員、硬戲碼（過硬的劇目）。

義務戲是由梨園公會組織發起、安排戲碼和演員，每年臘尾例辦一次，延續了很多年。

翁偶紅在《記憶所及的幾場義務戲》中，紀錄了幾場精采義務戲的細節，比如：

一九一六年（民國五年）的義務戲是在第一舞臺演出的，全場十一齣戲，按照資歷和名氣排隊，那時候譚鑫培還在世，當然是他的最後一齣，楊小樓排在譚鑫培前面：

開場：董俊峰《鍘美案》
第一：李順亭《鎮潭州》
第二：許蔭棠《胭脂虎》
第三：九陣風《泗州城》
第四：時慧寶《朱砂痣》
第五：俞振亭《溪皇莊》
第六：龔雲普《沙橋餞別》
第七：陳德霖、王瑤卿、路三寶、姚佩秋、賈洪林《六本雁門關》
第八：劉鴻聲、謝寶雲《雪杯圓》
壓軸：楊小樓、王蕙芳《戰宛城》
大軸：譚鑫培《洪羊洞》

看看戲碼就可以知道，這場戲薈萃了當時京師第一流的名伶和他們的拿手好戲——這樣的義務戲戲碼一經貼出，馬上就會讓戲迷們奔相走告、興奮異常。

後來義務戲逐漸增多，名目雖然不止於周濟同行，可性質仍然是為了社會公益事業而演出，多半變成了「賑災扶貧」之類，時間自然也就不必一定是在年末了，組織者為了出新，羅致名角不遺餘力，起勁的原因不知是否與利益的驅動相關。

一九一八年（民國七年）十月第一舞臺的義務戲中，請出了年逾古稀，與譚鑫培、汪桂芬齊名的孫菊仙、一九一九年（民國八年）三月的義務戲，又把年近古稀、已經蓄鬚輟演的梆子名伶老十三旦請來參加——息影舞臺的老名伶自然還是有神話般的號召力。

就像封箱戲一樣，在反串戲走紅的時候，義務戲的戲碼也發生了變化，那就是在一大串名伶的拿手戲之後，最後的大軸戲也變成了振奮人心的反串戲。

翁偶虹記憶中的一九二一年（民國十年）一月的「窩窩頭義務戲」戲碼如下：

姜妙香《岳家莊》

郭仲衡《長亭會》

俞振亭《飛杈陣・鬧昆陽》

王鳳卿、黃潤卿《打漁殺家》

高慶奎、尚小雲《浣紗記》

王瑤卿、王蕙芳《雁門關》

楊小樓、梅蘭芳《長阪坡》

王又宸、陳德霖《戰蒲關》

劉鴻聲、龔雲普《斷皇后》

大軸全體反串《八蜡廟》

且不說高慶奎、尚小雲正在走紅，王瑤青、王蕙芳多麼叫座，楊小樓、梅蘭芳的《長阪坡》是為絕配，王又宸、陳德林的《戰蒲關》一時無兩，劉鴻聲、龔雲普兩條好嗓子高亮甜潤，能夠灌滿一千多人的戲園子，單說大軸反串《八蜡廟》的扮演，就值得在戲曲演出史上記下一筆：

姜妙香反串費德恭　楊小樓反串張桂蘭　黃潤卿反串施大人
俞振亭反串小姐　王瑤卿反串褚彪　劉鴻聲反串丫鬟
梅蘭芳反串黃天霸　尚小雲反串金大力（花臉）
王蕙芳反串關泰　王又宸反串米龍
郭仲衡反串竇虎　高慶奎反串朱光祖（武丑）
郝壽辰反串小張媽　龔雲普反串費興兒（丑角）

此前的一九一八年（民國七年）四月十七日，馮國璋家曾經有一場堂會戲，大軸戲就是《八蜡廟》，這齣《八蜡廟》是正常的當行扮演，吳小如先生在他的《吳小如戲曲文錄》中，保存了這份珍貴的演出名單：

楊小樓扮演費德恭　梅蘭芳扮演張桂蘭　王鳳卿扮演施公（施大人）
尚小雲扮演小姐　余叔岩扮演褚彪　程硯秋扮演丫鬟
俞振亭扮演黃天霸　高慶奎扮演院公　朱桂芳扮演後張桂蘭
錢金福扮演關泰　許德義扮演米龍　俞華庭扮演賀仁傑
李連仲扮演竇虎　王長林扮演朱光祖　范寶亭扮演老道
張文斌扮演老媽子　慈瑞泉扮演費興　李敬山扮演費升

如果我們把這份演出名單，對比一下一九二一年的反串《八蜡廟》，就會覺得忍俊不禁：反串演出時，每個角色上場都是出人意外的，都會引起哄堂大笑，尤其是剛剛在《長阪坡》中飾趙雲的楊小樓反串張桂蘭、在《鬧崑陽》中飾牛邈的俞振亭反串小姐、飾曹操的郝壽辰反串小張媽、飾浣紗女的尚小雲反串金大力（花臉）、在《斷皇后》中飾包公的劉鴻聲反串丫鬟、飾李后的龔雲普反串費興兒（丑角）、在《浣紗記》中飾伍子胥（老生）的高慶奎反串朱光祖（武丑），都是噱頭叢生，使人絕倒。而在《雁門關》中飾青蓮公主的王瑤卿反串褚彪（老生）、在《長阪坡》中飾糜夫人的梅蘭芳反串黃天霸（武生），卻是有真功夫的——他們在舞臺上的表演教人感覺上撲朔迷離，不能確定這是當行扮演？還是反串？

這場演出由於演員陣容強大、名伶雲集，成為了反串的大觀，《八蜡廟》也成為反串的經典劇目，在很長的時間裏，反串《八蜡廟》都是約定俗成的、一年一見的義務戲。特別是楊小樓反串的張桂蘭以噱頭見長、梅蘭芳反串的黃天霸以功夫取勝，這兩個角色固定是他們倆的，簡直就是無可替代，正常的當行扮演《八蜡廟》反而很少演出了。

八年以後的一九二九年「山西賑務會籌款特約北平全體藝員合演義務夜戲」，戲碼也很硬，最後也還是反串《八蜡廟》：

第一：全體《大賜福》
第二：孫硯亭等《荷珠配》
第三：邱富棠等《蟠桃會》
第四：裘桂仙等《白良關》
第五：郭仲衡、朱琴心、尚和玉、侯喜瑞《長阪坡帶漢津口》
第六：王幼卿、王又宸、陳德霖《四郎探母》
第七：高慶奎、荀慧生《坐樓殺惜》
第八：馬連良、楊小樓、程硯秋、郝壽辰《甘露寺、美人計、回荊州、蘆花蕩》
第九：梅蘭芳、余叔岩《遊龍戲鳳》
大軸全體反串《八蜡廟》
程硯秋反串賀仁傑　余叔岩反串朱光祖　楊小樓反串張桂蘭

梅蘭芳反串黃天霸　馬連良反串關泰　郝壽辰反串老媽（小張媽？）
諸如香反串老院子　黃桂秋反串費興　閻嵐秋反串褚彪
朱桂芳反串費德恭　姜妙香反串金大力　蕭長華反串施大人
陸風琴反串臨老道　邱富棠反串米龍　侯喜瑞反串小姐
李壽山反串小丫鬟　劉鳳林反串王良　陶玉芝反串竇虎

《八蜡廟》的扮演者除了楊小樓反串張桂蘭、梅蘭芳反串黃天霸、郝壽辰反串小張媽仍然是一九二一年的舊人之外，其他角色已經與八年前大不一樣——光陰荏苒，時過境遷，老伶人凋謝，新星崛起，義務戲中的角色也是新舊交替，陣容漸變，令人有不勝今昔之感。

反串戲雖然是遊戲之作，也能令人耳目一新，演員和角色的玄黃顛倒常常讓人始料不及，不但前臺時時哄堂大笑，後臺也覺得異常開心，年頭歲尾，戲迷們誰不願意看一場這樣難得的、名伶雲集的精采演出呢？

第三節　異彩紛呈的堂會戲

「堂會戲」是雇請戲班子或者名伶為個人慶賀演戲，可以自選戲班、演員和戲碼，比起在戲園子看戲非常不同，很容易做到異彩紛呈。

「堂會」二字有兩種解法：一是出於過去御史衙門團拜會，全衙門堂官司官集於一堂，好像是在本衙門堂上之會，所以叫做「堂會」。二是此種聚會都是在飯莊，飯莊之名都是叫某某堂，所以叫做堂會。不管哪一種解法，意思都是「帶有慶賀意味的聚會」，因堂會而演戲，就是堂會戲，堂會戲後來也簡稱堂會。同年、同鄉團拜演戲、私人慶賀演戲也都叫做堂會了。

堂會戲可以是邀請一個戲班子演戲，這種做法比較簡單，只要講妥價錢就可以了，戲價一般都是正常商業演戲的加倍。

也可以是邀請不同的戲班子中的名伶臨時搭伴演出，主顧可以指定名伶、指定戲碼，這樣的堂會比較麻煩，一般都要請一個「戲提調」代為辦理：配角、場面（文場、武場）、戲箱（戲衣、道具）以及他們的報酬都要件件落實。

每個戲班子都希望演堂會，因為堂會戲收入豐厚，會是戲份（伶人每日演戲的報酬）的加倍，名伶如果演「雙齣」（兩齣）就再加一倍，如果主人高興有特殊賞賜，那就沒有定例了，所以堂會演出大家都會賣力氣。

光緒中葉以前，每次堂會（也叫每本堂會）的花銷至少要紋銀幾十兩，多至一二百兩，光緒中葉以後則多至數百兩不等，民國二三年以後，每次堂會要花一二千元，更有甚者，抗戰之前，滿人宗室寶叔鴻為其父墨麒七十壽辰辦堂會戲花了六千大洋，當時一所四合院也不過四五百元——一本堂會花去十多所房產也可以算是空前絕後了。

請得起堂會的人家，得自己準備大擺宴席的地方和戲臺，或者自家有戲臺和院子，比如晚清的那中堂（那桐）家金魚胡同的那家花園，就是自家有戲臺。如果沒有院子和戲臺還要辦堂會，就得租飯莊、租會館、租戲園子了，那當然都是要付費的。

堂會戲因為可以挑人挑戲，不像戲園子營業演出那樣總是優劣搭配，所以演出都會盡如人意。二十世紀初流行辦堂會，有錢人都是請個戲班子到家裏為父母、為自己慶祝壽辰，堂會戲也就越來越辦得花樣翻新。

唐魯孫在《大雜燴》中，紀錄了那桐在自己的花園裏過散生日（不是整壽），辦了一個小型堂會，倫貝子（溥倫）做戲提調，戲碼不大卻齣齣精采，最精采的是梆子藝人老十三旦侯俊山本來已經留起鬍子準備收山了，結果被戲提調溥倫死說活說，加上不能不買那中堂的金面，演了一齣梆子戲《辛安驛》，老十三旦剃了鬍子上了臺，依然是驚鴻挺秀、清新自然，走矮子、躡蹉步，都是跟著鑼鼓點兒配合得天衣無縫，真真令人顧盼怡然、歎為觀止。

民國八年（一九一九）梅蘭芳二十六歲，在前往日本演出之前，租了前門外東珠市口三里河織雲公所，在那裏慶賀祖母的八十壽辰，當時梅蘭芳的人氣正在節節走高，再加上他為人謙和友愛和梅家三代在梨園界的好人緣，前往祝壽的名伶同行們都願意「獻戲」祝壽，謙遜的梅蘭芳雖然不以堂會自居，也不出戲單，可是這一天的演出，卻是一場獨一無二的堂會戲，其時的《民國軼事大觀》中詳細紀錄了當天的戲碼、扮演者和演出效果：

第一齣為《麻姑獻壽》，陳石頭（陳德霖）去（扮演）王母，白牡丹（荀慧生）、程硯秋、姚玉芙、芙蓉草去四仙姑，畹華（梅蘭芳）自去麻姑，可謂珠聯璧合，神采四射，極人間之美。而麻姑舞蹈一場，尤為精采，座客觀者不勝其歡，讚歎躊躇滿志焉。

次為《蜈蚣嶺》，去武松者為畹華，琴師茹萊卿亦特別之作。

再次為《桑園寄子》，去鄧伯道者為名旦王蕙芳，而以李連仲、李壽山兩老頭兒去小孩，頗堪發噱。

再次為《雙搖會》，畹華去小生，溫文爾雅，居然一翩翩濁世之佳公子矣，程繼仙去書僮，程硯秋去大娘，而以黑頭泰斗錢金福去二娘，奇情怪狀妙不可言，蕙芳及余叔岩去街坊亦頗湊趣。

又次為《打麵缸》，畹華去張才，王琴儂去書吏，名旦王瑤卿、王蕙芳去大、四兩老爺，而以名丑張文斌去周臘梅，裝妖作態備極滑稽，當大老爺將其斷歸張才時，文斌笑拍畹華之肩曰：「多少人都想你不到，不料我活到六十八歲，倒有這麼好福氣嫁給你啦，哎呀我的寶貝兒呀！」座客無不拍掌大笑。

大軸子為《豔陽樓》，去高登者譚派著名鬚生余叔岩，工架老到，去花逢春者為王鳳卿，去秦仁者王蕙芳，而畹華自去呼延豹，亦居然英氣勃勃，把子（用長短兵器模擬武打戰鬥的功夫）亦能純熟，姚玉芙之賈先生，姜妙香之小可憐均詼諧盡致。

閉幕時已夜間一點鐘矣，都人士莫不傳為佳話。

這本堂會的獨一無二之處有三：第一，戲提調是王瑤卿，新奇。第二，六齣戲中，梅蘭芳出演五次，四次反串，別致。第三，名伶出演小配角：荀慧生、程硯秋、姚玉芙、芙蓉草的四仙姑，李連仲、李壽山的小孩，程硯秋的大娘，錢金福的二娘，王蕙芳、余叔岩的街坊，姜妙香的小可憐……奇特。在任何檔次、任何等級的封箱戲、義務戲和堂會戲裏，也不會出現這樣的奇觀。

另一次被稱為「劇壇絕響」的堂會戲發生在民國二十六年（一九三七），堂會的主人是張伯駒。這場堂會的因由（慶賀四十壽辰）、地點（隆福寺街福全館）、戲碼（郭春山《回營打圍》、程繼仙《臨江會》、魏蓮芳《起解》、王鳳卿《魚腸劍》、楊小樓、錢寶森《英雄會》、于連泉、王福山《丑榮歸》）都沒有什麼異樣，唯獨大軸戲「失空斬」（《失街亭》、《空城計》、《斬馬謖》）與眾不同，與眾不同之處是它的角色配置：主演孔明的是壽星、名票張伯駒。配角是楊小樓的馬謖，余叔岩的王平，王鳳卿的趙雲，程繼仙的馬岱，名票陳香雪的司馬懿，錢寶森的張郃，慈瑞泉和王福山的二老軍帶報子。

這齣戲的「名角硬配」實在是「太硬了」，這麼一撥在當時全都各自是一方諸侯的頂尖名伶，「陪著」一個票友張伯駒粉墨登場是有點不可思議，特別是其中的余叔岩和楊小樓在一起扮演大將更有諸多的不合情理。

當時的伶票兩界全都知道：張伯駒是大少爺出身（父親是河南督軍），家財萬貫、迷戀京劇，他和余叔岩是過從甚密的朋友，為了票戲，宗譚（譚鑫培）學余（余叔岩）不遺餘力，吊嗓子、打把子、文武崑亂無所不學，有很長時間幾乎是天天泡在余叔岩家耳濡目染，久而久之把余叔岩的腔調、韻味、氣口（換氣、偷氣的方式）、字眼都模仿到家了，可惜的是天賦有限——沒有嗓子，在家裏唱著玩兒自己聽聽還說得過去，可是只要上了臺，五排以內的觀眾都聽不清，余叔岩等內行們背後都戲稱他「張電影」。

譚鑫培之後的余叔岩，掛頭牌（名伶位居第一）、唱壓軸（戲班子中頭牌演員演出的文戲，位置在大軸戲前面），在京師演藝界已是多年的老生第一了，名氣在當時已經是如日中天。余叔岩為人認真、嚴謹、自尊，對藝術重視而且珍惜，自視甚高。對於張伯駒是交朋友可以，教戲也可以，他和別人一樣也把張伯駒唱戲當作笑話兒。余叔岩的王平，當年是譚鑫培親授，他只在堂會裏陪自己的老師演過一次，後來譚鑫培過世，余叔岩成了泰斗級的名伶，公開演出就再沒有唱過王平，哪能跟張伯駒一塊兒起鬨鬧著玩兒呢？

楊小樓是梨園界公認的武生行空前絕後的「神來之筆」，從宣統元年（一九〇九）開始，就是每逢演出必唱大軸（戲班子演出的最後一齣武戲），從民國元年到民國二十六年的二十六年之中，他一直都是以武生挑班（支撐一個戲班子）掛頭牌，楊小樓雖然為人恭而有禮、謙虛溫和，但是他的「份兒」（公認的位置）擺在那裏卻是自有威儀，從來沒有人演戲敢想過要他「跨刀」（充當配角）。況且，他也從來沒有扮演過馬謖哇！

張伯駒的孔明？余叔岩的王平？？楊小樓的馬謖？？？想都別想！！！！

可是，這件看起來絕無成功之理的事情居然就成了事實！為什麼呢？丁秉鐩在《菊壇舊聞錄》裏面，紀錄了這件事情富有戲劇性的醞釀和成為事實的經過：

張伯駒除了家裏常辦堂會，自己也喜歡彩串（粉墨登場）……為了做壽，打算大大的辦一場堂會，自己也露一露。他很久便有一份心願，想演《失空斬》，而請余叔岩配演王平，但是請余叔岩給自己當配角，茲事體大，不敢冒昧請求，並且也沒有把握，如果他當面碰了叔岩的釘子，鬧成僵局，以後也不好來往了，反倒耽誤交情。

於是心生一計，在籌辦堂會戲的時期，很自然的在家裏請了便飯一局，叔岩是常到張宅去的，在座還有楊小樓等幾位名伶，都是伯駒熟人，另外還安排了幾位有預謀的清客。

在酒足飯飽以後，大家初步研商堂會戲的戲碼，這幾位就以客觀的姿態、建議的立場，春雲乍展向余叔岩探詢口氣：「張大爺的四十大慶，可是個大好日子，他的《失空斬》是您給說的（教的），假如您捧捧（捧場）好朋友，合作一個王平，那可是菊壇盛事，千古佳話了！您看怎麼樣？」張伯駒則在旁邊一語不發的旁聽。

余叔岩……心裏雖然十分不願意，但和張伯駒這麼好的交情，也不能當面說不字呀！他看楊小樓也在座，就轉移目標，以進為退的找了一個藉口：「其實，我這個王平，倒是稀鬆平常，沒什麼了不起，又是本工（本來的行當）戲。我很希望實現這齣《失空斬》，如果煩（邀請）楊老闆來個馬謖，那可就精采了。」轉過頭來對楊小樓說：「怎麼樣？師哥！您捧捧張大爺好不好？」

這時，全屋的人，目光就都注視楊小樓了。小樓笑著對余叔岩說：「余三爺，您可真會開玩笑！第一，我不是本工，再說，我也沒學過馬謖，這哪是短時間學得會的呀？我可不敢接這個帖（接這個差使）。」

其實，余叔岩準知道楊小樓「沒有」（不會演）馬謖，他是故意如此說，以便小樓推卻，他也就可以不接王平這個活兒了。於是又故意很誠懇的說：「師哥，您別客氣了，什麼活兒您還不是一學就會呀！您要是肯來馬謖的話，我一定捨命陪君子，陪您唱這個王平，咱們一言為定，您瞧怎麼樣？」

合著算是把這塊熱山芋，扔在楊小樓的手上了。換言之，也等於間接向張伯駒表明了態度：如果楊小樓不唱馬謖，他也就不唱王平了。

楊小樓一看情勢嚴重，要造成僵局，他是聰明絕頂又飽經世故的人，先別下結論，緩緩鑼鼓吧！就說：「好在為時還早，咱們再研究研究吧！」

張伯駒本意，如果這天把《失空斬》促成了，更好，他也知道余叔岩不會輕易答應，如果不成呢，就即席研究，改派其他的戲碼了。沒想到余叔岩提出楊小樓馬謖這個題目來，如能實現，那不更是錦上添花了嗎？楊小樓雖然當時沒接受，可是沒拒絕，還有一線希望，於是就不急於決定改換其他戲碼，仍向這一局的實現來努力。

第二天起，就請他的朋友向楊小樓進攻，這些清客們以中立客觀姿態，向楊小樓進言，用兩種說法：一種是「您和張大爺是熟朋友，捧捧他吧！難得這麼一回。」另一種說法，是挑破余叔岩的用意，向楊說：「您可別中了余叔岩『借刀殺人』之計呀！他不好推脫張大爺，拿您來頂門（抵擋），您不唱這一齣，您算得罪了張大爺了，他自己脫身還不得罪人，您不上當了嗎？為什麼不捧捧張大爺，他該多感謝您哪！」

楊小樓再思再想以後，一衡量利害關係：為什麼不掙個大戲份兒（大報酬），還使張伯駒感恩不盡，落個名利雙收？何況，這又不是公開的營業戲，而自己又可以過一回文戲的癮呢？於是答應張宅肯演馬謖，一面請錢寶森給自己說馬謖唱做和身段，一面請張家來人告訴余叔岩快準備王平，並且定期對戲（排練相互的臺詞和動作）。

當時，張宅朋友歡喜若狂，趕快向張伯駒覆命圓滿交差……這一下，余叔岩出諸意外，可嘗了「請君入甕」的滋味了。

這件事特別有意思的地方是：當事人是兩個泰斗級的名伶和一個有錢卻沒有自知之明的票友，票友想要登臺演戲，雇請名伶相陪，兩個名伶都不情願卻又不願意得罪有錢的「朋友」，於是一個使出嫁禍於人的拖刀計，一個衡量利弊之後請君入甕，最後是鷸蚌相爭漁翁得利，張伯駒不僅得以讓余叔岩配演，還賺了一個楊小樓——簡直就是喜出望外了！

於是，這齣堂會的檔次立即提升：其他配角全部邀請一流名伶。這次《失空斬》的消息傳出之後，不但轟動京師，而且轟動全國，張氏好友紛紛送禮拜壽、還有遠在外阜的戲迷也專門前來——都是為了聽這齣堂會戲。到了那天，福全館內人山人海，盛況空前，丁秉鐩紀錄的演出實況如下：

……而這天的《失空斬》演出也逐漸變質：原來內行們陪他唱，是準備開攪起鬨來湊湊趣兒的，後來因為搭配硬整，大家為了本身的令譽和藝術責任，就變成名角劇藝觀摩比賽了。而最後卻演變成楊小樓、余叔岩爭勝「比粗兒」（競賽）的局面，大家的注意力都集中在這些望重一時的名角硬配上面……

《失空斬》第一場四將起霸（武將出場時表現整盔、束甲準備出戰的舞蹈動作），不但臺上的四位角兒卯上（卯勁），臺下的來賓，也都把眼睛瞪得比包子還大，注目以視。頭一位王鳳卿的趙雲，第二位程繼仙的馬岱，當然都好，也都落滿堂彩，但大家的注意力卻全集中在王平和馬謖身上。

第三位余叔岩的王平起霸，一亮相就是滿堂彩，首先扮相儒雅而有神采，簡直像《鎮潭州》的岳飛和《戰太平》的華雲，儼然主角，然後循規蹈矩的拉開身段，不論雲手、轉身、一舉手一投足，都邊式（動作到位）好看，乾淨俐落，臺下不但掌聲不斷，而且熱烈喝采。

到第四位楊小樓馬謖出場，雖然只是半霸，卻急如雷雨、驟似閃電、威風凜凜、氣象萬千，尤其一聲：「協力同心保華夷」，更是叱咤風雲、聲震屋瓦，觀眾在掌聲裏，夾著「炸窩」（聲音震耳）的「好兒」，四個人一報家門，又是一回喝采，這一場四將起霸，是這齣戲的第一個高潮。

……

下面第四場，馬謖王平在山頭一場，又是一個高潮，也可以說是全劇精華。楊小樓把馬謖的驕矜之氣刻劃入骨，余叔岩表示出知兵的見解，卻又不失副將身分。兩個人蓋口（對白問答）之嚴，邊念邊做，連說帶比畫，神情和身段，妙到絕巔，歎為觀止。那一場的靜，真是掉一根針在地上都會聽得見。因為蓋口緊，觀眾聽完一段，都不敢馬上叫好，怕耽誤了下一段，偶有一兩個急性叫好的，前面必有人回頭瞪他。直到馬謖說：「分兵一半，下山去吧！」王平：「得令」。大家才鬆一口氣，大批的鼓掌叫好兒。

可惜那時候沒有錄影，如果這一場戲傳留下來，真是戲劇史上珍貴資料，可以流傳千古了。

這余叔岩是水磨功夫、一絲不苟、搏獅搏兔俱用全力，以謹嚴取勝，那是「工筆畫」。那楊小樓技藝精湛、大氣磅礴，以聲勢氣度取勝，完全是神來之筆，那是「寫意畫」。兩個功力悉敵、旗鼓相當的人在臺上爭強好勝、搶著要好，把什麼戲都會唱得精采絕倫！

張電影作為壽星兼主角孔明，每次出場時親朋好友都熱烈地鼓掌，也算是很有面子，他促成了這場空前絕後的好戲，也出盡了「票戲天下第一」的風頭。

楊小樓出演馬謖，張伯駒以為是沒齒難忘的殊榮，事後張伯駒送給楊小樓一部汽車。第二年，楊小樓一病不起，張伯駒送去三千元賻儀（向喪家送的禮金），還特別禮聘四川翰林傅增湘為楊小樓點主（舊俗：請一位德高望重的人做「點主官」，在死者的神主牌位墨筆寫的「神王」上面用雞血加寫一點，成為「神主」二字），這在伶人的殯儀裏，也算是獨一無二的殊榮了。

借助於丁秉鐩紀錄的生花妙筆，看過舊戲、聽說過堂會的人都可以根據他的描述想像當年的盛況，可是，看過舊戲、聽說過堂會的人而今也越來越是鳳毛麟角了，所以也可以說，這段歷史壓根兒就已經灰飛湮滅了。

可以說，梅蘭芳家和張伯駒家的堂會，應該算是堂會戲中的「極品」。

第六章　戲迷、票戲和下海

在乾隆時期出現的清代第一次戲曲高潮中，民間戲班的興盛、新興劇目的創造、伶人演藝的精進、歌郎營業的發達等等項目上升的速度都是空前的。

到了晚清，戲曲逐漸成為京師的消費熱點和時尚藝術，於是圍繞著戲曲名伶展開的各種活動：評花、詠伎、徵歌、選色、出花榜、打茶圍……也是花樣翻新。

同光時期開始，京師出現了一大批沉醉於觀摩、模仿戲曲表演的人，那就是戲迷和票友，有的人當票友還不過癮就「下海」去做伶人了。

一直到二十世紀二三四十年代，這些人都是整個社會領袖或者追逐時尚的人物。

第一節　京、津、滬三地的戲迷

戲迷的存在規模，標誌著戲曲作為都市流行時尚的席捲力量和一個城市的消閒水平。可以說當時京、津、滬三地戲迷的數量和質量位居全國之首。

京師當然是第一大京劇城市，天津僅次於北京，上海算第三。這三個城市中，都有眾多的戲迷，那時候戲迷的「迷」是自然形成的，不像今天，什麼都可以「打造」，需要上鏡了就能打造出戲迷來。迷戀戲曲到了什麼程度才可以稱得上是戲迷呢？唐魯孫在《老古董・敬悼京劇評人丁秉鐩》中說是：

秉鐩兄從小就迷京劇，他有從天津趕夜車到北平聽楊小樓《落馬湖》的豪興，我有帶著講義在臺下聽梅蘭芳唱《玉堂春》邊聽邊看功課的紀錄，當時北平有位劇評人景孤血說我們兩人是平津的戲迷。這個玩笑後來連上海《戲劇旬刊》主持人張古愚也知道了，還寫了一篇〈平津兩戲迷〉登在《戲劇旬刊》上，開我們的玩笑呢！

從《戲劇旬刊》創刊號起，古愚兄約我給他寫北平梨園掌故，我用茅舍筆名，每期給他寫兩三千字，一直到《戲劇旬刊》停刊迄未間斷……

丁秉鐩在《菊壇舊聞錄・前言》中說是：

北方有句俗語：「唱戲的是瘋子，看戲的是傻子。」這句話當然有誇張的成分，但是卻一針見血的刻劃出演員的認真賣力和觀眾的沉醉癡迷……

先嚴在天津行醫多年，息影後便以聽戲自娛，每逢京角來津公演，就大批買票，偕家人排日往觀，而筆者即以「附件」身份（不佔位子），每天都跟著去聽，因此，後天上也從小培養成聽戲的習慣。

等到長大了能獨立聽戲以後，更幾乎是日無虛夕的聽，兩個戲院之間趕場的聽，甚至從天津趕到北平去聽。說來慚愧，五十多年在聽戲上所消耗的時間和金錢可太多了，而好戲確也聽了不少。

吳性栽在《京劇見聞錄・京劇大宗師楊小樓的風範》中回憶：

一九一七年，那時我正十四歲，在上海交通大學附屬小學讀書……學校的規矩很嚴……如果私出校門，記大過一次，三次大過便開除了……

十四歲時對於楊小樓已震其大名了，那時他到上海，在二馬路的新新舞臺演唱，父親在星期天接我回家時，准我去看一次……我進場時，只見滿園是人，坐位不夠，排凳添座，有一個七八月身孕的女人，一手按著肚子，很辛苦的坐在排凳上看戲，那天演的是《霸王別姬》（當時戲碼上叫《楚漢爭》），《霸王別姬》得兩天演完，我看的是第一天，所以見不到「別姬」那場戲，印象不深。只覺得楊的個碼高、氣派大、嗓音亮，不愧是個名角兒罷了。第二天回學校，心裏老是彆扭，要出來就得再過二星期。後來實在憋不住了，冒著記一次大過的危險，在第二個星期天就和一個姓徐的同學私出校門，直奔新新舞臺……

陳紀瀅在《章遏雲自傳・序言》中回憶：

民國十四年秋，我初到北平上大學預科，那時北平還叫北京，正是北洋政府當權的時代。北洋政府雖然喪權辱國，但對於民間習俗卻不聞不問，不加干預，任憑你愛怎麼發展就怎麼發展。於是四大名旦及各種科班（指戲班）相繼產生，就沾了北洋政府放任主義之光。北洋政府更把「堂會戲」鼓動起來，無論「慶生」及喜嫁，均唱「堂會戲」……那年頭「堂會戲」為人們爭著看的，因為時間長，可唱整天整夜；角色好、戲碼好，而且「流水席」隨到隨吃……

在北京兩年中，我經常看富連成的科班戲及梅程荀尚四大名旦的戲。

這就是當時的戲迷——為了看戲跟著自己迷戀的名伶「上京（京師）下衛（天津衛）跑上海」不是什麼稀奇事，看戲上癮都不怕記過開除，看來，「追星族」並不是今人的創始。

唐魯孫（一九〇八－一九八五）出身名門，是博聞強記才子型的人物。他熱中於京劇，又熟悉梨園掌故，在當時的北京也是名人中的戲迷。

丁秉鐩（一九一六－一九八零）出身於醫生家庭，終生致力於文化事業。從天津到北京迷戀京劇五十多年，他的從業也多半與愛好戲曲有關，真正稱得起是京津兩地的老戲迷。

吳性栽（一九〇四－一九七九）紹興人，是經營與戲曲電影相關企業的實業家，也是京滬兩地的戲迷。

陳紀瀅（一九〇八－一九九七）河北祁州人，一生迷戀戲曲，從北平、哈爾濱、上海、漢口、重慶、天津、香港到臺灣，走到哪裏迷到哪裏，從梆子腔、拉拉調、哈哈腔、皮黃戲、粵劇、越劇、漢劇、川劇、京劇……逮著什麼迷什麼——也是名副其實的戲迷。

這些戲迷們精采的回憶文字，可以帶領著我們構想出戲迷們多姿多彩的以往，更多的沒有留下文字紀錄的戲迷的存在，也正是戲曲在二三十年代成為時尚藝術的重要標誌。

事實上，這種情況一直延續到四十年代末期。黃裳《舊戲新談》出版於一九四八年，他在書中說：「鄙人涉足歌場，三十年於茲，所看者一大半是京戲。」章靳以為《舊戲新談》寫的〈序言〉中也細細地講道：

溯自看戲以來，將近三十年矣，說不上能懂得什麼，不過止於一個熱心的看客。說熱心，倒一點不假，好像是生而俱來，每場必是依時早到（多半是連飯也沒有吃好），靜候三通鼓，等待拔旗跳加官（近來彷彿連這些都沒有了，卻加上了「謝幕」的尾巴），如果不幸趕晚了一步，老遠的一聽到鑼鼓齊鳴，就如同上戰場的馬，不由得加緊腳步，衝上前去，心中有無限的懊惱同時升起……

他把戲迷被京劇勾魂攝魄的形狀描摩得淋漓盡致。當時那些內行的和外行的，包括那些專門捧角起鬨的戲迷們的投入，與如今娛樂圈眾多的、形態各異的「粉絲」毫無二致。

第二節　滿坑滿谷的票房和票友

票友和戲迷不一樣：只要看戲就可以「過癮」的人是戲迷。如果是總想要「學戲」，總想「粉墨登場」的人，最後就得進「票房」學戲、登臺「票戲」，再不行就只能「下海」演戲了，這樣的人是票友。這些詞彙就像是今天的「粉絲」、「博客」一樣，有著自己的來源和規定的含義。

票房和票友這兩個名詞來源久遠，齊如山在《戲界小掌故》裏說是：

清朝入關之初，恐怕人民不服，設法造就了一批人說大鼓書，大鼓書的內容都是說清朝的好話，這幫人有薪水，派往各地去演唱的時候，每人發給一張「龍票」，各個地方見了龍票就要負責招待持票人的吃住。後來，這批出身於官方機構的、說大鼓書的人就叫票友，造就說大鼓書的人、發龍票的官方機構就叫票房。

唐魯孫在〈玩票・走票・龍票〉（見《說東道西》）一文裏把何以旗人願意子弟組織票房、有龍票的票房有什麼標誌都說得有根有據：

談到龍票，齊如山先生說是內務府核准成立票房，發給的執照，蓋有正式大印，紙上印有龍紋，因此大家叫它龍票。龍票是發給團體，而非發給個人的。清代自康熙以迄乾隆承平日久，八旗子弟士飽馬肥，如果整天遊遊蕩蕩，難免志氣消沉，趨向於不良嗜好。於是有些巨室豪族，極力提倡組織票房，讓子弟們有點正當娛樂。想有一條好嗓筒，必須天天早起吊嗓子，禁忌煙酒，少近女色，不吃辛辣生冷，上臺之後，才能有個樣兒。所以八旗世家都不反對自己子弟進票房，就是這個道理。

凡是經官奉准領有龍票的票房，出外走票（演出）清音桌上，左右邊可以陳列一對朱黻鵠首的錦幡，裝響器的圓籠也要加上藻繪複雜票房的堂號。當年麻花胡同繼家，松柏庵金家，都是歷史悠久名票輩出的票房，月牙胡同銓燕平的票房，資金、組織人頭整齊，排戲認真都在繼、金兩處之上，可是就拿不到龍票。因為銓大爺尊人奎樂器（俊）正是內務府大臣，如果先給自己兒子票房批准龍票，恐怕別人說閒話。後來成立的正乙祠票房、春陽友會、春雪聯吟幾處大票房，受了月牙胡同票房的影響，都沒能領到龍票……

故友孫道南，對於平劇的文件，收藏極富，他從大陸來臺帶有一張道光年間，內務府批給暢音軒票房的龍票，可惜孫兄英年早逝，那龍票恐怕也去向不明了。

齊如山是漢人，唐魯孫是八旗世家，他們對於龍票、票房來源的說法都是各有所宗，可以互相補充。至於票友、票房、票戲、下海，如果用今天的話說就會比較簡單：

清代對戲曲、曲藝、樂師的非職業演員統稱票友，非職業的琴師、鼓師叫「琴票」、「鼓票」。票友研究、學習戲曲的業餘組織叫票房。票友不一定出身票房、也可以通過其他途徑學戲和演戲。票友登臺演戲叫「票戲」，也叫「走票」。

票友正式加入戲班子，以參加營業演出為職業叫做下海……

清代的北京不僅戲迷多，而且票房、票友多，多到滿坑滿谷都是票房和票友。

北京的票房有兩種：一種是有名稱、有地點、有票首（「把頭」或「把兒頭」）、有章程的正式票房，既像是科班，又像是戲班子，也賣票演戲像是戲園子，但不是為了營利；另一種多半是旗人官吏參佐大家攢錢，找一個廟，在廟裏排練崑弋亂彈等戲，純為大家的公餘聚樂之所，二者性質不同。

由於票房是屬於娛樂性質的民間組織，大多數都是猶如過眼雲煙失載於史，如果把周明泰的《道咸以來梨園繫年小錄》、齊如山的《國劇畫報》、清逸居士的《票界懷舊錄》、陳墨香的《觀劇生活素描》、張伯駒的《春遊紀夢》以及唐魯孫的雜文集錦紀錄的票房（不乏時間、地點相互矛盾者）、票友（不少名字舛誤、紀錄有異者），以「從眾」的原則進行取捨搜羅到一起就可以知道下列的盛況：最具規模而且下海名票最多的是西直門內盤兒胡同翠峰庵「賞心樂事」票房，它成立於同治十年（一八七一），票首：載硯斌（載燕賓）。同一年蔣養房胡同「風流自賞」票房成立，票首：載序之。同治年間宣武門內還有一個專由現任職官和世家子弟組成的票房，票首是佐領原輔堂。這個票房不僅演出水平高，而且自備戲箱，有人來請則免費演出，所以頗受歡迎。

之後又出現了魁書林在西四牌樓馬市自立「同懷雅集」票房、續芝山在東四牌樓四條胡同立票（均在光緒十八、九年）、陳子芳在圓明寺立票（光緒二十、二十一年）、英松岩在西直門大街二王府自立「遊目騁懷」票房（光緒二十二、三年）、胡子岩在內西華門立票「壎篪和暢」票房（光緒庚子二十六年前）、玉鼎臣自立「霓裳雅韻」票房（光緒三十二、三年）、鷗鳳軒自立「公閱自賞」票房（光緒年間）、李毓臣自立「遙吟俯暢」票房（光緒年間）、同仁堂東家樂砥舟創立「華夏正聲」票房、龔雲普出票（出科）的「華蘭習韻」票房、「雅韻集賢」票房、「悅性怡情」票房以及咸同時期就已出名的色福亭的「三籥一韻」清音局票房，以及宣統三年紅豆館主溥侗在舊刑部街路北二十一號意園別墅（一說在椿樹三條）成立的「言樂會」（一說由趙子珩、侗厚齋合立，後來分裂出「眾樂會」）……簡直就是數不勝數。

這個時期的票房都有一個高雅的名字，應該是與天津劉趕三出票的「群雅軒」票房以及另外的「雅韻國風」票房屬於同一時段。

之後入了民國，票房更加發達，見於零零星星紀錄的有：民國三年，前門東三里河東大市浙慈館的「春陽友會」票房（樊棣生等人發起成立）；松樹胡同票房（李炳庵立）；草場七條票房（顧贊臣立）；城裏月牙胡同票房（銓燕平立）；東南園武票房；積水潭票房；西什庫養蜂夾道票房；齊化門大街三關廟票房；協和醫院票房；東安市場清唱票房；京西藍靛廠內票房（岳雲邨立）……乃至於吳江館、湖南館、元通觀、玄帝廟都是票友雲集。

這麼多的票房培養出一大批票友，這些票友因為都是出於「熱愛」（當時叫做「上癮」），所以，不用督促都很用心，但凡有點天賦的都能學到可以粉墨登場。

莊清逸在他的《票界懷舊錄》裏面歷數了「三十年所聞見票界名宿純粹未下海者」四十多人：

色福亭工（擅長）老生、載燕賓工花旦、載仰田工老生、慶子雲工老生、榮靜臣工老生兼淨、安敬之工文武做工老生、釗雲耕工丑、趙子明工小生、載佑之工花臉、王雅齋工花臉及武老生、王靜軒工花臉又能青衣、載閣亭工丑、穆靄堂工文場、松鶴亭工老生、魏錫齋工做工老生、玉子厚工文武老生、鷗鳳軒工武場、吉石橋工武老生、張桐軒工丑、李毓臣工做工老生、喬蓋臣工文武老生、陳子芳工花旦、魏耀庭工花旦青衣、續芝山工做工老生、胡子岩工小生、載序之工老生、慶雲圃工刀馬旦、韓峻峰工花臉兼淨、志寶臣工架子花臉、魁書林工老生、祥雲普工架子花臉、福東平工淨、清靜泉工老生、劉燕臣工老旦、阿得一工文武老生兼小生、玉鼎臣工花旦、希湘岩工老生、英松岩工老生、岳雲邨工老生、崇立夫工旦、玉問濤工檢場……

其中包括了自立票房的色福亭（三簫一韻）、載燕賓（賞心樂事）、鷗鳳軒（公閱自賞）、李毓臣（遙吟俯暢）、胡子岩（壎篪和暢）、魁書林（同懷雅集）、玉鼎臣（霓裳雅韻）、英松岩（遊目騁懷）等等。

這四十多人多是成名於同治、光緒時代的「貴族式」票友。比如：色四爺（色福亭）的三簫一韻多走「清音（清唱）局」，每當有喜事的人家相請的時候，全體票友都是穿著袍褂蒞臨，送上「份金」（賀紅包）之後，本家要親自「奉酒敦請」然後才會開演，表示不是受雇於人、純粹是交友之誼；清靜泉工老生，曾經拜名伶龍長勝為師，還是名伶劉鴻聲的授業之師，因為功夫好，許多人都勸他下海，他卻一直不肯——堅守著清高、不為掙錢、只為「愛好」的票友身份，那時候票友的身份感覺應該是比伶人高貴。

第三節　名票房「賞心樂事」和「春陽友會」

早在同光時代，京師有一個最著名的票房，名叫「賞心樂事」，《道咸以來梨園繫年小錄》說是成立於同治十年（一八七一），票首：載硯斌（載燕賓）。莊清逸（筆名清逸、清逸居士，清宗室愛新覺羅・

溥續）一九三二年在《國劇畫報》二十二期上面曾經撰文〈翠峰庵之今昔觀〉，紀錄了當年「賞心樂事」的活動內容、學戲方式、彩串票價和著名票友，他的紀錄讓我們從中可以瞭解同光時代票房的運作方式和票友們的票戲水準：

翠峰庵在西直門內盤兒胡同，為昔年名票「賞心樂事」載燕賓過排（排練）彩串（預演，文武場、唱念做打與正式演出沒有什麼區別）之所。該票創自同治末葉光緒初元。票首載燕賓工花旦，有假松林之譽。

（該票房）規矩甚大，雖係玩意，其學戲之認真處，較內行尤過之。凡在該票中學戲者，皆延（延請）內行名家教授，不許絲毫不像，文武戲均得與內行相同，至手下檢場之人，均票友為之（其檢場人即余家佐領名玉藻，號問濤者）可謂之票友科班。

每月一、六日（逢一、逢六）過排（排練），謂之帽兒排，即響排（演員不化妝，把道白、唱詞、表演和音樂結合在一起的排練）均照上臺一樣，老生戴髯口、穿靴子，旦角戴花罩頭，小生如周瑜等之雞毛生亦戴翎子，只不穿行頭而已。

過排日亦賣座兒，其價錢每人只當十錢六百文。因彼時公令嚴，各戲園中不許婦女看戲，只此一處（可賣女座），所以女座較多。每年春夏秋彩串三次，每次二三日，謂之大賣座，每桌（包廂）戲價四十吊當十錢，散座二吊，亦能上座五六百人。每月六排（初一、十一、二十一、初六、十六、二十六）內，總有一天，扮一二齣彩串，謂之加演彩串。

春間祭祖師在三月十八日以後，夏令祭關帝六月二十四日，秋間在九月中旬本庵善會，其賣座兒所得之款，除後臺賃行頭、折掌子（約請票房以外的角色）、賃砌末外，概與本庵庵主為香資。

至票友彩串時所用之酒席，皆歸載燕賓擔任，不由戲價中取分文。

載燕賓之拿手戲如《花田錯》春蘭、《洛陽橋》觀音大士、八本《得意緣》皆受人歡迎。因自方松林物故後，彼時《花田錯》內行中無演者，自載傳於許四、王一子二人始復有此戲。

若有人請，必須整把兒（即全票也）單獨不許在外串戲（演出）。

各票友若有臨場推諉等大錯，或罰五十封（把）香，或罰供（供品）若干堂，其規矩如此之大，亦因彼時除翠峰庵外，無此偉大票房也。

所出名角甚多，老生恆樂亭、紀壽辰、李輔臣；小生兼青衣德珺如；淨角金秀山、韓樂卿；武花臉明定兒；開口跳（武丑）雙四；小花臉純蝦泉（又名小鼻子眼兒）、柯秀山等，皆自該票下海。如明右堂、安敬之、安八兒、載闊亭，均「賞心樂事」中未賣之角色，（「賞心樂事」）實票界中文武兼備之偉大票房（票友中演大武戲自此始）。

至光緒十二三年（一八八六、一八八七）載燕賓溘逝，該票始散。後安敬之、載闊亭於光緒癸巳、甲午（光緒十九、二十年）復在該庵中立票，其規矩遠不及載燕賓時，然名伶劉鴻升、普箎亭皆彼時所出角色。以上皆昔年聞之老票載闊亭君所談，今復從該處經過，因收此影，以誌今昔之感。

「賞心樂事」於光緒十二三（一八八六、一八八七）年就散了，沒有見到詳細的文字傳記流傳至今。上面的文字寫於一九三二年，那時候與「賞心樂事」的散票已經是時隔將近半個世紀之久，應該也已是口口相傳的紀錄。這樣的紀錄雖然難免有舛誤之處，可是從紀錄中仍然可以大致瞭解到早年票房的規矩：票房中的所有演員、雜役全是票友；票首只會往票房搭錢（填錢）不從票房賺錢；延請伶人到票房教戲是商業往來……以及那個時代票房和票友嚴謹、認真的作風。

民國時代也有一個著名的票房，叫做「春陽友會」，余叔岩、言菊朋都曾經在那裏以戲會友、多方學習、借臺演練、用工不懈，票首樊棣生（有紀錄為「公餘友集」票首樊迪生），梅蘭芳的《舞臺生活四十年》第三集，在講述與余叔岩合作經歷的時候，引用了樊棣生敘述的票房「春陽友會」：

樊棣生先生說：民國二年（一九一三），我們在李經畬、炳庵父子家裏聚會，有王君直、陳彥衡、程繼仙、金仲仁等。還請了王長林教《瓊林宴》、《審頭刺湯》、《群英會》等戲，余叔岩也常來一起研究。民國三年，我發起成立「春陽友會」，叔岩是創辦人之一，李經畬是名譽會長，還聘請梅蘭芳、姜妙香、姚玉芙等為名譽會員。地點在三里河東大市浙慈（會）館，沒有電燈設備，每逢星期日白天彩排。所用班底如方洪順、汪金林、白年、律佩芳、諸茹香、曹二庚等，大半是當年在同慶班陪譚鑫培唱戲的老人。檢場劉十也是傍（依傍）譚多年的老手，他還帶了徒弟賈文會來一同做活，小賈以後就傍上叔岩。

「春陽友會」彩排，戲票只收銅元十枚，不對外，購票須會友介紹，每場要開銷五十幾元，但收入只有三十幾元，其餘由我墊出。如遇堂會、義務戲收入較多，就另約錢金福、王長林、李順亭等參加。當時叔岩學譚很用功，他指定要這些人陪他唱，我們也覺得他有出息，就照他的意思約角。叔岩在「春陽友會」前後四年光景，起頭因為嗓子沒有復元，遇到義務戲，有時在前面唱一齣，以後嗓子好轉，就大半唱大軸（一場戲的最後一齣戲）或倒第二（壓軸戲）。叔岩是個有心胸的人，可也真機靈，他雖然拜了老譚，但許多譚派戲都是聽會的。他一邊聽，一邊跟陳十二爺（陳彥衡）、王四爺（君直）研究腔兒、字兒，請錢金福、王長林說身段、做派（表演動作），甚至向檢場、上下手請教。走票時，這些老先生陪他唱，打鼓是耿五（俊峰）和我，胡琴是李潤峰、龔靜軒，堂會裏陳十二爺也給他拉過胡琴，以後王四爺介紹李佩卿，他從此就傍上叔岩，叔岩在「春陽友會」連學帶練，就漸漸紅起來啦。

樊先生還說：「春陽友會」出過不少高人，程硯秋剛從陳嘯雲（陳秀華的父親）學了《彩樓配》、《武家坡》、《三擊掌》、《桑園會》、《教子》、《朱砂痣》等幾齣青衣戲，他的師父榮蝶仙託耿五介紹到「春陽友會」借臺練戲，榮蝶仙還請我們給她起個藝名，「豔秋」的名字就是那麼來的。以後程硯秋在臺上有了地位，就找郭仲衡、王又荃、曹二庚等合作，根兒還在「春陽友會」。

「春陽友會」比「賞心樂事」晚了四十多年，從「規矩」上看已經有了一些不同：票首要往票房裏填錢和延請名伶教戲是商業往來還是一仍其舊，其餘如：票房開始邀請名伶做「名譽會員」當作招牌；伶人可以在票房「借臺練戲」；伶人與票友一起切磋技藝……這應該是新的時代帶來的新風氣。

第四節　票友下海和旗人名票

民國之後，觀念從政治上有所改易，那時候，伶人已經不再是賤民、在經濟上名伶的收入也日漸增多，票友下海逐漸成為令人羨慕的事情，於是，下海也一度成了衡量票友藝術修為是否成功的標準。

在齊如山《清代皮黃名腳簡述》之中，記載了票友出身，然後下海，最終成名的三十四個名伶，比如：

張二奎（四喜班），曾為工部都水司經丞，是與程長庚、余三勝齊名的「三鼎甲」之一。
盧勝奎（三慶班），讀書人出身，擅長表演和編劇。
徐小香（三慶班），父親是北京的郎官，時譽「活公瑾」。
孫菊仙（嵩祝成班、四喜班），商人出身，是與譚鑫培、汪桂芬齊名的「後三鼎甲」之一。
黃潤普（黃三，三慶班），內務府旗人，架子花臉，唱腔身段工架都好，人稱「活曹操」。
劉趕三（春臺班、四喜班等），商人家庭出身，紅極一時的名醜，曾為內廷供奉。
許蔭棠（春臺班），曾為糧行掌櫃，光緒八年下海，以唱腔和氣概取勝。
德珺如（春臺班、四喜班），旗人名宦穆章阿之孫，光緒中葉名小生。
汪笑儂，旗人，作過知縣，光緒中葉在上海下海，長於表演和編劇，可以自己挑班唱戲。
劉鴻聲（寶勝和班），小刀鋪學徒，很有叫座能力。
金秀山（四喜班），旗人，茶役出身，唱腔做工都好，嗓音宏亮猶如黃鐘大呂。
龔雲普（四喜班），旗人，玉器行學徒，百年以來以老旦唱大軸者，只有龔雲普一人。

其他如孫春山的青衣、魏耀庭的花旦、陳子芳的青衣、王雨田的老生、張毓庭的老生，藝術修養都很高，都可以算得是一代宗匠（上述內容亦參見金耀章《中國京劇史圖鑑》）。

這些票友出身的名伶，在藝術上、在走紅的程度上、在商業場的生存能力上，都可以與戲曲科班出身的人不相上下，要不然當時怎麼會出現「伶票兩界」的說法呢。

肯於下力、花錢、學藝有成的票友被稱為「名票（著名的票友）」，比如張伯駒。本來就是名人的人做了票友也可以叫做「名票」，比如袁世凱的二公子袁克文。溥西園既是名人，也是學藝有成，所以無論從哪一方面說，他都是名副其實的「名票」。

在京城的票友中，旗人是最為獨特的一支，且不說下海的票友出色的不少，諸如：德建堂下海、挑班、唱大軸，很紅了幾年；汪笑儂肄業於國子監南學，做過知縣，下海之後自己挑班，很能叫座（提高上座率）；德珺如是「黃帶子」（宗室），祖父是道光時候的宰相，翠峰庵票房出身，搭班之後，唱青衣、唱小生都很走紅；金仲仁唱小生，唱做都是規規矩矩，給王瑤卿、荀慧生「跨刀」（戲班中的次主角，二牌演員）多年；袁子明漢軍旗人，茶房出身唱青衣、下海，最後做了戲班的管事；黃三（黃潤普）內務府旗人，西什庫養蜂夾道票房出身，架子花臉，唱腔、身段、工架都好，是戲班子的臺柱；慶四（慶春圃）工銅錘花臉，也是戲班子的臺柱；訥紹先，淨角，能叫座、受歡迎……

旗人沒有漢人深入骨髓的「戲子是賤民」的概念，只要是喜歡，知縣、「黃帶子」都可以扔了，只要是喜歡，「唱頭牌」可以，「跨刀」可以，跑龍套也可以。

身份最高貴的旗人：從皇帝、貝子到王爺全都風行票戲：瀅貝勒之子溥伒、恭王奕訢之孫溥僡善唱牌子曲，貝勒載濤學過余玉琴的《貴妃醉酒》、錢金福的《蘆花蕩》、張淇林的《安天會》，晚年還和張伯駒一起組織過京劇社。鎮國將軍溥侗文武崑亂不擋、六場通透（京劇樂隊分為六場，文三場是：胡琴、月琴、南弦子；武三場是：丹皮鼓、大鑼、小鑼，六場通透泛指文武場樣樣精通），倫貝子溥倫、西山逸士溥儒……他們都有許多喜歡票戲、學戲、喜歡與伶人往來的故事，這些故事都在民間不脛而走。

乾隆皇帝喜歡票戲：傳說在金昭玉粹小戲臺時常命內侍陪自己票戲，因為自己嗓音低，夠不上崑弋宮調，所以自創一調，半白半唱，讓內侍都學這個腔，後來宮中就把這種腔調稱為「御製腔」，外面稱為「南府腔」——乾隆票戲純粹是自娛。

光緒皇帝曾經票戲：他曾經在漱芳齋舞臺上彩串《黃鶴樓》飾演趙雲，宮中太監和外學文武場陪演，李蓮英飾演周瑜、蔭劉飾演劉備、王有飾演孔明——這次演出是效法老萊子娛親、讓西太后高興的意思。

光緒皇帝迷戀武場，他向內廷供奉沈保鈞學習鑼鼓，還經常讓武場諸人在南海船中守候，等他下朝以後，馬上登船同往瀛臺演奏曲牌，至午飯時候方才罷手，這叫做「伴駕票鼓」，這個皇帝「鼓票」珍藏著三十多面小鼓，可見光緒對「票鼓」的由衷愛好。

傳說謀王爺專票「龍套」（舞臺上用四名打旗的人，代表千軍萬馬，這四個人是一組，稱為一堂龍套。龍套沒有道白，也沒有唱詞，一般只是舉著杆旗排著隊從上場門出來，分列主帥的兩旁，頭旗、三旗站在一邊，二旗、四旗在另一邊，有時候龍套走場，烘托氣氛。演員不需要長相、嗓子、身段、工架等天賦條件，是最容易學的角色）：每次演出的時候，王爺按時坐在後臺，旁邊差官侍衛排立伺候，有的拿著煙袋，有的拿著茶水，到了將要上場的時候，差官上前請安說：「請王爺上妝」，王爺穿上龍套衣帽，接過杆旗，演完一場盡興而歸——這真可以算是「名票」了！

旗人名票之中，最有名的是下了海的德珺如和不下海的溥西園，唐魯孫在《大雜燴．故都茶樓清音桌兒的滄桑史》中說：

早年名小生德珺如原隸旗籍，一開始是在清音桌兒走票，後來下海，人都叫他「德處」，就表示他是票友出身的，他嗓子衝，唱嗩吶圓轉自如，把子尤其邊式，一齣《轅門射戟》能賣滿堂，因為他正式下過弓房，拉過強弓，一箭能射中高懸在臺上方畫戟的戟眼兒裏，從此走紅，可是他面龐特長，博得「驢臉小生」綽號，所以後來下海仍舊喜歡清唱，逢到親友家有生日滿月溫居嫁娶一類喜慶事兒，有人起鬨辦一檔子清音桌兒來熱鬧熱鬧，他總是義不容辭，爭先承應，凡是這種場合，他除了擔任文武場面之外，還充個零碎角兒答答碴，最後還得唱齣小生正工戲，如《叫關》的《小顯》、《射戟》、《白門樓》之類，才算過足了戲癮。他認為下海唱戲，是憑玩意兒掙錢混飯吃，總是渾身不得勁兒，可是往清音桌兒旁一坐，就覺著通體舒暢，有海闊天空任憑大爺高樂的感覺。

清音桌兒的主持人叫「承頭」，他往年幹過清音桌兒的承頭，所以清音桌兒上的事件件內行，他說：「咸豐駕崩，國喪期間停止一切娛樂，清音桌兒確實是那個時候應運而生的。要成立一檔子清音桌兒，首先要到精忠廟專管梨園事務的會首處掛號，領得執照，憑照到內務府昇平署領取箚子丹帖，這兩樣手續辦齊，才算正式成立，能夠在六九城走票。清音桌兒既然不帶彩唱，自然沒有戲箱，可是也要購置一些應用器具，首先要定製堂號座燈一對，桌圍椅帔墊全堂，置響器，製水牌，然後撒大帖請伶票兩界有頭有臉的人物響鑼助威，才算開市大吉。」

北平月牙胡同銓燕平（關醉禪）有個票房，附帶清音桌兒，他那份寫戲目的水牌特別考究，放在兩張八仙桌拼在一塊的正中間，是紫檀框子嵌螺甸，檀香木的心子鑲著十二塊象牙牌雕飾鏤紋，極饒雅韻，當天戲目順序寫在象牙牌子上，讓人一目了然，座燈是四方形，高約三尺，烏木髹漆玻璃燈罩，正面漆著紅字金邊堂號，配上蘇繡大紅緞子平金萬字不刻頭的桌圍椅帔墊，的確琳琅瑩琇，矞彩奪目，氣派非凡，言菊朋稱銓大爺這份排場，是清音桌兒的頭一份兒，信非虛譽。

《老鄉親・令人懷念的北平東安市場》中紀錄了早年東安市場的兩家清唱票房對棚爭勝的興旺情景：

東安市場還有一個特點，是有兩家清唱的票房，設在正街樓上的叫「舫興」，南花園的叫「德昌」，舫興把兒頭黃錫五，早年給劉鴻聲戲班裏充硬裏子老生，會的玩藝還真多，可惜口齒不太清楚，自劉鴻聲去世，他無班可搭，因為人極四海，所以伶票兩界認識熟人很多。德昌茶樓是由曹小鳳主持，曹原本是相公堂子出身，跟老一輩伶工吳彩霞、芙蓉草、裘桂仙都是好朋友，唱青衣有工半調實力，他跟尹小峰、于景枚一齣《二進宮》，彼此對啃，能賣滿堂。

協和醫院有一個票房，青衣楊文雛、趙劍禪，鬚生陶畏初、管紹華，老旦陶善庭，花臉張稔年、費簡候，小丑張澤圃都不時到德昌，加上奚嘯伯也時常去捧場，幾乎天天客滿，到了星期天，名票來得多，居然有人泡一壺茶，在窗外頭站著聽的……

這些紀錄向我們展示了晚清直至民初的社會圖景：清音桌兒（京劇清唱）的號召力和排場氣派、票友（如德珺如）對於表演京劇乃至於清唱的上癮投入、有錢人一擲萬金對於時尚娛樂的追逐、民間清音桌兒的興旺發達……這些都是京劇之所以在那時能夠發展到極盛、成為一個時代的風氣、流風餘韻直至今日還會餘音嫋嫋的文化背景。

而今在把京劇連根拔起多年之後，忽然發現了它的價值所在，想要靠發個政令、花幾個錢「打造」當年的輝煌，這不是異想天開嗎？

溥西園，名溥侗，號紅豆館主，道光皇帝的曾孫，貝勒載治第五子，封鎮國將軍。溥西園有天份，票戲也極下功夫，老生、武生、小生、花臉、旦工、小花臉，文武崑亂樣樣都行。他學戲不計工本，學哪一行、哪一齣戲就請哪一行、哪一齣的頂尖名伶教他。他的老生戲宗譚盡得其妙，武生戲《挑滑車》、《鐵籠山》純仿老俞（俞菊笙），小生戲扮演《群英會》周瑜、《奇雙會》趙寵，仿自內廷供奉王楞仙，《戰宛城》、《蘆花蕩》為名花臉黃三、錢金福所授，《金山寺》、《斷橋》是向王阿巧、陳德霖學的。《連升三級》、《賣符》、《王半仙》純學羅壽山。為了學胡琴，特約了名文場梅雨田（梅蘭芳的伯父）教授……學新戲的時候，都是請人到家裏教授，教的和學的都絕不敷衍了事。

一般的票友，一生之中能把一個行當、一個名伶、幾齣戲學到八九不離十就算是不錯了，可是溥西園能做到文武崑亂不擋（文戲、武戲、崑腔、皮黃無所不會）、六場通透，演誰的戲就像誰，可以做到與第一流的名伶合作毫不遜色，而且還有劇學知識——這個聰明而且用心的票友是當時票界中空前絕後的奇蹟。

在《故宮退食錄‧記溥西園先生》中，朱家溍先生談到：

在開明戲院看過溥西園和田桂鳳合作的《坐樓殺惜》，溥西園飾演宋江（老生），兩個人都有精采表現；與包丹亭、廖淑筠合作的《搜山打車》，他演的程濟（崑腔老生）也是有聲有色、淋漓盡致；與羅福山、趙芝香、馮蕙林、錢金福合作的《別母亂箭》飾演周遇吉（武老生），那次是義務戲，戲碼夾在楊小樓的《連環套》和余叔岩、陳德霖的《南天門》之間，並不遜色；與陳德霖合作的《奇雙會》，飾演趙寵（小生）稱得上是珠聯璧合；在堂會戲上看過溥西園與王琴儂、言菊朋合作的《二進宮》，他演徐彥昭（銅錘花臉）中規中矩；與楊小樓、錢金福、田桂鳳合作的《戰宛城》，他演的曹操（架子花臉）有氣魄、不溫不火；他在《單刀會》中飾關羽（紅生）端莊威嚴、簡練大方；在《山門》中扮演魯智深（崑腔花臉）很像是錢金福；在《連升店》中扮演的店家、在《風箏誤》中扮演的丑小姐（小花臉）都能做到雅俗共賞……

溥西園參加義務戲、堂會戲演出時，經常與名伶同臺演出，他的清新高逸的氣質和整體適度的表演，能使觀眾忽略了他的缺點——嗓子不好，甚至還覺得那沙啞的嗓子還挺有味。

戲曲繁盛產生了戲迷和票友，反過來戲迷、票友又共同支持和豐富了戲曲的繁盛，這真是今人不可思議的事情。

第七章　譚鑫培一生榮辱

在京劇史發展的過程中，出現過許多富有表演天才的演員，他們的出現使得京師的京劇舞臺上色彩紛呈。

按照《中國京劇史》的說法：中國京劇形成期的代表性演員是余三勝、程長庚、張二奎，俗稱「三鼎甲」或者「前三傑」，他們代表了道光（晚期）、咸豐、同治時期的藝術頂點；成熟期的代表性演員是孫菊仙、譚鑫培、汪桂芬，俗稱「後三鼎甲」或者「後三傑」，他們是光緒直至民初時候的藝術高峰。

根據時人或者後人的文字記載，從舞臺演出藝術上說，前後「三鼎甲」都可以算是技壓群芳的頂尖名伶，當然，他們的唱念做打各有特色，他們在戲曲史中被敘述的也不一樣。

在「三鼎甲」中，程長庚的知名度最大，因為他在藝術上成名之後的活動時間最長，而且身為三慶班的老闆、精忠廟的廟首，理所當然地擔當了那個時期、以及後世的戲曲史上的梨園領袖；在「後三鼎甲」中，以譚鑫培的成就最高，因為他從知名到成名，在舞臺上活動的時間最長，從光緒之初一直到民國之初，他都是獨一無二的伶界大王。

第一節　譚鑫培的天時、地利、人和

譚鑫培，籍貫湖北江夏，出生於道光二十七年（一八四七），在他出生的時候，「三鼎甲」已經是大紅大紫、名滿天下的名伶了。

道光、咸豐時期，譚鑫培的父親在京師四大徽班之一的程長庚的三慶班唱老旦。譚志道在三慶班不怎麼拔尖，他的聲音也不怎麼好聽，外號「叫天子」，除了說他嗓音尖利之外沒有多少褒義，可是，單單是他帶著譚鑫培棲身於京師名滿天下的三慶班這一點，就為譚鑫培日後的發展，創造了「地利」的優勢——爭名者趨於朝，爭利者趨於市，「名」和「利」都需要在京城爭逐和被認定，身在京師的名班也是不可多得的條件啊！

譚鑫培在「三鼎甲」走紅的氛圍中長大成人，從小到大，在三慶班——程長庚的戲班子裏，聽的看的都是第一流的名伶演出，耳濡目染都是「三鼎甲」各自的長處，他有機會成為程長庚的弟子，程長庚長於因材施教，而且有不嫉妒、不壓抑賢才的高貴品質；也有機會和時間轉益多師博採眾家之長：學習程長庚聲情交融、身段做派，學習王九齡的文武兼擅、戲路寬廣，學習余三勝的發音吐字、唱做兼能，學習盧勝奎的講究體味劇情戲理，學習小榮椿班主楊隆壽的拿手好戲《翠屏山》，學習梆子老生郭寶臣的絕活《空城計》……

在譚鑫培將近二十歲的時候，余三勝、張二奎去世，在他三十六歲藝術上達到成熟的時候程長庚魂歸道山，「三鼎甲」時代的終結為「後三鼎甲」的發展騰出了空間，從這一點來說，譚鑫培是「生逢其時」，這也就是他的「天時」了。

談到「人和」，那是指譚鑫培自己的天份和學力。

上天沒有賜給他一副富於陽剛韻味的、猶如黃鐘大呂的好嗓子，卻給了他一種帶有陰柔意味的、能夠承載豐富內容富於感染力的聲音；上天沒有給他上學識字的機會，卻給了他過人的記憶能力、領悟能力、應變能力和探討精進的性格，這性格讓他一生受用不盡。

譚鑫培在梨園世家的環境裏長大，自幼使槍弄棒耳濡目染，並不缺乏伶人子弟童子功的武功功底和豐富的戲曲知識。他初學老生，二十多歲開始到天津闖蕩江湖，雖然是年輕氣盛，畢竟是火候未到，而且當時「三鼎甲」還正在走紅，幾年間他沒有開闢出自己的地盤，便又回到北京，在父親的蔭蔽之下加入了永勝奎戲班子演配角。

不久，他的嗓子「倒倉」（男演員在青春期的聲音變調過程）了，啞得唱不出聲音，幸而他有武功，擱下老生就成了武生，他的武生戲《餓虎村》、《落馬湖》、《連環套》都不錯，而且他的武丑也還過得去。有一次何桂山演《鍾馗嫁妹》，譚鑫培扮演鍾馗腳下踩著的小鬼——沒有一條好嗓子，在京師的舞臺上，特別是老生強手林立的時代只能被人踩在腳下。

「寧為雞頭不做鳳尾」的譚鑫培不願意這樣在北京混，於是離開北京，加入了跑江湖賣藝的「粥班」（鄉下到各村和小市鎮演出的流動戲班子）去跑野臺子，在那裏他是綽有餘裕的群雞之鶴，他的與眾不同能讓粥班放出異彩。

這一時期，他還曾經在豐潤縣史姓的家裏當過護院，可見他的武功並不只是舞臺上的把戲，還具有實用價值。護院期間，他與同伴精習武術，沒有忘記提高武生的功夫，這使得他日後回到京師舞臺上時，把《秦瓊賣馬》之中秦瓊的鐧、《殺山》之中石秀的刀都舞得精到絕倫。

出京在外的時候，他從未忘記自己的本行——他是老生，得天天喊嗓子；他是武生，得日日練武功……跑野臺子和看家護院對於他來說，不是退避而是歷練。

他的嗓子漸漸地有了好轉！

也許是因為在北京有過被何桂山踩在腳下的不光彩的記憶，所以譚鑫培嗓子好轉以後沒有回北京而是去了上海，在上海他遇到了孫六兒（孫春恆）。

孫六兒告訴他：自己的嗓子「倒倉」之後，一度失去了叫座能力，但是他別出心裁，以低柔和美的新腔來唱老生，居然受到了歡迎……

這件事讓譚鑫培好生思索：當時京師的「三鼎甲」都有一條好嗓子，余三勝嗓音沉雄、餘音繞樑、程長庚嗓音宏亮、穿雲裂石，張二奎嗓音寬闊、奔放粗獷——那時候沒有音響設備，想要把一千多人的戲園子灌滿了，非得有一條好嗓子不可，所以聲音沉雄激昂、猶如黃鐘大呂就被確認為是好老生的正宗。

孫六兒的別出心裁也可以走紅這件事，給了譚鑫培一個很大的暗示：天賦雖然不可改易，可是歌音並不是拘於一格，重要的是要善於用嗓善於變化，出奇制勝照樣能夠叫座——上海如此，北京自然也可以如此！

在上海，譚鑫培在演出上碌碌無奇，但是與孫六兒的聲腔研討卻是大有心得——這是一個使他的藝術生命變易升騰、直上九霄的轉機。

經過歷練增長了見識的譚鑫培又一次回到北京進入了三慶班，他一邊師事程長庚學習老生戲，一邊演練武生戲，他又一次得到了程長庚的扶掖教導，也又一次得以轉益多師、博採眾長、事半功倍……

齊如山在《清代皮黃名角簡述》中說是：

他有了一種很甜亮的嗓音，而又能擇善而從，凡前輩腳色的長處，他差不多都能吸收，如《昭關》等悲壯蒼涼的腔，則完全學程長庚，二六原板的活潑腔，學的盧勝奎，反二黃幾個高腔，完全學的王九齡；快板的疙瘩腔，學的馮瑞祥，做工表情，多學崇天雲，飄灑的地方，是學的孫小六（上海腳）；甩鬚、甩髮、耍翎子，乃學的韃子紅（梆子班名腳，搭瑞盛和班），吸收了許多人的長處，又自己加以錘煉融化……

光緒五年年末（陽曆已經進入了一八八〇年）程長庚去世了，那一年譚鑫培三十三歲——正在盛年，已經出落得才藝精湛！

他的嗓子已經練得潤澤而且悠遠，發音吐字與唱腔相隨，唱腔迴環與人物的內心情感相互關照。無論念白、唱腔，聲、字、韻都極其清晰、有骨有肉，越聽越有味，唱原板與快板時渾圓裹含著剛勁，簡潔裏又是無限纏綿，特別是快板，口齒清、音節準、字音真、能傳神，如丸走板，找不到他運氣的地方……真個是一曲終了盪氣迴腸，能夠把板腔體的京劇唱成這樣，真不容易！

他的表演已經可以做到「手眼身法步」與鑼鼓、人物、劇情打成一片、形影相隨、合而為一。

他的武打已經做到了槍棒快捷，手法純熟，一招一式都顯示出博大精深、爐火純青。

按照自己的擅長，他有了自己的一批拿手戲《李陵碑》、《空城計》、《秦瓊賣馬》、《洪羊洞》、《捉放曹》、《南天門》、《烏盆計》、《桑園寄子》、《四郎探母》、《戰太平》、《南陽關》、《定軍山》、《陽平關》、《戰長沙》、《胭脂褶》、《打嚴嵩》、《盜宗卷》、《烏龍院》、《清官冊》、《群英會》、《八大鎚》、《天雷報》、《打漁殺家》、《寧武關》……這些戲中跌宕起伏的悲情、英雄末路的感念與他曲折婉轉、迴蕩抑揚的聲音和唱腔正相適合。

他的拿手戲雖然只有幾十齣，可實際上，天份厚、學力深的譚鑫培會戲三百餘齣！三百餘齣戲的人物、劇情、道白、唱詞、演出實況……都能夠牢記在心——他可是不識字啊！

程長庚去世之後不久的三慶班，老生、武生死的死老的老，只有比他年長三歲的楊月樓可以與他匹敵。楊月樓受程長庚的遺命擔當了三慶班班主，譚鑫培就改搭了四喜班——他也許是不願意屈居於楊月樓之下，也許是想要去闖自己的天下。

第二節　首席內廷供奉的殊榮

程長庚死後的十年間，「三鼎甲」時代的老生名宿一一凋謝，連楊月樓也英年早逝，與此同時，譚鑫培的時譽卻與日俱增。

新的浮出水面的「後三鼎甲」是：譚鑫培、孫菊仙、汪桂芬。

孫菊仙票友出身，花腔不多但是聲音宏亮沉厚、感情充沛，很有他的觀眾，但是聲音發苦、能文不能武是他的缺點；曾經是程長庚琴師的汪桂芬中氣充足、聲音雄勁激越，雖然不用花腔，但是聲音之中自有感染力，特別是唱王帽戲（帝王戲）時聲音雍榮華貴，也有自己的觀眾，只是武生功底不及譚鑫培。而且，孫菊仙和汪桂芬的唱做常常顯得千篇一律，趕不上譚鑫培在不同的戲裏唱腔各有分別，不同的人物神情各自不同，不同的開打也是各有絕活……相比之下，譚鑫培的文武帶打崑亂不擋，花腔的曲折婉轉如泣如訴，對於更多的觀眾具有更長久的吸引力。

光緒十六年（一八九〇）譚鑫培四十四歲，當他在民間已經走紅到風靡京師的時候，被挑選為內廷供奉，這是他命運之中的又一個轉折。

進宮之初他首演《翠屏山》，一趟單刀耍得純熟邊式（到位利落好看）就讓老佛爺高了興——那與眾不同的六合刀的刀法來自於少林寺方丈的親授，老佛爺當時就賜名「單刀叫天兒」。

和民間一樣，西太后對於譚鑫培的迷戀也是越來越深，當民間上自王公大臣下至販夫走卒，聞譚之歌靡不歡呼雷動的時候，西太后對他也是「傳差」越來越頻繁，賞錢總是第一檔，凡事都是恩寵有加，傳說西太后還賜給他「黃馬褂」、賞食「六品俸」！開歷來伶人未有之恩寵先例。

傳說有一次內廷傳差，按照規定伶人必須黎明即至，否則就要受罰。譚鑫培「誤時」（遲到）數傳未至，直到中午方才倉惶趕到，內務府大臣告訴他：老佛爺已經問了三四次，大家都無言以對，誤時是老佛爺最不高興的事情了。譚鑫培正在忐忑不安，便聽得傳旨讓他見太后，譚鑫培硬著頭皮叩首完畢，太后就問他為什麼誤時，他實話實說：「夜裏做夢睡不安穩，早上未能按時起床，兒女不敢叫我所以誤時，犯了死罪。」不料西太后聽完之後說是：「家有家規不可錯亂，叫天兒治家有方賞銀百兩。」譚鑫培出來鬆了一口氣，大家都說：能夠讓老佛爺變罰為賞，也就是譚鑫培能夠做得到。

另一次是在庚子（一九〇〇年）之後，朝政革新力行禁煙，違令者科以重刑。譚鑫培煙癮已深，戒之不去。一日傳差，譚鑫培請病假缺席，西太后詢問是何病症，宮監說：「正在戒煙，精神不好不能上臺。」西太后說：「他是一個唱戲的，又不管國家大事，抽煙有什麼關係？傳他抽足了進來吧！」並且命內務府傳話地方官：「以後不得干預譚鑫培抽煙。」那天，譚鑫培抽煙、進宮、唱戲之後，西太后特賞大煙土五隻。從此以後，上上下下都知道，譚鑫培是「奉旨抽煙」，誰也不敢管他了。

譚鑫培得到西太后的賞識，成為大紅大紫的內廷供奉之後，各王府宅門，對於譚鑫培都另眼看待，不僅各府家中演堂會時一定有譚鑫培的戲，而且他的報酬優厚也是與眾不同。

當時，受到西太后另眼看待的譚鑫培，在人生的舞臺上，演出了不少富有傳奇色彩的故事，這些故事由於與他內廷供奉的身份、與達官顯貴或政治背景相關而具有特別的傳播力和生命力。

傳說：光緒戊申年（一九〇八），袁世凱五十壽辰辦堂會，找了最好的戲班子和最好的名伶演戲，戲提調那桐和老譚開玩笑說：「今天是宮保的壽誕，老闆能不能唱個「雙齣」（兩齣戲）為堂會增色？」譚鑫培本不想唱雙齣，可是也不想拂了那桐的面子，就也開玩笑說是：「那除非中堂給我請安。」那桐當時就屈一膝向譚鑫培說：「老闆賞臉！」本來兩個人的「玩笑」就都是半真半假亦真亦假，那桐一跪就把事情演真了，譚鑫培話已出口不能反悔，那天竟然演了四齣。大家都稱讚那中堂真有能耐，會辦事。

當時，袁世凱任軍機大臣、外務部尚書，正是炙手可熱的時候。那桐也是內務府滿洲鑲黃旗舉人出身，內閣學士兼直總理各國事務衙門，好生了得的人物，譚鑫培倚仗自己是西太后的紅人，敢於以調侃的方式給那桐出了一個難題，滿心覺得那桐怎麼也不會肯向一個戲子「請安」，才故意這麼說，沒想到在旗人那桐的心裏，「戲子是賤民」的概念並不像漢人那麼深厚，他把開玩笑向名伶老譚屈膝請安壓根兒就沒當回事，結果，這次堂會不僅袁世凱高興，周圍人連聽老譚四齣也高興，那桐的戲提調做得出人意料高興，老譚雖然實際上是吃了虧，但卻賺足了面子——有興致連唱兩個「雙齣」證明他也高興。

傳說：光緒宣統之間，慶親王給他的姨太太做壽辦堂會，慶王府燈紅酒綠貴客滿席，譚鑫培到達的時候，慶王立即親自跑到儀門迎接，然後和譚鑫培攜手走進來，牽累得文武百官都侍立著不敢先行一步……慶王把譚鑫培帶到一間抽大煙的屋子裏，用名貴的煙具、煙土招待老譚抽大煙，然後才開始演出。

慶王對於老譚的恭維和禮儀，也讓老譚面子十足。

譚鑫培出入皇宮大內成為內廷供奉的首席，與許多王公大臣朋友相交、弟兄相稱，慶王的手拉手、那桐的請安都成為一個個神話，這些神話使譚鑫培在上層社會身價百倍：譚貝勒、譚狀元、譚大王、譚教主……王公大臣上上下下，大家都亂拍一氣！老譚明白：這一切都源於老佛爺的特別恩寵，所以天性驕傲的譚鑫培對西太后始終心懷感念。

第三節　民間伶界大王的榮耀

譚鑫培為晚清伶界第一人，唱念做打俱臻絕頂。他是光緒年間持續走紅的老生，而且是越老越紅。他的藝術逐漸臻於化境，自有許多其他人不可力致的獨到之處。

他在戲班子裏即使是常演的劇目也各有特色與眾不同：《李陵碑》、《空城計》、《秦瓊賣馬》、《洪羊洞》、《捉放曹》、《南天門》、《烏盆計》、《桑園寄子》、《四郎探母》以唱腔獨步一時；《戰太平》、《南陽關》、《定軍山》、《陽平關》、《戰長沙》以唱腔和靠把見長；《胭脂褶》、《打嚴嵩》、《盜宗卷》、《烏龍院》、《清官冊》、《群英會》、《八大鎚》、《天雷報》、《鐵蓮花》以念白、表情、做工取勝；《瓊林宴》的丟鞋恰恰落在頭頂是一絕、《王佐斷臂》的搶背迅疾自然只此一家、《翠屏山》的六合刀刀功無人能比、《秦瓊賣馬》的撒手鐧鐧法獨樹一幟、《南陽關》中的長槍、《打漁殺家》的單刀、《罵曹》的擊鼓、《碰碑》的丟盔卸甲、《盜魂鈴》的趨步、《烏盆計》服毒時，從桌墜地仍然衣褶有序、《定軍山》開打時候，背上的靠旗絲毫不亂……都是獨一無二的絕技。

有一年，譚鑫培在文明茶園演《轅門斬子》，當時正在走紅的劉鴻聲在第一舞臺也演《轅門斬子》，兩個戲園子相距咫尺，真有點唱對臺戲的味道。劉鴻聲自以為「三斬」是自己的拿手戲，憑著自己的好嗓子足與老譚抗衡，於是他把自己的戲碼故意壓後，等待著觀眾看完老譚之後再來看自己。

《轅門斬子》是一齣表現心理內容的戲，穆桂英進帳兵諫的時候，楊六郎處境極為複雜：楊六郎掛帥出征是為了破遼國的「天門陣」，派兒子楊宗保前往穆柯寨索取降龍木是為了給助陣的楊五郎製作斧柄，楊宗保被穆桂英擒拿之後，楊六郎為了解救兒子，又被穆桂英在陣前槍挑馬下大敗而回。穆桂英愛慕楊宗保，自己願意敬獻降龍木給楊六郎，並且去破天門陣，條件是要求與楊宗保結親，楊宗保答應穆桂英之後回營，楊六郎惱羞成怒，將楊宗保推出斬首，罪名是「陣前招親」，山大王穆桂英帶了降龍木前往宋營求情兵諫……身為大宋元帥和穆桂英的公爹、自己和兒子楊宗保又全是穆桂英的手下敗將、下令斬子之後已經拒絕了所有帳下將領的求情……楊六郎此時此刻的心情是「進退兩難」，譚鑫培飾演的楊六郎轉身背立觀眾，雖然是一言未發，然而楊六郎的風度和尊嚴、心情的複雜和尷尬全寫在背上。

劉蟄叟在《戲劇月刊・論老譚獨到之處》一文紀錄了這場「對棚」的結局：好事者在看完老譚的《轅門斬子》之後，又去看劉鴻聲飾演的楊六郎，劉鴻聲飾演的楊六郎在穆桂英進帳時「推冠覆額、伸項張手、狀如小丑，夫延昭（楊六郎）以元帥身份，諸將環侍白虎堂，何等森嚴，且與桂英有翁媳尊卑之別，雖事出不意，亦何至張惶失措致礙觀瞻，較之頃間老譚之做派，雅俗相去何啻天淵，故不俟終幕，座客已散去大半矣。」名角做工不外通情達理恰如其分，若毫無意識自作聰明，未有不貽笑大方者。

譚鑫培對於戲中人物的體會深入骨髓，上了臺不僅臉上有戲（面部表情）、身上有戲（身段表演），而且骨骨節節都是戲。內廷供奉錢金福說是：鑫培臉上戲最好，如《定軍山》去黃忠，臉上有英武之氣；唱《哭靈牌》去劉備，臉上有悲戚之容；唱《空城計》去諸葛亮，臉上有威嚴氣象。一戲是一戲的臉，恰如其人，故難能而可貴。演戲最忌雷同，腔調雖妙不可重歌，身段雖佳不能復用，所謂數見不鮮令人生厭。

譚鑫培在舞臺上很有聰明快捷、應變得當的口碑，傳說故事也很不少：

有一次，上演《轅門斬子》在「急急風」的鑼鼓點裏，楊六郎和焦贊、孟良同時上場，扮演楊六郎的老譚升帳之後，發現扮演焦贊的演員沒有戴「髯口」（鬍子），就對焦贊說：「你父親往哪裏去了？快快與我喚來！」焦贊才得以到後臺去掛了髯口再上，避免了臺上的尷尬，觀眾也為老譚的處理方式叫絕。

又一次，上演《文昭關》，伍子胥應當佩帶寶劍，老譚卻誤佩了腰刀，上臺之後原有的四句唱詞之中偏偏還有寶劍：「過了一天又一天，心中好似滾油煎，腰中妄掛三尺劍，不能報卻父母冤。」老譚開口之前本來應該手撫寶劍卻摸到了腰刀，心裏一驚連忙改了唱詞：「過了一朝又一朝，心中好似滾油澆，父母冤仇不能報，腰間空掛雁翎刀。」臺下內行的觀眾心知肚明，都為老譚的聰明智慧叫好不迭。

再一次，上演《黃金臺》，譚鑫培鴉片沒抽完倉惶上場，頭上只束著網巾忘了戴烏紗帽，一出場觀眾就發現了，他自己也發現了，於是他趕忙加了兩句「引子」：「國事亂如麻，忘卻戴烏紗。」不露痕跡而且貼切劇情，觀眾只能將「倒好」（觀眾發出的不滿叫聲）換成了對於天才的欽佩和感歎！

這一類本來是老譚在舞臺上發生錯誤的故事，可是在觀眾那裏卻變成了很智慧、很有意思、很膾炙人口的傳奇，傳來傳去為老譚增色。

按照清代娛樂業的商業規則，一個唱戲的伶人如果「能叫座」（觀眾衝著他買戲票）就是成功，偶爾在臺上出了紕漏，也可以得到觀眾的諒解不叫「倒好」，這就是「有人緣」，這些譚鑫培都做到了，能叫座的結果是譚鑫培的「戲份」（每天的報酬）節節攀升。

同治至光緒之初，譚鑫培的戲份僅有當十錢四吊至八吊，庚子增到七十吊或者一百吊，光緒末到宣統初增至二百吊以上。

堂會收入更是變化驚人：光緒中葉他不過十兩銀子，庚子以後猛增到一百兩，宣統初年增至二百兩、三百兩、五百兩，在那家花園劉宅堂會，一齣《武家坡》主家付給老譚七百二十元——竟然是「天價」。

齊如山在《談四角・譚鑫培》文中記載：有一次，譚鑫培唱堂會，是陳德霖代約的，唱完之後，陳德霖送去三百元錢，譚鑫培說：「德霖，別管人要這麼些個錢哪，要得人家不敢找了，那可不好。」看來老譚並不是貪得無厭的人！事實上，那一次堂會單單是譚鑫培就得了七百元，有四百元是打點老譚的兄弟姐妹的——一家人都在「吃」老譚……老譚好像並不知道？唉！大有大的難處，家家都有一本難念的經啊！

可以說，譚鑫培靠著「天份」和「努力」攀升到梨園界老生行的最高峰！

當時，對於譚鑫培的藝術處於峰巔的描述各種各樣：

民國二十一年（一九三二）的《劇學月刊》上的〈米湯大全〉說是：三十三天天上天，玉皇頭戴平天冠，平天冠上樹桅杆，鑫培站在桅杆巔。

梁啟超說過：四海一人譚鑫培，聲名廿紀轟如雷。

上海報人狄楚青說過：國自興亡誰管得，滿城爭說叫天兒。

「伶界大王」的尊號是黃楚九（上海「新新舞廳」老闆）給上的，這四個字火辣辣的，也有點俗，可是，老譚真可以說是當之無愧，當時的戲曲界確是無人能望其項背，稱譚鑫培「大王」可以說是實至名歸。

第四節　譚鑫培受辱殞命

進入民國之後，隨著政局的更迭和觀念的除舊佈新，在大清朝名譽地位都已經登峰造極的名伶譚鑫培，在新政權下開始走背字，倒楣的事接二連三，一直到一代名伶香消玉殞。

民國元年（一九一二），六十六歲的譚鑫培第五次到上海，那是新新舞臺的老闆黃楚九的邀請。黃楚九打點精神，以「伶界大王」的稱號加大宣傳力度，當時老譚的表演已經是進入化境，怎麼唱怎麼有（怎麼唱都是精品），搭檔好、賣座也好。

當時武丑楊四立正在上海走紅，尤其是他的《豬八戒盜魂鈴》特別叫座，戲園子老闆知道譚鑫培在宮裏唱紅過這齣戲，就要求譚老闆也貼一齣《盜魂鈴》，意思是和楊四立來個「對臺」。譚鑫培武生出身也唱過武丑，一時高興就同意了，一貼出戲碼來就賣了滿堂（滿座）。

上海觀眾看慣了楊四立扮演的豬八戒從四張半的高臺（四張桌子和一把椅子疊在一起）上倒翻下來，將近七十歲的老譚飾演的豬八戒爬上了高臺之後，拿了一個大頂，然後做了一下躍的姿勢，看一看、搖搖頭，便輕輕地爬了下來……其實，這樣「歸哏」（處理成為笑話）的表演也是很好的「俏頭」，用小丑的身份表演豬八戒，也是可以的，可是臺下偏偏有一位李姓觀眾叫起了倒好——譚鑫培無論聲望多麼高，也擋不住上海觀眾叫倒好！

老譚雖然只是心裏彆扭，可維護老譚的戲園子「巡場」（維護秩序的）打了叫倒好的人，叫倒好的老鄉和《娛樂報》又為李姓觀眾抱打不平，嚴重抗議戲園老闆，鬧得第二天譚鑫培都無法正常演戲。最後，戲園子老闆和老譚請客賠禮道歉、戲園子答應取消「伶界大王」的徽號才算了事……這件事媒體起勁地炒作，吸引眼球，很是熱鬧了一陣（見吳性栽《京劇見聞錄》）。之後，自然是老譚繼續演戲，觀眾仍然滿坑滿谷。

對於老譚來說，這一次的表演其實只是他對於《盜魂鈴》的一種表演方式的創新，也是他在晚年時候善於應變的一次表現。如果是在北京，他的狂熱的崇拜者一定會連連叫好，體諒他年將望七，四張半是翻不下來了，還能有很有趣的表演；然而是在上海……雖然只有一個人喝倒彩，怎麼說也是一件彆扭事，老譚只是習慣於別人叫好，沒受過這個「委屈」。

民國二年（一九一三）冬天，大總統袁世凱學著帝王的樣子也在府內「傳差」演戲，點名要看老譚的《戰長沙》。這齣戲以前都是汪桂芬和老譚合作，汪桂芬的關羽，老譚的黃忠。老譚面相枯瘠，比不上汪桂芬嗓子好、氣派大，能夠壓得住，等於是老譚為汪桂芬配戲。汪桂芬一死，這齣戲就掛起來了（不演了）。此次袁大總統傳演《戰長沙》，誰能夠代替汪桂芬呢？老譚在心裏按照梨園行的行規琢磨：自然是自己升上去扮演關羽，找一個人為自己配演黃忠，為此，他還新製了一件綠蟒、一身綠靠——自己為了「藏拙」（避開所短），一生都很少動王帽戲和關公戲，這一次就抖擻精神演一次關公戲吧！不料，袁府戲單開出來一看，是王鳳卿的關羽，自己還是黃忠！老譚心情不順：「三鼎甲」之間相互配戲還無所謂，自己給一個晚生後輩配戲，怎麼說也是彆扭……心情怏怏的老譚，臨場時候沒脫大皮襖就紮上了靠，上了臺誰都看得出來他的敷衍了事、心不在焉。袁大公子勃然大怒拿出了權勢，要將老譚交給警察局嚴辦，還命令老譚一年不許唱戲。

老譚一家人口多負擔重，掙得多開銷也大，老譚雖然是名伶，也禁不住坐吃山空，一年不讓唱戲，也就等於是斷了他的生路，輾轉託請到和袁大公子說得上話的余叔岩那裏，禁令才算是提前撤銷。老譚付出的代價是要收余叔岩為徒——余叔岩雖然是配得上給老譚做徒弟，可是，收徒的緣由卻好像是被迫無奈，老譚不習慣「被迫」，還是有點彆扭。

民國四年（一九一五），譚鑫培第六次南下上海，回京時候前門東站查抄了老譚攜帶的煙土、煙膏和煙具，而且罰款二千元。老譚憂憤成病——老佛爺都曾經特許他抽大煙，而今抽大煙卻成了「犯法」，延醫調治也總是時病時癒，這一年老譚六十九歲，彆扭！

民國五年（一九一六），老譚可以上臺演出了，戲碼卻多是《烏龍院》、《八義圖》、《盜宗卷》、《南天門》、《洪羊洞》、《御碑亭》等做工戲，畢竟年紀不饒人。

民國六年（一九一七）四月，譚鑫培舊病又發，名醫周立桐為他診治，醫囑是：安心靜養，不可勞累。

四月初八，廣東督軍陸榮廷來到北京，由步兵統領江朝宗發起，在金魚胡同那桐府演戲歡迎，先期讓戲提調到譚家，約譚鑫培唱戲。譚鑫培不敢隨便辭而不赴，就說了個「活話」：到時候病好了去唱《洪羊洞》。江朝宗表示同意。

不料屆時老譚的病毫無起色，江朝宗派車去譚宅接人幾次都無功而返，老譚均以病辭。江朝宗的賓客紛紛議論：堂會若是沒有老譚的戲實在是減色不少！

江朝宗什麼人？軍閥！哪能容忍老譚駁了他的面子？馬上派官警趕到大外廊營，把個病臥在床的譚鑫培縲絏而至。

譚鑫培由於有了上次在袁府的教訓，抱病登臺仍然不敢有絲毫的懈怠：《洪羊洞》中的楊延昭為了盜回父親楊老令公的骨殖連失孟良、焦贊二將，自己也已是病入膏肓，臺上的楊六郎行腔淒婉、低迴淒惻、表演悲愴、催人淚下……老譚自己以老病將死之身，還不能不登臺獻藝為人取樂的悲切、無奈，全在念白唱做之中傳達到在場的觀眾心裏——角色與演員的心境已經很難區分開來，這一齣《洪羊洞》是為老譚的「絕唱」。

回家之後，病情加劇，臥床不起，醫治無效。

沉疴之中回憶一生，想起當年西太后對自己寵幸有加，自己的愛女出嫁時西太后還添了嫁妝……生出不勝今昔之感（那個有實物照片保存至今的銅盆上面刻有楷書「光緒三十年六月十五日慈禧端佑康頤昭豫莊誠壽恭欽憲皇太后上賞譚金培之女嫁妝銅盆一個」），老譚對家人唏噓不已：「當年大清朝全國禁煙，蒙老佛爺恩准我一人抽煙，昇平署傳差使，有時我因病請假，老佛爺反派太醫到宅診治，前年由上海帶回幾兩煙土被他們抓了去，罰我二千塊，現在我病到這個樣子，他們還要我唱戲，真是要我的老命。」（劉菊禪《譚鑫培全集》）老譚是屬於大清朝的子民，他跟不上新的、革命的年代。

一九一七年五月十日譚鑫培病逝，年七十一歲，一代名伶的去世就像是一顆彗星隕落了。

老譚像是一本大書，學習他、模仿他的人浩如煙海，卻永遠沒有人能夠達到他的水準。內行的人說是：從他的徒弟余叔岩和余叔岩的徒弟孟小冬的唱片裏，可以品出一點老譚的味道——但是，那也只是形似於萬一而已！

老譚沒有留下錄影，百代公司在光緒末和民國初兩次為他灌製的唱片也只有七張半，九個戲（《賣馬》、《洪羊洞》、《探母》、《捉放宿店》、《桑園寄子》、《烏盆記》、《碰碑》、《戰太平》、《打漁殺家》）（見吳小如《羅亮生先生遺作〈戲曲唱片史話〉訂補》）。

聽聽老譚的唱段，讓今人可以遙想當年。

上：伶界大王譚鑫培便裝照。
中：譚鑫培（左飾薛平貴）與王瑤卿（右飾柳迎春）合演《汾河灣》。
下：譚鑫培飾演《定軍山》中的黃忠。

第八章　楊小樓空前絕後

譚鑫培的弟子余叔岩這樣看待楊小樓：

楊小樓完全是仗著天賦好，能把武戲文唱，有些身段都是意到神知而在他演來非常簡單漂亮，怎麼辦怎麼對，別人無法學，學來也一無是處，所以他的技藝只能欣賞而絕不能學。（丁秉鐩《楊小樓空前絕後》）

與楊小樓多年合作的梅蘭芳這樣誇讚楊小樓：

楊老闆的藝術，在我們戲劇界裏可以算是一位出類拔萃、數一數二的典型人物。他在天賦上就具有兩種優美的條件：（一）他有一條好嗓子；（二）長得是個好個子。武生這一行，由於從小苦練武功的關係，他們的嗓子就大半受了影響。只有楊是例外，他的武功這麼結實，還能夠保持了一條又亮又脆的嗓子。而且有一種聲如裂帛的炸音，是誰也學不了的。說句不客氣的話，我到今天還沒有聽見第二個武生有這樣脆而亮，外帶炸音的嗓子呢。（梅蘭芳《舞臺生活四十年》）

實業界人士、老戲迷吳性栽這樣評論楊小樓：

譚鑫培的唱念固然冠絕一時，那是由於他的天賦耳音好、經驗多，辨音別字比別人都來得正確，這方面只能說譚是知其然而不知其所以然的。楊小樓的念白則從音韻反切的學養上得來，咬字更切實有把握，已從經驗進展至學理了……

他敬老惜幼，前一輩藝人和他相處得好，同一輩藝人和他合作得好，輔佐他的演員如錢金福、遲月亭、李連仲、范寶亭、傅筱山、許德義、何佩亭、劉硯亭等等，都是一時之選。後輩藝人受過他薰陶的，如孫毓堃、高盛麟輩則均卓有成就，其他更難數了。

我說楊小樓的戲不是演出來的，他的戲是流出來的，不見其首，不見其尾；他不著力，而真力自然充沛運行。我一次次的看著他的戲，無法分清他是他，戲是戲，他演什麼，他本人就是什麼，在《安天會》中他就是這麼樣的一個齊天大聖，在《長阪坡》中他就是威風抖擻渾身是膽的趙子龍。從這一點來說，我可以說沒有見過第二人。以表情聖手見稱的周信芳，臺上功夫是到了家的了，但他如何準備，如何出手，都有一道痕跡，像畫在幕布上的一樣，歷歷可數。換句話說，他的戲是演出來的，只是演得真，所以高人一等。楊小樓則起落無跡，臻於化境，達到道家「無為而治」的境界，使觀眾也為之坐忘了。（檻外人《京劇見聞錄》）

余叔岩和梅蘭芳都曾經是楊小樓的搭檔，他們還曾經是當時舞臺上實力匹敵、鼎足而三的三架馬車。他們對於楊小樓是從同臺演出和取長補短的角度進行觀察，他們得出的結論是：他的藝術意到神知，無從學起；他的感染力自然充沛，不可力致。

吳性栽是從梨園之外觀眾的角度，評論楊小樓一生長厚的為人、追求完美的藝德，他的藝術給人的感受是：念白之中透出學養，舉手投足起落無跡，渾成功力臻於化境。

總而言之，對他的評價眾口一詞：唱念做打無一不好，一代國劇宗師空前絕後。

第一節　楊小樓的天賦和學養

楊小樓（一八七八－一九三八）是一個奇蹟，無論是在他的生前還是身後，伶界和觀眾都一致同意：楊小樓天賦厚、學養深，沒人能比！

楊小樓的特殊天賦為任何人所不及：他人長、腳長、手長，再加上長長的天官臉，兩道傾長入鬢的劍眉，一雙眼梢特長的鳳眼，通天鼻子，面部五官和身材全部相稱，更難得的是他氣度凝重而且從容，即使是他的業師俞菊笙彪悍成性，也沒有能傳染到他——應該是得之於先天所賦，也受惠於修養和文化根底吧？

他雖然喉嚨響亮，可是嗓子有點「左」（聲調不準），唱老生不夠條件，所以他只能以武生終其一生，不像譚鑫培，嗓子倒倉了就能從老生改武生，嗓子好了也能夠從武生改回老生。他對唱工也不十分下功夫，只是由於他嗓音好，聲音又亮又脆，而且有一種聲如裂帛的炸音，唱出來就是天籟，即使沒有動人的聲腔也會自然動聽，所以楊小樓的唱也有特殊的韻味，自成一家——欠缺竟然也變成了優點。

梨園行自打程長庚開始就是老生領銜的時代：挑班的班主多是老生行，戲班子以老生為主唱頭牌，戲班子的招牌戲也是老生戲——那時候，天賦最好的人都是想學習文武老生，都想變成譚鑫培。而楊小樓繼俞菊笙之後，能夠長年累月的以武生挑班唱頭牌，這在當時也算是絕無僅有的一份。

清末咸豐、同治、光緒時代的舞臺上頗不寂寞，一大批空前絕後的名伶首尾相續：程長庚去世（光緒五年）之後就有名揚四海的楊月樓相接，而在楊月樓中年早逝（光緒十六年）之前，譚鑫培的藝術就已經精進到爐火純青，譚鑫培去世（民國六年）之前楊小樓已經大紅大紫，楊小樓去世時候已經到了民國二十七年；可以說咸豐同治是程長庚的天下，光緒是譚鑫培的時代，而民國是楊小樓的時代。

楊小樓是「同光十三絕」之一的名伶楊月樓的兒子，雖然有遺傳和天賦在身，也是照樣要靠勤學苦練。坐科小榮椿科班時，武功得自楊隆壽、楊萬青、姚增祿、范福泰的教授，這幾位武功高手都是當時的第一流，他們為他從小打下了好底子，使他日後可以修煉到純熟簡練、乾淨漂亮、以簡馭繁、以少勝多。然而，楊小樓從出科到成名也並非一帆風順，十八歲出科時候正值倒倉，年輕氣盛的楊小樓只能搭班演武行配角，傳說初搭班的時候，有一次王八十主演《挑滑車》，楊小樓扮演岳帥，他個子大，紮上靠旗、穿上靴子比別人高出一截，動作又還不那麼靈敏，像是羊群裏跑駱駝，王八十越看越彆扭，終於忍不住讓管事的臨場換人。

楊小樓受到這樣的打擊，一怒之下辭班去了天津，在天津人生地不熟，功夫不到家上座也不好。後來他一個人離開家，躲到京郊八里莊一個廟裏住下來苦練功夫，雞鳴晨起練槍、練劍、練刀、練武打、喊嗓子、搬著「朝天凳」（把一條腿搬得腳心朝天，與另一條腿成為豎著的一字）背幾齣戲、練白口（說白）、練眼神、練表情……功夫不虧有心人，幾年之後，他重出江湖又進了戲班，他不再演配角，他主演的《挑滑車》開始受到了觀眾的認可。

二十五歲那年，他回到北京進入寶勝和班開始走紅，之後他應邀到天津以《豔陽樓》一炮轟動了津門，返京之後，他搭入了譚鑫培所在的同慶班，從此聲名大振。

他慢慢地成為每一齣戲的主角、能夠充滿和照亮整個舞臺的大將、舞臺上的中心——個子大已經成為上天賦予他的優勢，他不再是羊群裏跑駱駝，而是鶴立雞群。

這一時期，是楊小樓轉益多師的時候，他向自己的父親武生名伶楊月樓學他所有的拿手戲——當時楊月樓正在走紅；向老師俞菊笙學習《挑滑車》、《鐵籠山》、《豔陽樓》、《金錢豹》——當時俞菊笙正是舞臺上的明星；在和老譚配演《陽平關》、《連營寨》、《八大鎚》、《戰宛城》的時候，他抓緊機會向譚鑫培學習——當時老譚正是劇壇盟主。

一生當中，在他的心裏從來都沒有門戶之見、流派之別，誰有長處就向誰學：他向王楞仙學習過《八大鎚》中的少年陸文龍，向張淇林學習過《安天會》中的孫猴子，向錢金福學過《金沙灘》中的吐火和耍牙，去上海時向小孟七學習過《冀州城》，晚年時候在上海還向牛松山學習《林沖夜奔》、《火併王倫》……

楊小樓得益於名師傳授、高人指點，更得益於他出類拔萃的領悟能力和他終其一生都是學無常師的謙虛品德，這使他能夠把眾人的長處都化為己有，這正是他最後能夠成為集眾家之長的國劇宗師的因由。

四年以後的光緒三十二年（一九〇六），他二十九歲的時候被挑選為內廷供奉，這是他命運的一個轉捩點——於民間歷練成功的楊小樓，在宮廷也得到了肯定。

傳說中西太后喜歡的伶人不少：陳德林、余玉琴、王楞仙、孫菊仙、汪桂芬、楊隆壽、李連仲、譚鑫培、楊小樓都算是老佛爺面前的紅人，可得到過「六品俸」和「四品頂戴」的卻只有譚鑫培和楊小樓，而在老譚和小樓之中，西太后更喜歡楊小樓，還曾經把自己的扳指賞了楊小樓；這是一件讓人羨慕不已、議論不休的事情。同是內廷供奉，卻在西太后面前不得臉的王長林和李永泉說是：「人家楊小樓到宮裏來演戲，如同小兒住姥姥家來一個樣，我們兩個人來演戲，彷彿來打刑部官司的犯人。」

三十三歲那年（一九一〇）楊小樓開始了自己挑班、唱頭牌的生活，他的表演藝術已經達到了爐火純青、一時無兩，這種情況一直繼續到民國二十六年（一九三七）楊小樓六十歲，這在梨園史上也是獨一份。

第二節　渾成一體的唱念做打

楊小樓的「唱念做打」都禁得起推敲和琢磨，他的每齣戲都有「賣點」，同一齣戲的每一次演出也各有不同的「看點」，因為他的戲總是在細節上不斷地更新變化，所以，楊小樓的戲迷們對他的演出都是每齣必看，他會的武生戲有上百齣，常演的也就是幾十齣，能夠做到二十七年常演常新，讓新老觀眾百看不厭——不容易！

如果說譚鑫培和楊小樓都是「唱念做打無一不精」，那麼他們兩個人的區別應該是：譚鑫培「唱」得最棒——他以老生名冠一時，楊小樓「打」得最好——他以武生名標青史。

所謂武生就是擅長武藝的角色。

武生分為兩類：長靠武生和短打武生，長靠武生身穿鎧甲（靠）、頭戴盔帽、腳踏厚底靴、手拿長柄武器（大刀、長槍）進行打鬥。短打武生身穿短衣褲，徒手或者使用短兵器進行格鬥。好的長靠武生不僅要武功好，還要工架優美、穩重端莊、表演細膩、能唱能念有大將風度、有氣魄；好的短打武生要身手矯健敏捷，看起來乾淨利落、打起來漂亮帥氣、絕不拖泥帶水。

楊小樓長靠、短打無一不精，《長坂坡》、《戰宛城》、《冀州城》、《挑滑車》、《麒麟閣》、《寧武關》、《湘江會》、《白龍關》、《青石山》、《賈家樓》、《連環套》、《惡虎村》、《落馬湖》、《武文華》、《林沖夜奔》、《趙家樓》、《五花洞》、《鐵籠山》、《豔陽樓》、《金錢豹》、《飛杈陣》、《晉陽宮》、《英雄會》、《安天會》、《陽平關》、《八大鎚》、《回荊州》、《八蜡廟》……都是他的拿手好戲，其中長靠戲《長坂坡》、《戰宛城》最好看，短打戲《連環套》最經典，它們被所有的人讚許。

楊小樓的唱念做打是糅合在一起的，一出上場門他就開始入戲，有「三十年戲迷」資格的章靳以在《舊戲新談》序裏說：「猶記小樓在世，戲簾（上場門掛的門簾）一揚，側身而出，輕微地顫那麼兩三下，然後猛地把頭向臺口一轉，眼睛一張，彷彿照亮了全場；雙腳站定，又似安穩了大地，全身挺住連背旗也像塑就的，這時全園鴉雀無聲，過了二三秒鐘才似大夢初醒般齊聲來一個『碰頭好』」，就是當時的盛況。

和老譚一樣，楊小樓「手眼身法步」渾成一體，所有的眼神、念白、做工、打鬥，都隨著劇情的進展推演，或者說是，劇情在他的唱念做打融成一體的表演之中推進。因為他的舞臺表演已經趨於化境，所以竟然可以使觀眾分不清哪裏是他，哪裏是戲。比如：在《連環套》裏，他的黃天霸從英俊裏透出精明仔細；在《趙家樓》裏，他就是輕蕩淫邪的採花賊華雲龍；同樣是扮演十六歲的孩童，在《晉陽宮》裏，他是一身兇悍煞氣、不通事故的渾小子李元霸，而在《八大鎚》裏，他就成了天真好勝、志得意滿一團稚氣的陸文龍……楊小樓一直到五六十歲扮演李元霸、陸文龍，仍然使人覺得自然、活現，真是裝什麼像什麼，他演什麼就是什麼了，當時他是以「千面人」著稱，今天就應該說他是「演技派」的演員了。

楊小樓的功夫立體渾成，吳性栽的《京劇見聞錄》說是：他的戲不是演出來得，是流出來的，不見其首，不見其尾，他不著力，而真力自然充沛運行。他善於調動各種手段和身體語言表情達意，所以，他的經典作品都是處於變化多端情境之中、內心交織著複雜矛盾的人物，諸如：《長坂坡》中在瞬息萬變的兩軍交戰之中，只騎著一匹馬還必須去救主母糜夫人和阿斗，與糜夫人還有君臣之分、男女之別的趙雲；《戰宛城》中處境複雜、內心歷程變化微妙的張繡；《連環套》中兩棲於江湖和廟堂，又想兩方面都做得圓滿體面，既對得起江湖弟兄，又對得起官方上下級的黃天霸……都是他可以充分發揮自己的能力，調動唱念做打各種功夫互相配合，做到細膩好看盡善盡美的代表作。

在天才已經逝去的今天，楊小樓只有不多的照片存留至今，所幸七十年前，楊小樓的戲迷丁秉鐩、吳性栽……對他的趙雲、張繡、黃天霸，都有過詳盡、傳神、感性的描述，可以幫助我們體味、想像當年楊小樓塑造人物的藝術造詣和境界，這也是一種「幸運」。

《菊壇舊聞錄‧楊小樓空前絕後》文中，對於楊小樓飾演《長坂坡》中的趙雲，描述非常詳細：

> 楊小樓的趙雲，在頭一場夜宿荒郊，保衛家眷，對劉備的念白：「主公，且免愁腸，保重要緊。」除了嗓音嘹亮，面上還帶出憂國忠誠的表現。劉備在那裏歎五更一段一段的唱，趙雲則時而閉目假寐，時而警覺巡視，小樓把膽大心細的保衛責任心，也表露無遺。
>
> 在見糜夫人一場，非常精采。時間緊急，對主母須勸她上馬，而不能逼迫。在催促中，要保留君臣之間的分寸。等到糜夫人以阿斗交付，剛要接過，一想不對，急忙擺手打躬，惶恐萬分。因為趙雲此時已經猜透糜夫人心意，打算一死以免累贅了。在理智上勢所必然，在感情上，他哪能忍心至此呢！
>
> 小樓面上的惶急痛楚表情，套一句電影術語，那真是「內心表演」。等到糜夫人把阿斗放在地上，趙雲馬上蹉步過去，撿起喜神（阿斗）。那時糜夫人已經跳上井臺，「起範兒」（跳井之前的示意動作）要跳了。馬上趕過去，這一手「抓帔」（帔是顯貴的便服），轉身跪倒，乾淨俐落，必

得滿堂彩。

但是只有武生用功力，糜夫人配合不好也不成，像陳德霖、梅蘭芳、尚小雲、魏蓮芳、芙蓉草幾位給小樓配演糜夫人，都合作得天衣無縫。這個訣竅是：（扮演糜夫人的）青衣在這一場上場之前，就要把帔從領子那裏就往後穿，也就是在裏面褶子（穿在帔裏面的便服）上套得鬆一點。在與張郃跑箭圓場（糜夫人被張郃追趕並被他射箭傷腿）完畢，受傷等趙雲上來相遇時，一直要保持鬆套著帔，而帔和裏面褶子的水袖也要套得有點距離，不能扯在一起。等到放下喜神，轉身向後，跳上井臺時，很快的把帔解開，等趙雲手到背上時，一按，一撚，而旦角已經雙手往後平伸，一抓就下來了。

說了這麼些字，其實，只是「說時遲，那時快」一兩秒鐘的事，「抓帔」就美滿完成了。沒有火候（功夫不到家）的旦角，沒有準備工作，往往武生抓上，而掙扎兩隻袖子半天，那就是「脫帔」了。

「抓帔」動作的設計是基於這樣的情節發展：趙雲找到糜夫人和阿斗之後，一直勸糜夫人上馬，自己要一邊保護糜夫人和阿斗，一邊步行迎戰曹兵，糜夫人覺得自己已經受了箭傷，行動困難，如果自己抱著阿斗騎上馬，身為大將的趙雲沒有馬騎，在亂軍之中如何能夠戰勝敵人、保護自己和阿斗突出重圍？幾次想要把阿斗交給趙雲，趙雲始終不肯接，所以糜夫人決心自己跳井自盡，讓趙雲可以保護阿斗突出重圍。趙雲並不知道糜夫人跳井的打算，在糜夫人把阿斗放在地上之後，趙雲已經開始明白了糜夫人的想法，可是他一方面要顧到阿斗，一方面要顧及糜夫人，在懷抱著阿斗又看到糜夫人跳井的一霎間伸手去抓，慌亂之中只是抓下了糜夫人的外衣（帔）。

「抓帔」的情節雖然設計合理，可是說起來容易，做起來難。

梅蘭芳在《舞臺生活四十年》中曾經說到過王瑤卿給楊小樓配演糜夫人時的兩個小動作：

糜夫人投井的身段，王大爺（王瑤卿）是在糜唱最末一句搖板的時候，暗中先把帔上的紐帶解開，唱完了，一腳跺在椅子邊上（這椅子就是假設的一口枯井）把頭向右一偏，「線尾子」（五尺長五六寸寬，垂在髮髻下面表示辮子的黑色線簾子）全歸到胸前，兩手向後伸直，淨等趙雲抓去了黃帔，他就可以跳下井去了。

這暗中拉開紐帶和偏一下頭，把線尾子歸到胸前的兩個小動作，觀眾是毫無察覺，可是卻給趙雲的「抓帔」動作掃清了障礙，這樣的合作真可以說是天衣無縫！

梅蘭芳在〈我最愛演的一場戲——掩井〉和〈楊小樓的師承〉兩篇文章中也談到過自己給楊小樓扮演糜夫人時，兩個人表演「抓帔」時的細節：

他低著頭焦急地緩緩向右轉身向裏走，我抱著阿斗挪動著跛步往左轉身也向裏走去，在「亂錘」（表示緊急的鑼鼓點）聲中再一次要把阿斗送交趙雲，趙雲再一次急擺雙手再三打躬慢慢往左轉，一手撫額低頭思索。

糜夫人見趙雲堅決不接（阿斗）也低頭思索慢慢往右轉身走著跛步，面朝前臺時把頭微微一搖同時輕輕頓一下足，把阿斗放在臺口，然後轉身向裏，同時要把黃帔的紐帶解開，做好抓帔的準備。這時「亂錘」尺寸板慢，但調門長高。趙雲撫著額頭低著頭已經面向前臺，目光慢慢向左轉移，突然看見阿斗，這時「亂錘」打住，趙雲左右手先後抬起抓住左右下甲，向臺口「蹉步」跪一腿把阿斗抱起，接下句唱：「接過劉家後代根。主母快請上馬行，趙雲步戰也要退曹兵。」糜夫人：「啊，將軍你看那曹兵他殺來了。」說著右手向右一指，趁著趙雲轉身向右一望的時候，就走跛步到了井邊（椅子象徵著井）；趙雲回過身來，右手抱著阿斗，左手伸出抓住黃帔的後領。我每次演到這裏在「亂錘」聲中被抓住向後略退兩步，等到我感覺出楊先生的中指把我裏面穿的褶子和外面套的帔兩件的領口已經分開（楊老闆事先用食指和大指，在我背上，由下而上輕輕一揉，衣服不就有了皺紋了嗎？用不著使勁，就能單抓住了黃帔），我就向前上椅子，他趁勢向下一扯，其實就等於他替我脫下一件帔，配合好了就是一剎那的好戲，如果讓觀眾看出費勁，雖然也抓下來那就沒戲了。

這一表演的能不能脆快，關鍵就在「亂錘」時候中指分開裏外兩件衣領口，然後全手抓著外面的帔而絲毫不牽動裏面的褶子，等我上椅子後，他可以沒顧慮地往下扯，自然顯著脆快。

有的人可能就是沒分開裏外，含含糊糊的抓著，顧慮是否連著褶子一起抓的，萬一真的把糜夫人從椅子上揪下來怎麼辦，所以效果不會好的。還有人事先解紐帶時把袖子也退出來，等於披著帔，那也就沒有戲了。

「抓帔」的完成，也就是糜夫人跳井完畢，接著是趙雲推牆掩井，奮起神勇大戰曹兵，懷揣著阿斗在長阪坡殺得七進七出，最後殺出重圍見到劉備……

《菊壇舊聞錄》中紀錄了楊小樓的趙雲在抓帔之後，從曹兵圍困中殺出重圍，回到軍中對劉備述說糜夫人的落井經過之後，仍然繼續有出色的表演：

（趙雲說）「……方才公子在身邊啼哭，這般時候不見動靜，大略性命休矣。」此時面帶嚴肅狐疑。劉備念：「快快打開來看。」小樓念：「為臣看來，」仍然面帶緊張。打開一看阿斗健在，接著：「咦！他倒睡著了。」此時臉上由驚而喜，馬上滿臉欣慰之色，然後交與劉備：「主公請看。」在恭謹之中，稍露一點邀功的得意神情，就是這一瞬間，把趙雲的心情變幻層次，表現得細膩萬分，稱之為「活趙雲」，絕不過分。

作為觀眾的黃裳在《舊戲新談》中，談到過楊小樓和芙蓉草合作的「抓帔」給他的觀感：

跳井之際，趙雲反身撲下抓帔，一種驚惶、無奈、失悔的情狀，表演至佳。舊日陳德霖此戲有名，我所看的則是芙蓉草。要演得乾淨，委實很難。

在那個京劇的黃金時代，名伶們為了一兩秒鐘的「抓帔」動作做得乾淨漂亮，能夠傳達出大將趙雲的「驚惶、無奈和失悔」，如此用心地進行設計、如此默契地進行合作，最後達到人人稱許的藝術效果——敬業精神何其深厚！

楊小樓自己敬業，對於合作者也是挑揀甚嚴，他不想「抓帔」變成「脫帔」，也不想因為旦角的準備工作做得不好，褶子和帔撕捋不清，最後一把把糜夫人從椅子上抓下來，他的「糜夫人」是陳德霖、王瑤卿、梅蘭芳、尚小雲、芙蓉草……都是一等一的角色。

他的其他合作者也都是一時之選：譚鑫培、王長林、許德義、李順亭、錢金福、高慶奎、遲月亭、郝壽辰、侯喜瑞、王又宸……

《戰宛城》的張繡，也是楊小樓的經典之作。三國戲《戰宛城》劇情是：曹操攻打宛城，宛城守張繡兵敗投降曹操，曹軍進城之後，手下搶了張繡的寡嬸鄒氏獻給曹操。張繡得報「太夫人被搶」，就疑心是曹操所為，由於不敢確定，只得以問候為名進曹營打探，見到鄒氏的侍女春梅以後，得知曹操確是霸佔了自己的寡嬸，張繡為了洗雪奇恥大辱，與賈詡設計，派人盜取了曹操貼身護衛典韋的兵器，大敗曹操，殺死鄒氏。

由於這齣戲裏的張繡一開始就面臨著「戰與降」的選擇，接著就經歷了「從主帥到敗將」的劇變，之後又突然面臨了「寡嫂被辱」的家族恥辱……忍？還是不忍？內心起伏跌宕層次很多。丁秉鐩對於楊小樓精采迭出的內心表演這樣描述：

> ……（張繡開始）雖然與賈詡商量「破操的高見」，卻是志得意滿，自恃武力，不納賈詡的「守而不攻」之策，一意出戰。戰敗之後，見賈詡面帶愧色：「悔不聽先生之言……」因此，議論降戰，雖然張、雷二將仍然主戰，張繡卻納賈詡建議，投降曹操。此時對賈較為重視，與開始的漠然態度不同了，小樓演得有分寸。
>
> 曹操進城以後，校場觀操，典韋、許褚（曹操部下）與校刀、火牌（張繡部下）交戰，二人大勝，此時小樓的做戲機會來了，一方面羞愧難當，急把兵將們趕下去；一方面對典韋、許褚表示謙遜，心情凝重，誤撞二人，雖然連忙打躬謝罪，卻仍保持主帥身份，不狼狽、不過火。
>
> 到家院來報：「今有一夥兵丁，將太夫人搶了去了。」張繡一方面責老僕糊塗，再去打探；一方面自言自語，疑是曹營所為。小樓此處「備馬伺候」叫起來，有四句西皮搖板……圓場見曹，更是精采。先聽說「丞相尚未起床」，就開始面色轉變。見曹以後，「啊，丞相，這連日的勞倦，睡

臥安否？」字斟句酌，探詢的心情，都在嘹亮的念白中表達出來。等到春梅打茶來，見面一驚，春梅回頭就跑，張繡一望兩望，曹操中間遮攔，曹操必是侯（喜瑞）、郝（壽辰），春梅必是小桂花、趙綺霞，三個人身段地方好極，臺下必是滿堂彩。

此時小樓表情，已然知曉鄒氏被曹操搶來，由證實，而氣憤，而忍住。接著曹操進一步要和張繡以叔侄相稱，藉此試探張繡。小樓把張繡那種一忍，再忍，不肯小不忍則亂大謀的心思，曲曲傳出，一絲不苟。

最後刺嬸，則氣憤填胸，把兵敗、被辱的一腔怒氣，都發洩到鄒氏身上。所以念白上雖然有點咬牙切齒，然而觀眾不嫌其火，而更欣賞其表現得當。

這齣《戰宛城》也是楊小樓的招牌戲之一，在營業戲和義務戲裏，都經常演出。他逝世前一場戲就是《戰宛城》，與郝壽臣、小翠花合作，是義務戲。

楊小樓的《連環套》也是觀眾們百看不厭的傑作，這個取材於《施公案》的戲曲劇情是：連環套寨主竇爾墩盜了御馬，留詩嫁禍於有夙仇的黃三太。黃三太的兒子黃天霸已然改邪歸正，在官府施世倫手下充當捕頭，彭公命他前往奉聖旨捉拿盜馬賊。黃天霸以鏢客的身份前往山寨拜見竇爾墩，自言是黃三太之子，雙方約定次日在山下比武，如果竇爾墩勝，黃天霸代父領罪，如果黃天霸勝，則竇爾墩獻馬見官了案。當夜，黃天霸的朋友朱光祖混進山寨，盜走竇爾墩的虎頭雙鉤，留下了黃天霸的寶刀，竇爾墩醒來見刀，以為是黃天霸所為，感其不殺之恩，願意獻出御馬，與黃天霸見官了案。黃天霸押解竇爾墩進京，一路上以子侄之禮待之甚厚，又詐稱主犯在逃，而竇爾墩是協從，具結將竇爾墩保出牢獄。

吳性栽的《京劇見聞錄》和丁秉鐩的《菊壇舊聞錄》裏面，對楊小樓飾演黃天霸上乘表演的一些細節，都有觀察幽微的細緻描述：

吳說：「……接聖旨時所有的人都面向裏跪，當宣旨的欽差讀到：『如今若問盜馬人，飛鏢三太便知情』時，黃天霸渾身戰抖，帽子的大球子抖得簌簌有聲，然後回身面朝觀眾，雙手一拍一攤，那種禍從天來、焦慮惶急之情，便已引起觀眾的同情共鳴。」

丁說：「……聖旨下，讀旨時跪聽宣讀，他面向裏跪，背部向外，只見他頭部輕點、微搖，最後頭不動了，而盔頭上的絨球突突亂顫，把天霸聞旨的內心激動，有層次地一步一步表現出來，每次臺下都是滿堂彩聲。」

吳說：「……上京進謁彭公，中軍傳見，要他報名而進時，黃天霸整頓衣冠，準備打躬的當兒，朱光祖上前向他肩上一拍，一點腰，黃天霸猛然醒起，腰上還帶著寶劍，滿臉惶恐，急忙解劍遞與朱光祖，再重新拉直馬蹄袖，口稱『報……漕標總兵，虛銜副將，黃——天霸，告——進——』，一躬到地，然後緩步挖門趨進，一個圓場裏包含多種情感和繁複變化。」

丁說：「……謁彭一場，因急欲一詢究竟，報門以前，忘了卸卻佩劍，經朱光祖提醒，馬上恍然大悟，臉上露出一驚一愧，再含笑致謝，一瞬之間，把這幾層表情，都順序表示出來。」

吳說：「……彭公一輪『官話』過後，撤坐，掩門，和黃天霸講私話，說到他和黃三太的交情，哪怕拚著烏紗不要，也要為他擔待時，黃天霸跪下三個蹉步向前，一聲聲『謝大人……謝大人……謝大人』，尺寸快、准、乾淨、俐落。

丁說：「……彭公接念：『梁千歲賞限一月……與你擔待擔待。』一段，天霸向彭朋謝恩，前趨請安三翻兒，彭朋也退讓謙謝三翻兒。楊小樓和標準彭朋鮑吉祥的雙身段，那份緊湊漂亮，到此必獲滿堂彩。」

吳說：「……連環套裏的大頭目下山搶劫，一陣對仗失敗，黃天霸舉刀欲殺，朱光祖一拉臂膀，黃天霸立即醒悟，反和大頭目套交情，那樣從一極端到另一極端的轉變，演來似流水無痕。」

丁說：「……到賀天龍打敗，黃天霸問他為首之人，報出竇爾墩以後，仍然作勢要殺賀，又經朱光祖提醒，此時小樓馬上恍然大悟，急改笑臉，手攙賀天龍：『兄臺請起。』把黃天霸的反應迅速，刻畫得入木三分。」

吳說：「……拜山時看見禦馬，情急要想牽馬上鐙時那種舉步之快，直似閃電。」

丁說：「……拜山……見馬後的問竇爾墩：『此馬能行？』『快得緊！』邊念邊做，眼光四射，伺機搶走。等到『待某乘騎』時，急忙前奔作勢要上馬，小樓這個身段也非常美妙。豈不知竇爾墩也是處處提防，雖然好整以暇的答話，卻早了一步，使大頭目把馬牽下去了……」

吳說：「朱光祖用黃天霸的刀去盜換竇爾墩的雙鉤，黃天霸見寶刀不在，錯怪朱光祖，朱光祖出言譏諷，稱他上司老爺，黃天霸愧悔交迸，認錯陪罪的表情（層次鮮明）。」

丁說：「『盜鉤』一折，當天黃天霸發現腰牌、鋼刀不見，頓起疑心。朱光祖一進門，馬上抓住就問。甚至朱光祖拿出雙鉤，還冷靜地問計全：『當年李家店比武可是此物？』（他要確認朱光祖盜來的雙鉤是竇爾墩的）把黃天霸那種過分精明，易起疑心的個性，小樓也表現得使人一覽無遺。最後，經朱光祖說服竇爾墩，竇在獻出御馬，自請王法上綁，下場以後，天霸向朱光祖三次的趕上一步道謝，小樓這一場的演法，就比謁朋那一場的三謝稍有分別了，前者是恭謹而莊重，後者是平行而快速了……」

「楊小樓的黃天霸，在這齣（《惡虎村》）裏武功卓越之處，一是走邊那一場，出來的飛天十響，就如疾風驟雨，令人目不暇給。念詩『仁義禮智信為高……』那四句，邊念邊做身段，手指腳畫，左右旋轉。身段在繁多而均衡裏，透著邊式漂亮。再有就是和郝文一場開打、奪刀，緊湊得真是風雨不透，其實，大部分的精采還在神情、做派、念白上。」

……

吳性栽和丁秉鐩都是觀眾，他們紀錄的都是楊小樓的形體動作——唱念做打傳達給他們的劇情內容和美的感受——這是楊小樓藝術獨特的魅力。

楊小樓無論扮演的是主角還是配角，只要他一上臺他就是中心，即使他一個人在臺上也可以光芒四射。吳性栽說是：

> 和楊小樓合作演出《連環套》的，我數得出四個人：李連仲、郝壽辰、金少山、劉硯亭。金少山當年正走紅，年富力強，個兒高大，嗓音宏亮。演《連環套》之前，照例先演《坐寨盜馬》，少山已經在觀眾中爭取到好印象，佔有一定的地位，大夥兒想，這次楊小樓怕要比下去了。但等《拜山》的戲一上，不知怎麼一來，臺上只見楊小樓，不見金少山——他已黯然失色了。所以後來金演他的看家戲——《霸王別姬》，老說：「我是假霸王，人家楊老闆才是真霸王。」
>
> 我親眼見到他和南方短打鼻祖蓋叫天同臺演《義旗令》，蓋扮黃天霸，楊（小樓）俊扮薛應龍，在交手中，蓋五爺再快也快不過他。
>
> 楊小樓的動作，看似慢而實快，真說得上「靜如處子」、「動如脫兔」《八蜡廟》演褚彪（有時他也演費德恭），幾下蹉步，一個搶背，快到人無法看得清他從哪裏起，哪裏落。
>
> 在解放之前，全中國的戲臺，要算上海的天蟾舞臺最大了。楊小樓演《鐵籠山》的姜維，勾紅臉、穿綠色大靠、大額子、戴長黑滿（黑色滿口長髯）、佩大劍起全霸（主要角色所用、表示武將出征之前整盔束甲，準備廝殺的全部舞蹈動作），一個舞臺都好像裝他不下似的，還得把臺幔後

撤。打擊樂器用東鑼（中心凸起的）、大鐃鈸，沒有一個武生夠此氣魄來配合這個場面和氣派的。起霸之後觀星，整場沒有一句道白，但在夜觀星象中，對於第二天大戰顧慮和焦灼的情緒，在全身洋溢了出來，真可以說渾身是勁、渾身是戲，而毫不矜才使氣。

周明泰也說楊小樓：「四句定場詩，就念得威風凜凜，這是他的看家本領，每齣戲出場幾句念白起，就使人精神為之一振，就像他飾《回荊州》的趙雲，單上時，念白有力，渾身是戲，絕不顯得孤單，好角就有這樣『罩滿臺』的本事。」

第三節 「人緣最好」的名伶

舊時梨園行講究「人緣」：名伶的「玩意兒」（唱念做打的綜合功夫）好、戲德好、名聲好，為人謙和才有可能「人緣好」，並不是「玩意兒好」的名伶「人緣」都好。人緣好的伶人不僅賣座好、彩聲多，而且即使是有哪一點很難改正的欠缺，或者是哪一天出了什麼紕漏，他也可以憑藉著人緣好得到觀眾的諒解和回護。楊小樓就是「人緣最好」的名伶。

楊小樓的唱、念、做、打比較起來，是念、做、打為主，唱為輔。

楊小樓的嗓子高而亮，音質雖好卻有點「左嗓子」。左嗓子就是跑調，晚近時候在內行的圈子裏也叫做「涼調」或者「扛調」。楊小樓的跑調不是偶然的出現，他是唱著唱著就沒譜了，一到搖板、散板的拖腔準得跑調。戲迷丁秉鐩說是：「他演趙子龍和黃天霸，即使涼調，大家也喝采，因為那是感情的激越表現，格外烘托氣氛……」他的黃天霸在「改裝辭別施公『謝過了大人恩海量』到最後『……再問安康。』拖個長腔，必然涼調，而必然得彩。別人涼調不得倒好（按，對演員不滿的怪聲叫好），也不會落正好，而楊小樓卻荒腔涼調得正彩，梨園史中也只是他一人，原因是觀眾覺得悅耳，就不顧涼調不涼調了。」

楊小樓覺得只唱武戲不過癮，喜歡唱文戲，他也知道自己的文戲沒有根底，但是他嗓子好，也見得多，什麼戲一看就能拿得起來，碰上「義務戲」之類的機會，他就來一齣文戲過過癮，讓自己和觀眾都高興一下。他唱過《坐宮》裏的楊延昭、《大登殿》裏的薛平貴、《法門寺》裏的趙廉……觀眾看他的老生戲，當然也要講究講究腔調和韻味，楊小樓時不時的就跑調，實在談不到好，大家因為崇拜他的武戲地位還是捧場，不喝倒彩也就實在是曲意包涵了。

齊如山在《談四角・漫談楊小樓》中講到「小樓的毛病」時候說：

> 扛調，即前邊王長林所說的「不呼弦」，本行通名曰「不搭調」。戲界有一句諺語曰「荒腔走板不搭調」，乃角色最忌的三種毛病，他卻有一種。他唱戲永遠比胡琴的弦音高一點，給他拉胡琴的人常說，他永遠比胡琴高一塊。偶爾不讓他知道，偷著把弦音（調）高一點，不就唱著合適了嗎？可是，他也就跟著高上去了，還是高一塊，這是耳音的關係。
>
> 譚鑫培，一次與梅蘭芳在越中先賢祠，合演《汾河灣》，有許多人在後臺談天，我也在其中。譚忽然問：「您們諸位，以為唱戲的人誰人緣最好？」有人回答說：「當然要數您了吧。」其他人也都說那是自然。譚說：「我不成，人緣最好的有三個人，一是龔雲普，一是楊小樓，一是麻穆子。」大家聽了這話都莫明其妙。譚又說：「雲普是官啞嗓子（成語為奉官啞嗓子，簡言之，曰官啞嗓子。意思是大家認可他可以啞嗓子。北京這樣話很多，也很普遍，下邊官扛調等義同），別人

啞了嗓子，倘唱不出來，那是非得倒好不可，而雲普則不然，遇到他啞嗓子，觀眾自己認為運氣不好，沒趕上好嗓子，頂多說一句，今天嗓子不在家（此亦係北京俗語，不在家者，沒有帶在身旁也）。絕對不會有人叫倒好。您看，這人緣有多麼好？別人誰也比不了。小樓是官扛調，別人不呼弦，準得倒好，他則不然，也是有許多外行聽不出來。麻穆子是官走板（唱得不合板眼），他嗓子很好，唱的雖然沒什麼味兒，可也算好聽，然而是每次必要走板。別人走了板，準得倒好，他則不然，每到走板的時候，大家是一面叫好一面樂，叫好是真叫好，並非倒好，樂是笑其走板，大家以為他走板也很有趣味。請問，您們諸位，誰有他們三人這樣好的人緣？」他說罷，大家大樂。

他這話，固然是一種笑談，但不止譏諷他三人，連看戲的人，也有點挖苦。王長林也說過幾句，他說名角不搭調的人，只有俞老闆（菊笙），他常唱完一段，自己罵曰：雜種湊的，不搭調（此層戲界老輩皆知之）。他是明知不搭調，而自己不能改。小樓拜他為師，別的沒有學會，只學了一個不搭調。

老譚自己唱戲講究發音吐字，他也做到了字正腔圓，他的唱念做打居然可以做到無可挑剔，所以老譚有理由自視甚高，因此，他對於那些明顯的有毛病卻能夠受到觀眾諒解、回護的名伶，就難免心中不平，所以，他要說個「笑話」，把這件事拆穿——有人說老譚「不厚道」，其實，他說的是事實，也並無惡意。因為楊小樓的「武生」藝術達到了登峰造極，加上他的為人好、戲德好，所以沒有人一定要從「老生」的角度責備他的左嗓子，他的確是「人緣最好」的名伶。

楊小樓戲德好，從年輕到晚年，每一齣戲，每一個身段、舞蹈動作都是到家到業，從來不馬馬虎虎。只有民國十七年有一次演出《狀元印》，他在臺上「掭了盔」（頭盔脫落），對於楊小樓來說，那完全是一個意外的事件：

那天戲碼是《狀元印》，飾演第一配角赤福壽的錢金福因為年老需要換人，按照梨園舊例，戲班子角色出缺的時候，按資歷深淺遞補應該輪到許德義，可是，當時楊小樓的女婿劉硯芳是戲班子的後臺管事，他以為自己大權在握，私下裏卻派了自己的哥哥劉硯亭越級遞補。

看到劉硯亭開始勾赤福壽的臉譜，許德義生氣地也坐下就勾赤福壽的臉譜，劉硯亭覺得自己理虧，也就擦了臉知難而退了。戲雖如時上場，可是搶到了赤福壽一角的許德義卻仍然心懷憤怒，他遷怒於楊小樓，並且決定在臺上進行報復，等到赤福壽與楊小樓扮演的常遇春開打的時候，常遇春應該有一個退步，從赤福壽右脅下退到上場門，許德義就在這個時候，不僅壓低右胳膊，而且用手把楊小樓的頭盔拉下來，讓他露出光頭前額，當眾出醜……臺下有觀眾笑起來，楊小樓倉皇下場。

到了後臺，楊小樓怒不可遏，摘下頭盔和髯口，未及卸裝就拿起大槍直奔許德義，許德義猝不及防，順手抄起水壺就要打出手，後臺亂成一團……

觀眾很快就知道了這件事的始末，大家罵劉硯芳私心太重，破壞了梨園的成規，罵許德義無理尋釁，臺上陰（算計）人刻毒陰險，沒有人責怪楊小樓……許德義被辭退了，《狀元印》這齣戲也被掛起來（停演）了。

許德義被辭出班名聲不好，在外面也沒有搭上常班，頗為潦倒，經人說合又重新回到楊小樓的戲班子，楊小樓為人天性厚道，不念舊惡仍舊錄用他，是念在許德義的父親許蔭棠與父親楊月樓往日的交情，也是念在自己與許德義多年的友朋搭檔，當然也是因為許德義工架穩重、武功嫻熟、長靠短打俱見精采，自有別人不可及的長處。

丁秉鐩在給楊小樓「打分」的時候說是：楊小樓的劇藝，年輕時，唱、做、念各打九十分，打是一百分。到了晚年，唱、做、念各打一百分，打還是一百分的底子，而表現出來像八十分……看來，楊小樓的「不呼弦」在丁秉鐩聽起來也別是一家。

吳性栽在《京劇見聞錄‧京劇大宗師楊小樓的風範》中說是：

天津人對於京劇欣賞的要求，比北京人來得苛。不管多有名的大角兒，在臺上稍有舛錯，一樣喝倒彩，毫不容情。可是，楊小樓瘋魔了天津人，到後來，販夫走卒，都變成「楊迷」了。拉膠皮（即北京人稱之為洋車，上海人稱之為黃包車，這兒香港稱之為車仔的）的向前直奔，遇到要人讓路時，隨口來一句「楊調」韻白：「你們與我……閃開了！」可惜我無法把這幾個字的聲韻，在文字中傳達出來，即使用注音字母也不成，只有心領神會地把這句大氣磅礴的韻白自己咀嚼享受罷了。小孩子在院子裏舞槍弄棒遊戲時，也是學著楊小樓的臺詞：「曹……操」彷彿在演《長阪坡》的趙子龍呢！

上海著名劇評家馮叔鸞（筆名馬二先生）……泡在澡池子裏，一面擦身，一面念楊小樓《鐵籠山》中的念白，直至全部背完。

我的朋友安徽貴池劉公魯……在妓院中抽足鴉片煙之後，盤起髮辮（他是出名的遺少），穿著紡綢短褂褲，紮著褲腳管，用煙槍表演楊小樓的《安天會》，不料用勁太大，一不小心，褲襠裂而為二，贏得滿室大笑……

金融界老前輩蔣抑卮先生，他是理財好手，做公債最有眼光，又是浙江興業銀行的創辦人，晚年有胃病，足不出戶；但遇楊小樓到上海，他便天天包上一排座位，力疾赴場，不誤不缺，在他周圍坐著兒子媳婦，女兒女婿，有一個不到場他就不高興……

上海另有一個老畫家商笙伯先生，現在如果健在，應該是九十以上的人了，他到戲院去看楊小樓的戲，可說是風雨無間的。買不到好位子，三樓也看，買不到座票，站著也看。《大公報》社長有個姓羅的好朋友，一生欽佩楊小樓，為了表示他的景仰，生了兒子就起名慕樓，字思訓，原來楊小樓號嘉訓，小樓是其藝名。

檻外人吳性栽生於一九〇四年，歿於一九七九年，浙江紹興人。一九二三年起在上海經營企業，一九四八年遷居香港，曾先後在京、滬主持建立華樂戲院、天蟾舞臺、卡爾登戲院、文華影業公司、龍馬影業公司，自言「看了四十多年的戲，而且也愛談談戲」。

吳性栽作為戲院經營者兼戲迷，對當時京、津、滬三地的戲迷掌故知之甚多。他所說的癡迷楊小樓的上海上層社會與天津洋車夫和未成年小孩的故事，包容了南北兩地不同社會地位和文化層次的戲迷，對京劇的近乎狂熱的愛好和對戲曲藝術和當紅名伶的感知，不僅傳達出那個時代的戲曲藝術氛圍所具有的薰陶、感染力量，也告訴我們最有人緣的楊小樓在當時戲迷們的心裏，具有怎樣崇高的地位。

楊小樓成名於民間，硬是在舞臺上「打」出了自己的一方天地，凡是看過楊小樓演出的人，都會說到他很多「很神」的地方，說出他獨特的表現留給人無可替代的感受：

> ……在起打之前，「趟馬」的時候，右手拿著馬鞭，左手抓著開氅的大襟，開氅裏面兩層都是用薄綢子做的，其質量甚輕，但是大襟的下角，以及前後身的下襬，無論在使什麼身段，均是筆直下垂，就是擰腰踹腿，也沒有圍住腰、裹住腿的情形，這點勁兒就是真功夫。
>
> 一次在馮耿光（幼偉）家堂會中……大軸是《八蜡廟》，許德義的費德功，楊小樓飾褚彪，在

〈定計〉一場，念白的清脆，〈走邊〉的一場，動作的邊式，就不用提啦，只是那一句「江湖哇——人稱——鐵臂雕」，就必定得一個滿堂好。尤其是張桂蘭與賀仁傑被費德恭搶進莊去之後，褚彪在後莊門以頭撞門的那份做工，先撞三頭，然後倒退回來，完全是像撞暈了，晃晃悠悠的兩腳八字式，不由自主的，而且是用力過猛，被門彈回來的樣子，好得真是無法形容，任何人在這場都做不到這個自然形態……（見周明泰《楊小樓評傳》）

（《連環套》楊小樓飾黃天霸）……當彭朋責問他盜馬賊人一事，天霸回稟：「想當年先父在世……大人詳情」一段白口，激越快速，申明冤枉，雖然面朝裏跪著念，卻仍使觀眾聽得清楚明白，這就是有中氣、有念白的基本功夫，否則你多麼用力氣念，觀眾也聽不清的，這就是火候。（見丁秉鐩《菊壇舊聞錄》）

民國三年（一九一四）楊小樓在上海看到新式舞臺布景新奇，觀眾的座位又極舒適，就決意在北京蓋一座新式舞臺，他投入了自己所有早年的積蓄和熱情，還舉了債，可是「第一舞臺後來失火被焚，他的積蓄完了；正因為他是個真正的藝人，平日不善居積，所以晚年不免拮据。據說有一年他短二三百元錢，向替他管經濟和事務的女婿劉硯芳去要，劉乾脆回說沒有，他老人家一氣之下，竟爾病，竟爾死了。」（見《京劇見聞錄》）

身後淒涼的楊小樓沒有兒子，螟蛉義子學不好戲也不務正業，吃喝嫖賭大煙白麵兒倒是樣樣都能，最後被楊小樓趕出楊門；外孫劉宗楊學戲不成材，女婿看來也不是善良之輩，他罄盡心力參加建造的第一舞臺要了他的老命……（見《菊壇舊聞錄》）

楊小樓死後的葬禮與眾不同，不僅有前清的翰林傅增湘「點主」（舊時家庭都供奉亡人的「神主」牌位，木牌上面寫著亡人的姓名，神主牌的「主」字，先寫墨筆的王字，出殯前由特別邀請德高望重的「點主官」，用雞血在王字上面加上朱點）、六十四人的「大槓」（由六十四個人抬棺材）、京城最最有名的「一撮毛」撒紙錢……梨園界武生、武行都去送殯，所有的名伶——生旦淨丑、管事、場面、衣箱各方面的稍微有頭有臉的人物全都到齊了。真可謂生前盛譽，死後哀榮。

楊小樓真的是「人緣最好」的名伶。

楊小樓便裝照。

第九章　陳德霖・余玉琴・王瑤卿

敘述清末的戲曲名伶，在說過了老生譚鑫培、武生楊小樓之後，當然就應該說說旦行（扮演女性角色的行當）了，旦行名伶不能不說的就是陳德霖、余玉琴、王瑤卿。

陳德霖是光緒年間最走紅的「青衣」（扮演端莊、正派的中青年婦女），余玉琴是光緒年間最紅的「花旦」（扮演活潑、伶俐的青年婦女）「武旦」和「刀馬旦」，王瑤卿是比他們晚一輩的、紅得發紫的「花衫」（將青衣、花旦融為一體的創新行當）。他們分別被譽為：舊派青衣泰斗、舊派武旦全才和新派青衣領袖。

陳德霖、余玉琴勤於用功，以演藝迎合觀眾著稱；王瑤卿聰明善變，以領先潮流出新取勝。在戲曲表演史上，他們都有自己的「創新」之舉：陳德霖在京師的時尚愛好從崑腔向京劇轉化的時候，解決了發音吐字「張得開嘴」的問題，也就是京劇語言的北方化問題；余玉琴是把老一代的花旦——踹蹺表演發揮到極致的絕響；王瑤卿是在破舊立新的時代，以打破了青衣、花旦的界限，創立「花衫」新行當，促成了廢除蹺功，對於「四大名旦」的形成起到了推動作用的改革者著稱於時。

用齊如山的話說：他們都是「劃時代的角色」。

第一節　陳德霖改革唱腔

陳德霖生於同治元年（一八六二），曾經在梅巧玲的四喜班學徒，出道以後不久就倒了倉，之後的六七年都是每天風雨無阻的到天壇壇根喊嗓子，不曾一日有所懈怠。他的觀念是：想要「吃戲飯」就得有好嗓子，想要有好嗓子就得苦練。

到了光緒八九年（一八八二、一八八三），陳德霖二十一二歲的時候嗓音好轉，加上年輕扮相好，漸漸受到了歡迎。可是因為當時的舞臺上，唱青衣已經成名的前輩和同輩還不少，所以陳德霖還不能獨享大名。

陳德霖本工（行當）是青衣，扮演嚴肅正派的人物，服裝上以穿青褶子為主，表演上以唱、念（念韻白）為主，行動穩重，動作幅度小。按照梅蘭芳的說法就是：一手下垂，一手置於腹部，穩步前進，不許斜視，面部表情冷若冰霜……臺上是「抱著肚子唱」，臺下觀眾是「閉著眼睛聽」——當時青衣在旦行裏面是處於中心位置，衡量青衣的標準主要就是：唱得好聽不好聽？嗓子能不能拔高……在戲曲的發展中，隨著社會的變革和照明條件的改善，觀眾對於青衣也逐漸要求唱、念、做並重，那就是後來的事情了。

光緒十六年（一八九〇），陳德霖被挑選進入昇平署成為內廷供奉，那時他二十九歲。他的嗓音已經非常動聽，唱腔藝術也逐漸進入成熟，在舞臺上與「後三鼎甲」之一、氣足聲洪的孫菊仙、大名鼎鼎的穆鳳山配戲，也可以做到勢均力敵……陳德霖開始成為當時走紅的青衣之一，進入了他的全盛時期。

乾隆時期的戲曲是以崑腔和弋腔為正宗，內廷供奉也是從南方挑選，所以從那個時期起，京師最走紅的名伶就多半是江蘇、浙江、徽州人，他們在北京扎下根，世世代代粉墨登場，成為京城舞臺生涯的天才。

那時候，觀眾習慣於崑腔和南方發音，因為那是正宗。

京師任何時候都是時尚領先的地方，崑腔、弋腔、京腔、梆子腔……遞代流行的時候，這一批藝人也要趕在潮流之先，才能夠永遠立於不敗之地，他們的行腔和發音吐字也在不斷地變化——這是戲曲生存的準則。

時序演進到光緒之初，從南方移植而來的崑腔已經無可挽回地衰微，而到了光緒中葉，形成於北方的梆子腔開始紅火起來——觀眾的棄取，使得與此相連的劇目、聲腔、音韻、表演……全都發生了變化。究其原因，或許是觀眾日久生厭，崑腔就過時了吧！陳德霖開始走紅就在這個時候！

陳德霖之前的青衣名伶多半是江南人，而且按照當時的規矩，青衣都是先學崑腔的唱腔和發音念字，打了崑腔的底子，出科之後即使唱皮黃，也不會有「口敞」的毛病——南方方言的發音特點是口型收斂，比如「戰」讀作「篆」……青衣都是「行不露足，笑不露齒」，端莊秀麗正派的大家閨秀，念白歌唱的時候，如果總是咧著大嘴，不但顯得不文明、不合青衣的身份，也不好看，這是崑腔的傳統和觀念。所以，陳德霖以前和同時的青衣名伶：胡喜祿、陳寶雲、羅巧福、章麗秋、孫雙玉、時小福、余紫雲、張紫仙、陳嘯雲、孫怡雲……都是有崑腔底子，行腔使字也都沒有「口敞」毛病的名伶。

到了光緒中葉，梆子腔行時，觀眾開始喜歡梆子腔「口敞」的發音，崑腔「不口敞」的優點，慢慢變成了「張不開嘴」的缺點，這些青衣名伶「不口敞」的優勢在不知不覺中轉向了反面。

陳德霖原籍山東，北京旗人出身，他坐科的時候也是先學崑腔的發音吐字，所尊也是「不口敞」的規矩。可是到了光緒中葉前後，觀眾的愛好發生了變化的時候，陳德霖就不能不在唱腔、念白的行腔使字上，針對「張不開嘴」的「缺點」，痛改前非、狠下功夫了。

他原有嗓音圓潤、氣定神閒的優長，又學習了余紫雲的清脆、時小福的沉著，他有自創新腔的能力，也能夠從劇情和人物性格出發行腔，把情緒融入聲音，將行腔的高低快慢與嗓音可以達到的表情達意的能力相結合……而今再加上行腔使字「張得開嘴」，具有崑腔和梆子腔兩方面的長處，每一個字都能唱得準確動聽，與胡琴配合得絲絲入扣、水乳交融……以唱腔塑造人物，使得觀眾即使是閉著眼睛聽，也能夠體會到劇中人的情感和情緒——這在光緒中葉的戲園子裏面還沒有電燈照明、人物的表情還起不到那麼重要的作用的條件下是非常重要的。

從舞臺實踐來看，陳德霖是首先克服了「張不開嘴」的「缺點」，比較早的迎合了觀眾的愛好——他第一個做到了這一步，在當時的舞臺上就顯得非常出色，被觀眾稱為「無出其右」。

從戲曲表演史的角度上來說，他的變革涉及了京劇的音樂、聲腔、字音，解決了戲曲語言上「北京化」這個大問題。

陳德霖以後的青衣，包括王瑤卿、梅蘭芳這樣的大師在行腔使字上，都是以陳德霖為宗，齊如山正是從這個角度說他是一個「劃時代的角色」，也許他本人並不曾這樣認知。

陳德霖用他的投合觀眾換取了自己的走紅和被挑選為內廷供奉，他的努力得到了回報。

當時，能夠得到進入宮廷，為天子演出的資格，是每一個伶人的願望和努力的目標，因為那是一種至高無上的認定、一種無可替代的光榮、一種改變命運的標示、一種可以帶來經濟利益的名份……

作為內庭供奉的陳德霖第一次演出就得到了西太后的褒獎，陳德霖興奮異常，自言：「……回家來，幾乎三夜沒睡好覺。因為在宮中當差的名角，都知道了這件事情，回家來，一個傳十個，十個傳百個，第二天大家就都知道了，都來探詢。於是鬧得家中人來人往，熱鬧了好幾天……由此一來，不但在宮中得了面子，連在外邊搭班也容易多了。這個班也來約，那個班也來請，從此便發達起來。」（見齊如山《談四角》）

和所有的內廷供奉一樣，陳德霖不僅自己進宮唱戲小心伺候，而且想方設法希望自己的表演能夠受到帝王的注意，博得天顏一粲。進宮日久，看熟了西太后走路的姿態，就在表演《探母》飾演公主的時候，把西太后的走路姿態，化成了舞臺表演的身段和步法——那公主也是旗裝，西太后看了很是高興，誇獎陳德霖「聰明」，周圍的人雖然不曾說破，可也明白陳德霖這件事是討得了西太后的歡心，後來在戲園子演出《探母》、《雁門關》的時候，陳德霖飾演的公主和太后的臺步總是會有滿堂的好，也就是因為宮中的故事傳到了民間。

西太后時代的內廷供奉除了上臺演戲之外，還要兼做昇平署的教習，教授內學中的太監藝人。由於陳德霖不僅唱得好聽，而且還會「安腔」（設計唱腔），所以深得有濃厚走票心理的西太后的賞識。光緒二十四年，西太后忽發奇想，要親自出馬把崑腔《昭代簫韶》改成皮黃，她要過一把「總編劇加總導演」的癮。

這真是一個「太后」的「忽發奇想」，她以為有權力就什麼都可以辦得到?!那崑腔是曲牌體，而皮黃是板腔體，文體不同，字句、音韻、結構都有各自的規矩，改起來談何容易？

西太后想的是自己領導編寫戲詞，陳德霖安腔、安置場子（分場），內務府有戲曲內行可以協助出主意，如意館（管畫畫的機構）和太醫院的成員雖是戲曲外行，卻也都是有文化的人，編戲詞和抄抄寫寫不成問題。

西太后的做法是：除了自己編戲詞以外，還將太醫院、如意館中稍知文理之人，全數宣至便殿，分班跪於殿中，由她把崑曲原本一齣一齣的講解指示，諸人分記詞句，退出之後，大家根據記憶，拼湊成文，加以渲染，再呈定稿，交由本家班（西太后自己的太監科班，名為「普天同慶」，也叫本家班）排演。

為了這個大型的「連臺本戲」（連日接演的整本大戲），西太后下令製作了大批的道具，不僅本家班，而且內學、外學都參加排練和演出……這件事直至光緒二十六年發生了「庚子之變」——國家出了大事之後才算不了了之。

西太后領導改編的《昭代簫韶》共計有一百〇五齣，周明泰把它稱為《昭代簫韶》的「慈禧太后御製本」。

在這件事裏，最不容易的是陳德霖，且不說太醫院、如意館把唱詞設計得不合體例、亂七八糟，而且只要一經西太后首肯，就不能再說不好。陳德霖設計的唱腔，必須要讓西太后覺得「好聽」才行，否則就會龍心不悅，說是「腔兒安得不好」，陳德霖如臨深淵如履薄冰、戰戰兢兢……還好，一直到把這件事對付下來，西太后對他還都算是很滿意，他也一直還都是西太后面前的紅人。

陳德霖走紅晚，持續的時間卻很長，全靠他一條甜而亮的嗓子和用心琢磨的優美唱腔。他在四十歲之後，就不再裝嫩演花旦，而是專演青衣了，他先是被稱為「正宗青衣」，後來成為「青衣泰斗」。

陳德霖是個厚道人，因為他在行腔使字上是創始者，所以在他之後的走紅角色，在唱腔和念白上，多半都受到他的指教：王瑤卿、王琴儂、王蕙芳、姜妙香、梅蘭芳、姚玉芙是他的六大弟子，韓世昌、俞步蘭、李香匀，一直到關門弟子黃桂秋等人，無論是不是他的弟子都得到過他的悉心的教誨，這在《陳德霖評傳》中有詳細的紀錄，梅蘭芳說是：

> 陳老夫子教到身段，也是不怕麻煩，一遍一遍給我說。步位是非常準確，一點都不會走樣的。他跟我一樣，也不是一個富有天才聰明伶俐的學藝者。他的成名，完全是靠了苦學苦練的，所以（跟）他學的時候，雖然多費一點事，學會了就不容易忘記了。

黃桂秋說是：

他是好角，而並非戲教師，教法卻和一般說戲人不同。他只一絲不苟地教我，像在臺上演戲一樣，可以說是「傻教傻學」。這樣直經五年沒有間斷。

陳德霖不亂收徒弟，收了徒弟就會盡心盡力，齊如山說他：「道德高，講信用，忠厚誠懇，提攜後進，不大敷衍人，也不賺黑錢。」

民國十九年（一九三〇），他已經年近古稀，還要偕同關門弟子黃桂秋前往天津春和大戲院演出《紅鬃烈馬》，以至於回京之後臥病不起。

他靠著自己的勤奮和努力，走完作為名伶的一生。在京劇演出史上，他的名字應該不被忘記。

第二節　余玉琴蹺功絕世

余玉琴比陳德霖小六歲，生於同治七年（一八六八），父親是徽班伶人，兄長是武淨，幼年起始，從父於蘇杭學武旦，於上海學花旦，十七歲出科搭班，在上海開始走紅。

陳德霖和他的四大弟子（姚玉芙、王蕙芳、王瑤卿、梅蘭芳）合影。

光緒十二年（一八八六）余玉琴十九歲，他接受姚增祿的邀請，進京加入四喜班，在廣和樓三天「打泡戲」（新演員頭三天演出的拿手戲），第一天是與譚鑫培合演《翠屏山》、大軸子《泗州城》；第二天出演《四傑村》、《醉酒》；第三天與時小福合演《虹霓關》，都是他的拿手戲。

余玉琴憑著無與倫比的蹺功在京城一炮打響，繼而贏得了首屈一指的地位。他在《畫春園》、《演火棍》、《十粒金丹》、《兒女英雄傳》、《德政坊》、《蕩寇志》、《賣藝》等劇中的演技，也是只此一家別無分號。

花旦、武旦與青衣雖然都同屬旦行，實際上彼此卻有明確的分工，花旦穿短衣短褲，扮演年輕的、動作敏捷伶俐、性格活潑開朗的女子，表演以做工、說白（京白）為主；武旦則是扮演精通武藝的女子，表演以武功、做工、說白、工架為主；而在光緒中葉之前，蹺功（木製蹺板刻成小腳形狀，演員踩蹺表演各種特技功夫）如何是衡量武旦和花旦的重要尺規，那時候花旦武旦都踩蹺。

對於旦行之中為什麼越分越細，唐魯孫在《大雜燴》中說得清楚：

> 早年的旦角只分青衣花旦兩類，青衣以唱念為主，花旦以說白做打當先，後來因為武打撲跌容易弄壞了嗓子，花旦雖然重在念做，可是總也得唱兩句受聽（讓人愛聽）才行，於是又分出武旦這一行，凡是蹺功好，把子（用兵器武打）瓷實（功夫地道）的歸工武旦，擅長做表念白，絢麗涵秀的歸工花旦，此後花旦、武旦就慢慢分家了。

老伶工侯俊山（藝名十三旦）對於踩蹺的來龍去脈和練蹺的方法都很明晰，唐魯孫把他的說法紀錄在《大雜燴》「蹺乘」裏：

踩寸子（踩蹺）是旦角前輩魏長生發明的，流風所及，後來旦角變成扮相、做表、蹺功並重無旦不蹺的情形。科班出身的武旦、花旦，都要經過上蹺的嚴格訓練，不論嚴寒盛暑，由朝至暮，都要綁上蹺苦練，要練到走平地不聳肩不擺手，步履自然，進一步站三腳，站三腳是二尺高三條腿的長條凳，綁好蹺挺胸平視，不倚不靠，一站就是一二十分鐘，到了冬季要在堅而且滑的冰上跑圓場，耗蹺功夫做得越瓷實，將來上臺蹺工越好看。蹺工穩健之後，進而練習武功步法，還要顧及身段邊式（漂亮的意思），那比練武功打把子就更為艱苦細膩啦。

踹蹺（踩蹺）登臺始於山陝梆子，後來山陝梆子流入四川，京城見識踩蹺始於乾隆年間四川的秦腔藝人魏長生，男旦魏長生進京的時候，頭上和腳下都別具風韻——他梳著水頭、踩蹺登臺，頭上的髮型比當時的京腔演員包頭更有女性特色，褲腳裙邊下露出三寸金蓮，也更具有煽惑力……魏長生進京之後也是一炮打響，吸引了京師觀眾所有的眼球，鬧到「蹈蹺競勝，墜髻爭妍，如火如荼，目不暇給」的地步，觀眾為他瘋狂，以至於「王公貴位以至詞垣粉署，無不傾擲纏頭數百萬……」

從此，京城花旦都以小腳登場，為的是「足挑目動，在在關情。」而從此，武旦、花旦踩蹺也開始成為早期京劇的一條規矩，一直到光緒中葉，踩蹺都是當時對於花旦演員的一項基本要求。

觀眾這樣的愛好成為一種商業指向，於是舞臺上的旦行就不斷的出現踩蹺高手。《大雜燴》裏對於伶人們口口相傳的關於踩蹺高手的傳說也有詳盡的紀錄。

朱文英是當年踩寸子、打出手最棒的武旦，踩著寸子踢鞭更是一絕。

劉趕三唱《探親家》也踩蹺，金蓮足有五寸，同行笑他踩的是「婆子蹺」。

老十三旦侯俊山直到晚年，在那家（那桐）堂會唱《辛安驛》時登蹺上臺，跟著鑼鼓點兒走矮子、蹦蹀步依然是驚鴻挺秀、清新自然。

田桂鳳年近花甲時候在義務戲裏演出《也是齋》，踩蹺表演仍然是細膩傳神，風韻功夫都不減當年。路三寶上蹺出演《貴妃醉酒》中的楊玉環，左右臥魚反正叼杯，不晃不嬋柔美多姿。

九陣風閻嵐秋能夠踩蹺在桌子上翻上竄下，既乾淨又輕鬆，不粘滯不打滑。朱桂芳比九陣風稍差，可是打出手、踢鞭、走碎步、粘鞭也算是得心應手。老水仙花郭際湘是清末民初最著名的花旦、武旦、刀馬旦，上蹺出演《貴妃醉酒》與路三寶、余玉琴不相上下。

賈碧雲蹺工穩、扮相俊，演《鳳陽花鼓》也上蹺，明豔婉孌、玉媚花嬌。徐碧雲踩蹺登臺，在《青石山》裏，可以和關平對刀，打得風狂雨驟、金鐵交鳴，鑼鼓喧天，戛然而止，掏翎子亮相屹立如山，可以不搖不晃，那真是絕活。

小翠花于連泉的《貴妃醉酒》永遠上蹺，他的下腰、反叼杯、甩袖、左右臥魚的身段，錦裳寶帶、彩紲飄舉、姿勢優美柔麗至極。

白牡丹荀慧生專攻梆子花旦，年輕時候也是蹺工了得，後來身體發胖之後還發明了「改良蹺」，為半路出家的票友和沒有幼功的花旦踩蹺，大開了方便之門。

芙蓉草趙桐珊學過梆子花旦，蹺工是公認的一時翹楚。

閻世善蹺工不務矜奇、不事雕飾、沉雄穩練，後來立足上海，也成了一方諸侯。

從南方來北京走穴的林顰卿，蹺工柔媚自然，與尚和玉合演《戰宛城》翻騰撲跌、鬧猛火熾，比北派武功別成一格。

宋德珠才華豔發、風采明麗，打出手快而俏皮，蹺工圓轉自如。

「四小名旦」之中，毛世來的蹺工最好，他的《小上墳》蹈蹈自如、剛健婀娜，宛若素蝶穿花，栩栩款款，年幼的時候就曾經一舉奪得《立言報》主辦的童伶選舉旦部冠軍。

……

這些都是余玉琴成名的前前後後，以蹺功穩練、細膩著稱於一時的花旦和武旦名伶，那時候有蹺功的旦行真可謂人才輩出。

余玉琴比田桂鳳小一歲，比路三寶年長九歲，他們三人都應該算是蹺工前輩名伶中的佼佼者，也都是在光緒中葉前後走紅的一代名伶。

最早的武旦戲不太講究表情和形象的塑造，多半流於武功技巧的展示。余玉琴是一位能文能武的演員，他的獨特之處是可以把文、武演技融成一體，以此加強人物的表現。

比如：他演出武旦戲《演火棍》時，在楊排風與焦贊的對打中，運用了許多花旦的動作和表情，把一個稚樸活潑的燒火丫頭演得栩栩如生；他演出《貴妃醉酒》的時候，又把臥魚、下腰等武旦技巧融入了楊貴妃的舞蹈動作，使得楊貴妃的醉酒情態更加生動，更有內涵。這種武戲摻文，文戲用武的方法，既豐富了武旦的演技，也使花旦戲增添了光彩，而且，推動了兩個行當的融合。余玉琴的創新，立即就得到了觀眾的回應，也使他從眾多的武旦、花旦中脫穎而出。

光緒十七年（一八九一）余玉琴成為內廷供奉，那年他二十四歲。

當時有酷嗜戲曲、欣賞仰慕余玉琴文武全能而且唱念做打俱佳的文士李鍾豫、史松泉因人作劇，編寫了劇本《兒女英雄傳》，其中能文能武、亦文亦武的十三妹，就是為余玉琴量身打造的角色。

為了這個在當時只有他才能勝任的新角色，余玉琴很是下了些功夫，十三妹的扮相是：綢子包頭、短襖、繫腰巾、彩褲、踩蹺（小腳），與小說中描寫的十分相近。

為了表現這位有膽有識、身懷絕技的姑娘，余玉琴在表演中設計了不少高難的動作：比如，為了表現十三妹「翻牆而過」的情境，是在下場門放一張桌子，跑過去兩手一按，腦袋頂著桌子轉身翻下去，他這樣的「過桌子」立即就成了一個看點。又如，表現十三妹在能仁寺用彈弓射殺兇僧的過程是：他從下場門上場，蹬著椅子上到摞著的兩張桌子上，兩手抓住上欄杆（舊時舞臺前方的兩根柱子之間，距離舞臺地面大約三米處，固定著一根鐵槓子，叫做上欄杆），把身體向上一悠，兩隻腳（木製小腳）就勾到欄杆上，忽然之間兩手撒開、頭朝下，做「倒掛金鐘」的驚險動作，然後馬上一挺腰起來，用手抓住槓子，把一條腿跨過去，用腳腕子勾住杠子，這時候就應該恰好是兇僧拿刀要砍安公子了，十三妹此時左手拿弓，右手拉弦，一擰身就射出了彈子，兇僧應聲而倒……

光緒十九年（一八九三），余玉琴首演《兒女英雄傳》大獲成功，那一年余玉琴二十六歲，正在華年。余玉琴的表演充分顯示了他的武功和蹺工，他能從臺上翻下臺，靠得是蹺工挺健，尺寸拿得穩準，其他人誰也做不到。當時和後來雖然也有踩蹺高手，也有人演出各種版本的《兒女英雄傳》，可是余玉琴的十三妹，動作之間就是多了一個「脆」字，這個「脆」勁兒沒有人能夠做得到。

余玉琴的十三妹不僅唱、念的表情細膩講究，而且文武相兼，他那風趣的說白、精靈的眼神動作，使得十三妹在挺秀之中蘊含著柔媚。

余玉琴光彩照人的表演，受到觀眾的稱讚，《兒女英雄傳》不僅作為一種經典模式固定下來，而且在當時花旦和武旦分工明確的情況下，稱得上是一種創新：《中國京劇史》說：「余玉琴表演上的最大特點，是能夠文武演技融合運用，作到文戲用『武』，武戲參『文』，既豐富了武旦的演技，增加了花旦戲的色彩，還創造了京劇旦角中的『刀馬旦』一工（融花旦、武旦為『刀馬旦』的戲路子即為余玉琴所創），為旦角表演藝術創了一條新路。」

余玉琴是得自家族遺傳的天才？還是來自教功教師的得法？也許是斯二者蓋皆有之！他曾經經歷的艱

難與辛苦全都展現在舞臺上的一言一動之中。

民國十五年的《菊部叢談》談到過他在民間的走紅和在宮廷演出「伴君如伴虎」的傳奇和遭遇：

> 余玉琴唱花旦，兼擅武旦及刀馬旦。花容柳腰，逼肖燕趙佳人。長於武藝，在內廷與俞潤仙合演《青石山》，交鋒對仗極五花八門之觀，《畫春園》、《泗州城》皆有聲，《鐵弓緣》之蜜意柔情，曲曲傳神，《百花亭》之舉體皆媚、柔若無骨、迴舞旋折、飄飄欲仙，及全本《德政坊》、《十粒金丹》、《兒女英雄傳》、《蕩寇志》皆叫座之傑作。
>
> 清德宗（光緒皇帝）最賞識玉琴，玉琴演《能仁寺》甫下場，猶未及卸裝，德宗遽召之入殿，攜玉琴手顧后（皇后）曰：「莊兒（余玉琴在宮廷中的暱稱）真可兒」，後以其近御座將訴諸太后，德宗懼，視余伶所佩刀非假物，將律以「御前持械罪」，揮之出曰：「送刑部。」余伶遂報「暴故」，故歌樓絕跡者幾二十年，至宣統時，始敢稍稍與人交接，民國以來，偶於氍毹間一露。

這個假託「暴故」逃避「御前持械罪」的傳奇故事，在時間上與其他的記載發生齟齬：王芷章的《清代伶官傳》之中，詳細地記載著從光緒二十四（一八九八）至二十九年（一九〇三），余玉琴在宮廷的演出紀錄，余玉琴於光緒十七年（一八九一）進入宮廷，到宣統元年（一九〇九）之間也不過十八年，那麼他「歌樓絕跡者幾二十年」發生在什麼時候呢？

不知道紅得發紫的余玉琴，是否也和現在一樣，曾經是炒作的物件——事情在炒作中離了譜？

傳說余玉琴除了演戲之外，還對於經營之道和社會活動有興趣：他曾經與陳德霖一起創立福壽科班、小福壽科班，意在培養人才；還創建過廣興茶園（崇文門外茶食胡同）、丹桂園；宣統元年參與過「廢除私寓（堂子）」的活動；民國元年參加發起組織「正樂育化會」（民國時期成立的，帶有「革命」意味的，代替精忠廟的梨園公會）——余玉琴不僅是為名伶，而且還是一個社會活動家。

傳說民國初年丹桂園毀於火，余玉琴負債日鉅，從此一蹶不振……

徐慕雲在《梨園影事》中說：「民十七予以事入都，於文明園旁遇一老者蓬首垢面，狀極頹喪，同行有識之者慨然向予曰：『此老即昔年大名鼎鼎之余莊兒也，今則家業蕩然，全賴同業接濟度日，蓋亦大可憐矣。』予聞言亦太息不止。」

一代名伶，最後不知所終——想來也是令人不勝唏噓。

上：余玉琴（左飾小青）與陳德霖（右飾白娘子）合演《斷橋》。
下：余玉琴（左）與楊小樓（右）合演《青石山》。

第三節　王瑤卿聰明智慧

按理說，唱戲的伶人唱念做打四種劇藝需要平均發展到一定的水準，才能算是成功，可是，能夠達到這樣標準的人太少了，扳著指頭數一數只有譚鑫培、楊小樓、梅蘭芳能夠算是夠格。

實際上只有三項夠水準，甚至只有兩樣很精采，也就可以成為名伶了——陳德霖的成名主要是唱得好聽，念、做尚可；余玉琴做、打出眾、唱、念上乘；王瑤卿念、做夠水準，「唱得好」的日子卻只有十來年。

光緒中葉之前，京師觀眾聽戲更看重伶人的唱，後來舞臺的照明條件逐漸改善，聽戲變成了看戲，伶人的神情、做派、念白也就更加引人注目了，也就是說，觀眾的審美逐漸偏向於表演的「戲理」。王瑤卿的成名就在這個節骨眼上。

王瑤卿稟賦不強，坐科時候練蹺傷了腳、練功傷了腰，武旦是練不成了。庚子（一九〇〇年）前後他二十出頭的時候，嗓子尚且圓潤甜亮，於是就成了很走紅的名伶。可是到了光緒末（一九〇八年），嗓音就變得高不成低不就，算起來，唱得好的時候也就有十來年。可以說王瑤卿論唱比不過陳德霖，論打比不過余玉琴，先天的條件和後天的修為他都是略遜了很大的一籌，可是憑著他的聰明過人，在念、做方面狠下功夫，在教徒授藝上面名利雙收，結果，他的身前身後的名望和生活的優裕，都遠在陳德霖、余玉琴之上。

王瑤卿生在梨園世家，長在競爭激烈的舞臺上下，而且生來就有一顆爭強好勝的心。

在他十六歲剛剛出道進入福壽班的時候，與老資格的陳德霖和年輩高於他的陳瑞麟、胡素仙同是青衣，他覺得自己年輕、扮相好、嗓子好、做工好、人緣（觀眾的歡迎程度）也好，可是不僅戲份少，戲碼也總是排在老資格的人前面（當時演戲的規則是：每晚一場戲有七、八齣，越是好演員演的重頭戲越排在後面，資歷淺的伶人多半是大路戲、戲碼靠前），他覺得能夠討好觀眾的戲都讓資格老於他的人給「占上」了，自己總是插不進去。為了「派戲」和「戲碼的位置」王瑤青沒少嘔氣和抗爭，抗爭的方法是以「臨場告假」進行要脅、以從戲班子辭退（辭職）進行抗議，他的抗爭成功率很低，因為他還不是舉足輕重的「大腕」。

第一次成功是他十九歲的時候鬧「派戲」，扳倒了路三寶。路三寶比他大四歲，唱得好，扮相好，人緣也好，唱《探母》的公主受到觀眾的歡迎，所以戲班子一貼這齣戲就派他唱公主，按照當時的行規（行業規則），等於是這個角色就是他「佔上」了，別人也就不會再搶著要唱公主了。

王瑤卿不以為然，他看著這齣戲容易走紅，覺得自己也不比路三寶差，可就是管事的總不派他，他心裏總是在不平。有一次路三寶生病請假，那天的《探母‧回令》是大軸子（戲碼在最後），管事的沒辦法，派到了王瑤卿；王瑤卿一看來了機會，並不管「救場如救火」的梨園道德，馬上與管事的講條件：從今以後，自己要與路三寶一人一次輪流唱《探母》的公主，否則這次就不接活……管事的騰挪乏術，只好答應了他——此時王瑤卿正在開始走紅，已經有了要脅的本錢。

第二次成功是二十一歲的時候鬧「貼錢」，報酬趕上了陳德霖：余玉琴復起福壽班，定下了許蔭棠戲份四十四吊、賈洪林三十六吊、陳德霖三十四吊、王瑤卿也是三十四吊——王瑤卿與陳德霖戲份相同。

當時《四郎探母》這齣戲很能叫座，與王瑤卿同臺演出卻比王瑤卿年長三十歲、無論資歷還是名望都要比王瑤卿高一大節的許蔭棠，約了也比王瑤卿年輩長的賈洪林、陳德霖，向管事的要求在唱這齣戲的時候，給他們另加一份「貼錢」——實際上是要與年紀輕輕的王瑤卿的戲份錢拉開差距！王瑤卿聽說這件事之後，就在下一次派戲的時候提出「告假」（以「告假」要脅管事人，要求長錢，是當時的一種常用的手段，因為主要演員一「告假」，這齣戲就演不成了），否則要求和陳德霖一樣，也另要十吊「加錢」……管事人沒辦法就答應了——至此，王瑤卿與陳德霖已經做到了平起平坐。這件事說明，王瑤卿當時已經走紅到了可以鬧報酬的份上，而且他爭取報酬和地位的做法很有戰果——他「反對」排資論輩，甚至於不顧忌陳德霖無論如何也是他的師傅輩。

過去的老伶工們大都是自己所屬的行當雖然狹窄，可是戲路卻很寬，特別是名伶，會唱的戲都很多，對於同行都會的戲，往往互相謙讓，挑自己對工（屬於自己的行當）的唱，就是所謂要「應工」，不能不管對工不對工，大家搶著唱同一齣戲；而且，別人唱紅的戲不能去搶，「搶行」的事，大家都覺得不能幹。

王瑤卿扳倒路三寶是「搶行」的實踐和成功，把余玉琴的《兒女英雄傳》搶過來則是他的大獲全勝。

余玉琴從光緒十九年（一八九三）開始唱紅了十三妹，一直唱到光緒末年（一九〇八）的十六年間，《兒女英雄傳》都是余玉琴的專利，原因是：第一，《兒女英雄傳》是武功戲，武旦余玉琴的「應工」；第二，《兒女英雄傳》是余玉琴的首創和唱紅的戲，按照行規，這個戲就是余玉琴的戲了；第三，十三妹的踩蹺、高難動作以及經過余玉琴多年打磨的唱念做打都已經成為得到伶人和觀眾認可的經典，用今天的話說就是「專利」；第四，余玉琴武功太高，別人即使想要「搶行」也是力不能及。

余玉琴的十三妹走紅的時候王瑤卿才剛十三歲，直到到庚子（一九〇〇）之後，王瑤卿參加余玉琴的《兒女英雄傳》演出的時候，也還是只能出演青衣配角張金鳳。

宣統元年（一九〇九），王瑤卿在他紅得發紫的時候，開始大拆大改重排《兒女英雄傳》，不久他登臺演出，自己飾演十三妹，實現了多年的夙願。

沒有「蹺工」和「武功」的王瑤卿，從根本上顛覆了余玉琴的十三妹，創造了一個面貌一新、以美取勝的花旦十三妹。

首先，在舞臺造型上，他的十三妹身穿大紅繡花的打衣、打褲，頭戴紅色風帽，足蹬紅色繡花小蠻靴，腰繫紅色的腰巾子，比起余玉琴的青紗包頭、淡藍色短襖、普通彩褲、白色腰巾（忠於小說《兒女英雄傳》原作的描述）來，顯得美貌而且俏皮。

其次，在舞臺表演上，他取消所有顯示蹺工和武功的高難動作，加強符合「戲理」的做工表演，比如：他把余玉琴表現「翻牆而過」的「過桌子」改成了先跳上椅子，再跳上桌子，然後做一個好看的亮相，跳下桌子之後下場；他把余玉琴表現十三妹從房頂上射死要殺害安公子的兇僧時，表演的在上欄杆上倒掛金鐘，改成蹬著椅子跳上桌子（表示是在房上），等到兇僧拿刀要砍的時候，一轉身接連射出兩個彈子，然後就完事大吉。王瑤卿的意圖是，用他細膩而美妙的做工、講究的身段和悅耳的念白來代替余玉琴的蹺工和武功，以他對於戲理的周密表演，推出一個以審美取勝的十三妹。

王瑤卿以「改革」、「創新」的名義從余玉琴手裏拿過十三妹的行為，觸及了梨園行的「應工」、「搶行」等等行規：首先，王瑤卿應工是青衣，他不僅闖入了余玉琴的旦行領域，而且還高舉「創新」的旗號，給自己的十三妹起了一個新行當，叫做「花衫」。其次，他把余玉琴首創、唱紅了的看家戲搶到自己的手裏，還打出主張「廢蹺」的改良、革新大旗。

為此，余玉琴很生氣——他信守梨園行的行規，一生都是靠勤學苦練掙得名望和戲份，而且《兒女英雄傳》是他的看家戲呀！他王瑤卿怎麼可以「搶行」呢？

王瑤卿則以為，練蹺功太受罪，自己雖然沒有蹺功，也可以創造一個挺秀而且柔媚的十三妹，超過余玉琴！

有輿論支持受到傷害的余玉琴、批評王瑤卿：「人家蹬蹺你蹬不了，那就不要唱這齣嘛！」「王瑤卿既不工蹺，自應藏拙，猶欲演此，且並去蹺……膽大妄為破壞舊法也。」（見馮小隱《顧曲隨筆》）

然而「創新」的行為總是容易討好觀眾、佔據主流……不久，除了蹺工的行家和余玉琴的「粉絲」之外，觀眾們很快就習慣了王瑤卿的十三妹——賞心悅目就可以了，何必一定要「過桌子」、「倒掛金鉤」呢？後來的武旦和花旦都不願意以余玉琴為師，願意遵從王瑤卿：誰不願意又省事、又好看、不受罪、表演生動，還當著改革家呢？既然觀眾認可，成規也是可以改變的嘛！

唐魯孫在《南北看》中有這樣的評論：

（踩蹺高手）田桂鳳在民國十年以後，就不登臺唱營業戲了，可是一年一度第一舞臺窩窩頭會大義務戲，仍然是粉墨登場，照唱不誤。某年跟蕭二順長華貼了一齣《也是齋》，檢場的連場子都不會擺，只有自己動手，裙衫大鑲大滾，仍然是清末的裝扮。跟包的因為他年紀太老，勸他不要上蹺，他說：「咱們是給祖師爺磕過頭的，既然不是二毛子（清末稱信洋教和為洋人辦事的中國人），可不敢亂出主意，壞了祖師爺的規矩。」暗含著就是罵王瑤卿，自己不能踩蹺，花旦大腳片上場，愣給起名叫花衫子。足見老伶工之忠於藝事。

這是與余玉琴同一輩遵循舊法的老伶人的看法，也代表了守舊觀眾的觀念。算起來，余玉琴、田桂鳳與王瑤卿是兩代人，時代變化，道德不同，觀念不同，審美也不同，任何時候都不是誰都能夠「與時俱進」的啊！

王瑤卿天性聰明伶俐，臺上臺下什麼事情一看就會，一點就透。陳德霖「會安腔」，他也很快就學會了設計唱腔；陳德霖在內廷演《雁門關》、《探母》時，把西太后走路的姿勢化成臺步，讓西太后很高興，王瑤卿就也在平時留意內務府旗人眷屬的行為舉止和說話特點，然後作為「俏頭」，化入旗裝戲的身段和話白之中，後來，他的拿手戲《探親家》、《珠簾寨》也做到了堪稱一絕，唐魯孫在《南北看》裏說是：

有一天筆者正趕上他跟慈瑞泉唱《探親家》……他可不像一般旦角梳兩把頭，穿繡花旗袍，外加八道邊的坎肩，腳底花盆底的旗裝鞋。他只是梳了個旗髻兒，旗袍外罩毛藍市布長褂襴。平底單臉鞋，純粹是中年以上旗籍太太們家常打扮。「探親」雖是一齣逗哏戲，可是瑤卿和慈瑞泉兩個人演來卻是悉力以赴，絲毫不苟，不但是蓋口嚴實，就大小動作、手勢、眼神，都能配合得天衣無縫，到最後兩親家舌劍脣槍，繼之兩人揪住一塊、髻歪衫亂，像真事一樣，讓人歎為觀止。

齊如山在《清代皮黃名角簡述》裏說王瑤卿的京白不夠「高尚」，趕不上陳德霖：

瑤卿無崑腔底子，念韻白欠講究……他就設法在京白中找俏頭，他的京白，全得力於旗人，按戲界中人，與旗人來往最密者，以他王府上為第一家，不過他所來往的，都是內務府人，說話都不夠高尚，所以他之京白，多含中下人家的叫囂性質，與德霖之京白，大有不同……他的韻白，在彼時老腳們雖然都以為不夠高尚，但觀眾也相當歡迎。

其實，陳德霖學的是西太后的步法，安到《探母》、《雁門關》的公主和太后身上，模仿對象和劇中人都很「高尚」；王瑤青學習了內務府人的說話和態度，化入了《探親家》之中普通旗人的語言和行為裏，模仿對象和劇中人都「不高尚」……他們二人從生活到舞臺的做法其實是一樣的，也都可以算是聰明和妥切。

王瑤卿可以做到：同樣一齣戲，他演出的時候，手眼身法步總是比別人到位好看，他的長處是做工和念白好看好聽；王瑤卿思想開放，常有標新立異的革新之舉；他心思縝密，自我定位的時候毫不客氣；有眼光確定自己的發展方向，也有魄力維護自己的利益。

如果按照老觀念說，王瑤卿對余玉琴做事有失厚道，其實他更對不住的人是陳德霖。

王瑤卿和陳德霖沾親帶故，論年齡陳德霖年長二十歲，應該是王瑤卿的長輩，可論輩份王瑤卿一直稱陳德霖「德霖哥」，可是無論是從年齡，還是從對於王瑤卿在藝術上的指引來說，陳德霖都是王瑤卿的長輩和師尊，特別是陳德霖還曾經「保薦」王瑤卿成為內廷供奉，按照最講究尊卑長幼的梨園行規矩，王瑤卿就應該對於陳德霖終身執弟子禮，可是王瑤卿對陳德霖只是從「德霖哥」改稱「老夫子」，之後大家也就叫開了——好在陳德霖厚道，齊如山可是說王瑤卿「奸猾幽默」。

「六大弟子」之中的梅蘭芳、姜妙香都不曾忘記陳德霖的誨人不倦、厚道和藝德，話裏話外對於師傅總是感激不盡。然而，同樣是「六大弟子」之一的王瑤卿在《我的中年時代》裏對於陳德霖的敘述卻完全是另外一個樣子：

……後來排《混元盒》頭本〈派妖〉，需要旦角甚多，金花娘娘是德霖向來不讓的……二本〈黑狐鬧樓〉，管事人說是崑曲，非德霖演唱不可，其實這位陳先生也不唱原詞，話白念的是〈黑狐鬧樓〉，曲子繃著臉楞唱〈琴挑〉（崑曲《玉簪記》中的曲子）這樣矇騙臺下聽戲的人，我從小就沒學過崑曲，實在不敢搶這齣……

是因為梅蘭芳、姜妙香的天性之中，更善於記著他人的好處、更懂得「感謝」，而王瑤卿卻性喜攻訐的緣故？還是因為王瑤卿與陳德霖在很長的一段時間裏都同搭一個戲班，距離太近，利害之間衝突太多的原因呢？

王瑤卿具有領袖欲，周劍雲在《菊部叢刊》中記載了他和同樣不能屈居人下的譚鑫培合作不歡而散的經歷：

> 綜其生平，以在中和園與譚氏配戲為極盛時代，如《汾河灣》、《武家坡》、《探母》、《桑園會》、《轅門斬子》等戲相得益彰，尤以《打漁殺家》飾蕭女桂英為冠絕一時。友人王君嘗謂譚鑫培、王瑤卿之《打漁殺家》為戲中神品，洵非過譽。王以為人推重，日進於驕，久而愈蹇，竟與譚氏相忤，遂至分離，王之於譚，合則端稱雙璧，分則殊難獨立，及家居既久，嗓遂塌中，甚可惜也，王嗜鴉片，且耽安逸，喉敗之後，專演花衫《樊江關》、《探親》、《雁門關》、《梅玉配》、《琵琶記》、《兒女英雄傳》等戲，雖無多唱，而念白化妝及身段做工，猶非梅蘭芳所能望其項背……

王瑤卿中年塌中（失去好的嗓音），開始還能在低腔中找俏頭、在京白中找俏頭，後來就只能脫離舞臺為人師表了——好在王瑤卿已經是改革的領袖、領導潮流的大師，想要學習他的人成群結隊。

王瑤卿做老師也不像陳德霖那麼笨，他會編劇，會導演，會因材施教，會設計唱腔，會安排場次；他桃李盈門、名利雙收，成為梨園行的「通天教主」。

唐魯孫在《南北看》裏說：

> 王瑤卿大家都喊他「通天教主」，那是北平《立言報》記者吳宗祜跟他開玩笑起的這個外號，他也居之不疑，於是大家也就叫開啦。

可是如果細一捉摸，這裏頭文章可大啦，往好裏說，王瑤卿收徒弟不管內行票友，不分男女老幼，只要紅封贄敬（封在紅包裏的學費）送夠價碼，他是一律收，全可以說是有教無類、善門大開。往不好裏講，無論是王八兔子賊，他都能大度包容。

可是有一樣，等到真正教徒弟的時候可就分了等啦，最起碼的歸了大撥，由程玉菁調教說說。比較有出息的徒弟，那就交給掌珠王鐵瑛看功說腔了。假如這個徒弟由王大爺親自指點，這一定是塊良材美玉，將來一定是有出息能夠大紅特紅的了。

齊如山在《談四角》中說：

民國以後有一種很壞的風氣，就是拜師傅收徒弟……徒弟攜師傅以自重，師傅以徒弟多而自豪。

王瑤卿的學生白玉薇在《我在中華戲校的前前後後》中回憶說：

梅、尚、程、荀都是他的學生，芙蓉草、程玉菁、朱燕華，還有華慧麟，也都在他那兒學戲，他們都是有名的角兒……跟王大爺（王瑤卿）學戲得花很多錢，那陣麵粉大概是一塊錢一袋，我們家傭人的工錢每月頂多是二塊錢，可是我跟王大爺學戲就得花六十塊錢一個月……

在大家都講究「規矩」、「道德」的時候，王瑤卿就能夠善門大開、桿兒不吝的只講錢，在今人看來，觀念真是夠超前的。

一九四九年之後，早已是桃李滿天下的王瑤卿出任了戲校的校長，仍然是耕耘不輟。他在戲曲界的名望也一直是如日中天。

第十章　幸運的梅蘭芳

在中國京劇史上，有三個人在藝術上是被梨園和觀眾、時人和後人公認的經典和頂峰，他們就是譚鑫培、楊小樓和梅蘭芳。

老譚和小梅都得到過「伶界大王」的稱號，楊小樓擁有過「國劇宗師」的桂冠，他們都是梨園行的佼佼者、舞臺上的常勝將軍，都因為藝有真賞而實至名歸。

他們都曾經是名重一時的舞臺明星，然而，在了卻前塵之後，回念他們的一生經歷，卻是有幸有不幸：老譚死得淒慘、小樓身後淒涼，相比之下，梅蘭芳無論在新舊社會、身前身後、臺上臺下、經濟政治……各個方面都一直保持著頭上的光環，真可算得是一生幸運。

梅蘭芳佔有天時、地利和人和：出身梨園世家、趕上變革的時代、身邊不缺少扶助他的「貴人」，這可能是上天對他特別的眷顧吧！

梅蘭芳天性醇厚：為人謙恭平和、器量弘深；處事與人為善、從善如流；對於職業盡職盡力、臨事不苟……這樣的天性不僅讓他一生擁有「人和」，而且讓他把「出身梨園世家」和「趕上變革的時代」真正變成為自己的「天時」和「地利」——要知道，出身和時代都並不是只屬於梅蘭芳一個人的啊！

這樣的天性，讓他即使是在亂世也能夠既不違背自己的生活原則，也能夠躲閃騰挪，避開災難！

這樣的天性，使他的成功率很高：成年之前是走紅的歌郎，成年之後是伶界大王，進入老年他成了新中國的「官員」——一切都做得恰到好處，一直到他離開這個世界，他都是一個有口皆碑的人物。

第一節　走紅的歌郎

聽戲、「打茶圍」是晚清京師有閒、有錢人（主要是官員、商人和士人）的主要娛樂方式。在戲園子觀看伶人在臺上表演是聽戲，到伶人家中飲酒、聽歌、閒話，叫做「打茶圍」，從事這一服務的年輕的伶人叫做歌郎。因為伶人的住處叫做堂子，所以「打茶圍」也叫「逛堂子」。

在晚清的社會生活中，「打茶圍」曾經是各種娛樂活動中的最時尚、最風流的一種，也幾乎是被全北京城的男人們關心、議論、參與、愛好、憎恨、念念不忘的一種。從嘉慶、道光，直到光緒，這一行業都是在京師南城發展得如火如荼，它的活力和魅力持續了將近一個世紀。

那麼，如果是從研究的角度來考慮，到底應該從哪些方面去追尋晚清「打茶圍」行業發生、生長和長盛不衰的潛在支持呢？這大概就要看看市場和需求了。

堂子的出現始於徽班進京，來自安徽、蘇揚一帶的，年輕貌美、能歌善舞的優伶，同時也精通侑酒的技術，習慣於兜攬侑酒的生意，這是徽人的商業意識和吳越舊俗的長期融合——他們是成熟的賣方，在徽班進京的同時，也就把這些一起帶進了京城。從此，戲班的伶人白天做臺上的生意，晚上做臺下的買賣，「打茶圍」很快就在京城成為風氣。

從買方來看：豪門士大夫從明代以來就有狎優的傳統，可是清代前中期禁止官員出入戲園、挾妓飲酒的政令在順治、康熙、雍正、乾隆時代一直在執行，這使得京師的生活中就缺少了一塊滿足釋放偏於性需要的娛樂項目，這是其一。其二是文士和商人以及百姓構成的普通觀眾其實也普遍都有一種好奇的心理存在：看過了臺上名伶的精采表演，就會對於演員的便裝形象、日常生活產生興趣，特別是清代的戲班子沒有女子，臺上的多情公子、紅粉佳人都是男演員扮演，就更有一種性別置換的神祕色彩和特別的吸引力。所以「打茶圍」——年輕的伶人，特別是面貌姣好的「男旦」（唱旦行的男演員）在自己的「下處」（住處），或者顧客指定的飯莊（飯館）接待客人，侑酒（勸酒、陪酒）、歌唱、遊戲、閒話這一收費服務，就恰恰投合了京師上中層社會的這一心理和需求。「打茶圍」的買賣一開張，馬上就擁有了很大的市場。

堂子在京城的興起像是風起雲湧，同時也就呈現出良莠不齊，就像周明泰在《枕流答問》中所說的：「當時私房子弟，以年青貌都，大多數習為旦角，後來子弟浮薄，行為不檢，而達官貴人，從而利誘，文人墨客，又自命風雅，推波助瀾，老闆們以懾於官威，明知故縱，其不肖者，亦不免因此博利，遂使人誤以相公為像姑，牽強附會，真視相公堂子如妓藪矣。」與所有的社會現象一樣，堂主、歌郎和客人之中，都有自愛的和不自愛的，也確實有歌郎形同娼妓。

梅蘭芳就出生在這樣的年代，那是光緒二十年，歲在甲午，陽曆一八九四年。

在二十世紀初，梅家三代的經歷是人所共知的往事：梅蘭芳的祖父梅巧玲除了曾經是名伶、是四喜班（戲班子）班主，名列「同光十三絕」（同治光緒時代最負盛名的十三個名伶）之外，還是咸豐年間醇和堂（堂子名稱）著名的歌郎。同治年間，他「脫籍」（幼童進入堂子需要立下「契約」，在限期之內沒有人身自由，到期或者提前交納違約金，方能「脫籍」獲得人身自由）自己經營堂子——景和堂，成為景和堂主人。梅巧玲的兒子梅竹芬（大瑣、雨田）、梅肖芬（二瑣）（一說：梅蘭芳父親名竹芬）子承父業，也曾經是光緒年間走紅的歌郎，梅雨田後來學習文場，成為著名的琴師，梅蘭芳的父親梅肖芬在梅巧玲死後，成為「景和二主人」。

景和堂也曾經是當時出名的堂子，門下走紅的歌郎不少，後來，景和堂在梅肖芬死後，隨著家道中落也就衰敗了。

梅肖芬死後，梅蘭芳由伯父梅雨田撫養，梅雨田開始讓梅蘭芳讀書，後來因為經濟的緣故，他被送到朱小芬的雲和堂（朱小芬的父親朱靄雲出身於梅巧玲的景和堂）為私寓（堂子）子弟，一方面學藝，一方面做歌郎。

雖然雲和堂主人朱小芬是梅蘭芳的姐夫，但是，梅蘭芳進入雲和堂還是履行了「典」、「質」的手續（類似於簽訂「賣身契」，契約內容大致是：自願到某某名下為徒，生死各由天命，幾年出師，出師之前收入全歸師父所有等等）——親戚歸親戚，買賣是買賣，可能是舊時商界的規矩。

在祖父梅巧玲、父親梅肖芬之後，梅蘭芳是梅家的第三代歌郎，他以與生俱來的、對於任何事情都是盡心盡力的態度，步入了梨園行臺上和臺下的職業——一邊用心地學藝、一邊用心地做歌郎。

光緒三十年（一九〇四）梅蘭芳十一歲的時候，他在廣和樓第一次上臺演出《鵲橋密誓》中的織女，自言「一邊唱著，心裏感到非常興奮。」在十四歲的時候，他已經開始在喜連成附學，參加上臺演練折子戲。

有紀錄說是，一九〇四年的最後一次「菊榜」（排列歌郎色藝和服務優劣的名次）：王蕙芳（梅蘭芳的表兄）狀元，朱幼芬（梅蘭芳的姐夫朱小芬的弟弟）榜眼，梅蘭芳名列第七（一說名列探花）。鳴晦廬主人的《聞歌述憶》中，也紀錄了羅癭公、馬炯之與鳴晦廬主人一起，召請「梅郎」到「萬福居」侑酒的過程：

……余以是日招梅，熏沐而往。熏沐非原恭畏，第恐見憎美人，特加飾耳。乃梅郎竟翩然依人而至。乳燕嬌輕，群加憐惜。甫入微笑，瓠犀稍隱，初未大展，蓋其齒本近唇，差裡也。著青羃本細花袷衣，背心亦作青色，青帽絨頂，雙足深藏未露。坐定命餐，要糖炙蘋果，又要炮雞丁、陳子羹等菜。櫻口輕含，異常妙嫵。

飯畢，余思將何以慰之？遂得一事，乃取余眼鏡，俯以近其身，輕聲曰：「你試之，余目近（近視）也。」梅郎淺笑離座，持之甚謹，略一加目，即捧還余手。曰：「喲，真暈吶，我可帶（戴）不得，您眼可真近吶。」時鳳卿之子同蒞，亦欲索觀，余竟與之。梅郎向雛鳳曰：「你可別給人家摔啦，你怎麼還是這麼淘氣！」言畢，不知何由，而竟微赧。余於是知其善感矣。余嘗研考髫年心理，悟人群豔其色，亦未嘗不自惜其妍……

又學瑤卿、玉珊《汾河灣》、《醉酒》以悅之，梅笑曰：「真像。」又娓娓告余以《虹霓關》一劇，丫鬟實係青衣，不過為露手戲而已。色本乳娘，後紫雲演此，遂作花衫，著背心如貼旦裝矣……

復飲於福興居，仍為癭公主人，炯之（馬炯之）亦臨。時寒雲（袁世凱的二子袁克文）方映歷代帝王畫像，余因密邇，常往觀之。席間，炯（馬炯之）復談及。梅郎曰：「聞后妃面上嵌珠，真怪呵！怎麼會按得上呢？炯之，我到要去瞧瞧，二爺（指袁克文）亦熟，他總肯吧！」馬（馬炯之）曰：「巴不得你去，會不肯？」此言已略含梅子風味矣。余亦囅然，梅竟無覺，其人真老實也。

而九陣風（閻嵐秋）亦為癭公所契，招之飲，余亦偕往，雖武健亦略含婀娜。其弟嵐庭，尤有天真，崑玉並可念也。

這裏紀錄的梅郎的穿著打扮、神情動作、座間的談話、鳴晦廬主人「驚豔」的感受、「打茶圍」的人與歌郎之間的微妙關係、也是歌郎的閻嵐秋兄弟的神態……都可以讓我們想像當時「打茶圍」這一娛樂活動的情景實況。

這則紀錄也可以說明，當時的梅蘭芳已經是受到迷戀的走紅歌郎。梅蘭芳十四歲（一九〇七年）在侑酒的過程中，結識了馮耿光（馮國璋為總統時任命的中國銀行總裁），也結識了一大批官員和名流：奭召南、易實甫、樊樊山、羅癭公、謝素聲、文伯英……波多野乾一在《京劇二百年歷史》中說是：「京僚文博彥，出鉅金為梅蘭芳脫籍。」如果這則紀錄屬實，文博彥應當也是梅蘭芳做歌郎時候喜歡他的京中官僚——梅蘭芳應該感謝文博彥，有文博彥為他付「鉅金」讓他提前出籍，梅蘭芳才有可能在契約到期之前離開「堂子」，專心於臺上演戲。

當時歌郎成功的標誌是：有「老斗」彼此鍾情；有人肯為他出錢讓他提前「出籍」獲得自由；有人願意為他購置房產、打理婚事；而且平時還有很多的崇拜者追隨左右……梅蘭芳作為歌郎不僅可以算是「成功」，而且他的特別之處還在於：他把起初是仰慕他的色、藝的崇拜者，慢慢地變成可以終其一生的朋友。

第二節　梅蘭芳與馮耿光

穆辰公的《伶史》中說：「諸名流以其為巧玲孫，特垂青焉，幼薇（馮耿光）尤重蘭芳。為營住宅，卜居於蘆草園。幼薇性固豪，揮金如土。蘭芳以初起，凡百設施，皆賴以維持。而幼薇亦以其貧，資其所用，略無吝惜，以故蘭芳益德之……」

如果用當時娛樂業的「行話」來說，馮耿光是梅蘭芳的「老斗」——逛堂子的客人喜歡某一歌郎，而且捨得為他花錢，二人長期交往，關係非同一般，這位客人就成為歌郎的「老斗」；如果用宿命的說法，他是梅蘭芳生命中的「貴人」，他們的交情繼續了幾十年。

梅蘭芳感激馮耿光幫助他「四十餘年如一日」，為他出力花錢毫不吝惜的事情數不勝數，其中的兩件最能表現他們之間非同尋常的關係：一次是在一九一五–一九一九年，為了維護梅蘭芳和自己的名譽，馮耿光滅了兩家報紙；二次是在一九二九年，他利用銀行總裁的身份之便，為梅蘭芳籌措十萬元資助他前往美國演出。

第一件事發生的起因是，京師《國華報》記者穆辰公（滿族，名儒丐，原名穆都哩，字辰公、六田）一九一五年在《國華報》連載小說《梅蘭芳》，從梅蘭芳幼年從業寫起，到赴日本演出終止，重點是寫梅蘭芳從髫年起始做歌郎走紅的過程，其中有很大的篇幅談到梅蘭芳作為歌郎從事「打茶圍」生意的生活景況，主要的內容有：他與眾多的官宦名流文人雅士之間，屬於商業往來的陪酒、陪聊、陪笑生涯，與世家子弟郭三相出於情的同性相戀，與爽召南、謝素生、羅癭公、易實甫、樊樊山諸位官宦名士懾於錢和勢的親密無間，和「老斗」馮耿光與眾不同的關係，馮耿光鍾情於梅蘭芳並把他視為己有的景況……

由於小說《梅蘭芳》的紀實性，並且涉及了有權有勢的社會要人馮耿光（馮耿光字幼偉，書中「馬幼偉」即指馮耿光），所以在刊出之後，在讀者之中引起了極大的轟動。接著，連載《梅蘭芳》的《國華報》和《群強報》相繼被勒令停刊，讀者不明所以，議論洶洶，猜疑四起，兩家報紙和穆辰公共同承擔了「嚴重的」後果，穆辰公受害首當其衝……

穆辰公擔當著讀者的誤解和權力者的加害，於第二年（一九一六）離開京師，兩年之後的一九一七才在奉天（瀋陽）日本人所辦的中文報紙《盛京時報》安頓下來，為了給讀者一個交代，也為了心頭的不平和怨憤，穆辰公完成了十五回本紀實性小說《梅蘭芳》，在一九一九年出版了單行本——印刷所是盛京時報社，印刷者是小林喜正。

書的前面有四則序文，它們是：〈中華民國八年歲在己未 憫卿室主人謹敘於瀋水〉、〈己未荷花生日瘦吟館主序於萬泉河上〉、〈中華民國四年十二月四日東滄布衣許烈公謹序〉（後有〈儒丐附誌〉）和穆辰公的〈答曾經滄海客（代序）〉（後有〈儒丐附誌〉）。

穆辰公在〈答曾經滄海客（代序）〉後的〈儒丐附誌〉中，講述了這件事的始末：

> 民國四年（一九一五）吾書始見於京師《國華報》，不數日為有力者所劫，勒令停刊，有力者為誰？即書中所敘馬幼偉其人也。後《群強報》又轉錄之，亦遭同一之不幸，於是《梅蘭芳》一書遂不能竟其業，而外間不察，以此書之停刊為受蘭芳之賄買，當時，樸與《群強報》主任陸瘦郎合登廣告以明心跡，有「若貪不義之財，必得不善之果」之句，而世人之疑終不能釋。「曾經滄海客」之質問即其一也。
>
> 邇來樸奔走衣食無暇及此，丁巳（一九一七）冬入《盛京時報》社，以應友人之囑為《女優》一書，固無意於重續《梅蘭芳》之舊作，後徇友人華公之慫恿，始完成之，又以謬承讀者之推許，而印行之議遂決。
>
> 自吾書初見《國華報》至於今日，其間迭經摧折已四年於茲矣……《國華報》民國五年（一九一六）已停刊，今吾書成而該報已歸烏有，回首前塵，感慨繫之矣。

穆辰公的朋友許烈公在寫於民國四年（一九一五）的序文中，對於穆辰公把《梅蘭芳》作為社會小說來寫作的初衷，有詳細的敘寫：

> 梅蘭芳優而娼者也，跡其平生，齷齪萬狀，宜乎為社會所不齒，世人所吐棄，然優而娼者非蘭芳始，而使蘭芳優而娼者，亦非蘭芳之本心，實不良之社會萬惡之金錢有以驅使之也，苟無不良之社會，萬惡之金錢，則蘭芳優可耳，何至於娼？況蘭芳之藝可以操梨園必勝之券，挾其所懷抱，亦可優遊一世，何必再以不潔不淨者貽畢生之汙玷哉！故曰不良之社會萬惡之金錢有以驅使之也。
>
> 辰公之為蘭芳作「外史」，亦有憤於社會之不良金錢之萬惡構成一種齷齪不堪之風氣，而使優潔清白者受畢世難洗之羞恥，且小則有悖人道，大則有喪禮教，故借稗史之直筆，寫社會之真狀，蓋欲警戒群愚掃滅萬惡，其心苦其志正，誠幽室之禪燈，迷途之寶筏也，而嗤嗤者流以為不利於蘭芳之名譽一再阻撓，直欲舉個人言論自由箝制之不使發，其心亦何愚乎？
>
> 夫蘭芳之齷齪史，不自辰公作「外史」始播露於人間也，稍留心社會情形者類能道之，而辰公之為蘭芳作外史，非欲矜其能刺人隱私也，即不忍目睹齷齪之風氣，蔓延於社會禍吾群生，故不憚筆墨之勞曲曲傳出，此余所以有「其心苦其志正」之言也。

許烈公說得明白：第一，歌郎這一職業的性質是「優而娼」，這是事實。第二，梅蘭芳做歌郎是受社會和金錢驅使，責任不在本人。第三，梅蘭芳作為歌郎的種種事情早已是人所共知，「外史」並非「刺人隱私」。第四，小說《梅蘭芳》的寫作目的是揭示「社會之不良，金錢之萬惡」。

穆辰公對於兩報被勒令停刊自然是心存怨憤，亦曾經有過「辰公小說必有出現之一日，以公同好，除海枯石爛、人類滅絕，吾書或歸烏有，不然，必履吾志」的誓言，所以，《盛京時報》印行單行本《梅蘭芳》，對於穆辰公和他的支持者來說，真成了一件大快人心的事情。

而從上述的四則序文來看，穆辰公們對於這本書還會引起什麼後果，並沒有什麼精神上的準備。或許是穆辰公和慫恿他的人，以為此時距離《國華報》、《群強報》被勒令停刊已有四年之久，當時的熱烈和轟動已然經過了「冷卻」，「有力者」也有了檢討自己行為的時間？或許是他們覺得當時畢竟已經是講究「民權」和「言論自由」的民國時代，對於文字的管制不至於仍然沒有章法？或許是他們覺得奉天遠離京師，遠離了京師的「有力者」，加害也不至於如影隨形？或許是他們寄希望於《盛京時報》社乃是日本人經營，「有力者」有可能心存顧忌？當然，這些都是推測。

可是，小說出版之後，加害仍然跟蹤而至：「馮耿光悉數收購而焚之」——鄭逸梅的《藝林散葉續編》第一百五十三條，記下了這一筆——權勢者仍然是無往而不勝！

馮耿光把事情做得很是徹底，看來《盛京時報》也沒有再頂風重印，現在，《梅蘭芳》這本書在日本尚存，而在國內幾乎絕跡。

從馮耿光的立場來看，誰敢登載「詆毀」梅蘭芳的小說，就讓它「停刊」！誰敢出版「詆毀」梅蘭芳的小說，就把它們買來銷毀！事情也算是做得乾淨漂亮。馮耿光相信，殺雞給猴看！以戒效尤！以警來者！只要誰都不許提，不許說，這段「歷史」終究會被遺忘，就像是從來沒有發生過一樣。

一九二九年馮耿光為梅蘭芳籌措十萬元鉅資的事情是人所共知，不需多講。

梅蘭芳對於馮耿光終生感激不盡，他這樣敘述：「在我十四歲那年，就遇見了他。他是一個熱誠爽朗的人，尤其對我的幫助，是盡了他最大的努力的。他不斷地教育我、督促我、鼓勵我、支持我，直到今天還是這樣，可以說是四十餘年如一日的。所以我在一生的事業中受他的影響很大，得他的幫助也最

多……」（見《舞台生活四十年》）

梅蘭芳的敘述凸出了他和馮耿光之間朋友關係「純潔」的一面，卻隱蔽了歌郎和「老斗」之間關係的另一面。

第三節　年紀輕輕的伶界大王

梅蘭芳的姑母說他幼年時候「言不出眾，貌不驚人」其實不假，八九歲至十一二歲的「群子」（梅蘭芳的小名）面貌不美，又不大聰明，教習覺得他有點「木訥」，只有啟蒙老師吳菱仙（時小福的徒弟）天天耐心地去教梅蘭芳，毫不灰心。那時候，梅蘭芳的姐夫朱小芬還抱怨吳菱仙說：「你不是白費事麼，難道說這樣的小孩，將來還可以吃戲飯（靠唱戲吃飯）麼？」（見齊如山《清代皮黃名角簡述》）可是，吳菱仙的功夫沒有白費，梅蘭芳慢慢地有了起色，到了十六歲，面貌越變越美，嗓音也越來越甜、越來越亮——他不過是開竅晚了一點。

梅蘭芳的時運好，他適逢作為娛樂業的堂子走向衰敗的時期，這使他有可能避免了深入歌郎一途。他進入演藝界的時候，正是「後三鼎甲」打造的，看重京劇藝術的時代，同時，一板一眼的木訥的性格，也使他受益匪淺——使他沒有步「聰明反被聰明誤」的走紅歌郎王蕙芳的道路，而有機會選擇在藝術上展開自己的生命。

舊時評判演員的天份學力有六個方面：嗓音好、身材好、面貌好是天份；會唱、身段好、表情好是學力；天份是上天所賜，學力卻是需要自己努力的。

梅蘭芳天賦上乘：嗓子寬而亮、有膛音、有韻味，身材適中，面貌和扮相也符合理想的尺度。他對於事情的領悟能力不是屬於一學就會、一點就透、靈氣逼人的那一種，可是他卻是一旦銘記在心就能夠細心揣摩、舉一反三的人……他常常認定自己「很笨」，其實笨也有笨的好處。

梅蘭芳生活在祖父梅巧玲、父親梅肖芬的餘蔭之下，生活在名琴師、伯父梅雨田的輔佐之中，他從小家境貧寒，沒有養成紈袴的習氣，當時不少名伶都對「梅巧玲的孫子、梅肖芬的兒子」有過悉心的指點：同光十三絕之一，時小福的弟子吳菱仙為他啟蒙，教他學會了《二進宮》、《桑園會》、《三娘教子》、《三擊掌》、《二度梅》……三十幾齣青衣戲；外祖父楊隆壽的弟子茹萊卿教他武功打把子，傳授給他武戲《木蘭從軍》、《乾元山》等等，而且還在四十歲後成為他的琴師；師事梅巧玲的舊派青衣泰斗陳德霖，盡心竭力地教給他崑曲和青衣的身段、步位、唱腔……一遍一遍不怕麻煩，讓他學會了崑曲《遊園驚夢》、《思凡》、《斷橋》；曾經是內廷供奉的喬蕙蘭以及李壽山、丁蘭蓀向他傳授崑曲的身段、表情、做工、唱法；當時演出《貴妃醉酒》最叫座（使觀眾為他去看戲）的刀馬旦路三寶，教給他「銜杯」、「臥魚」的身段、醉酒的「臺步」、看雁的「雲步」、執扇的身段、「抖袖」的程式；武淨錢金福教給他小生戲如《鎮潭州》中的楊再興、《三江口》中的周瑜；崑旦李壽山教給他《風箏誤》、《金山寺》、《斷橋》和吹腔戲《昭君出塞》；王瑤卿教過他《虹霓關》……這一切都給了他博採眾長的機會。

從繼承傳統的方面來看，幸運的梅蘭芳趕上了「後三鼎甲」的靈魂——譚鑫培爐火純青的藝術晚年，並有幸與這個在年齡上是他的爺爺輩的老生泰斗同臺演出，這使他受益非淺。

梅蘭芳在《舞臺生活四十年》裏曾經詳細地談到自己第一次看譚鑫培的戲，如何體味了老譚的與眾不同：

我初看譚老闆（鑫培）的戲，就有一種特殊的感想。當時扮老生的演員，都是身體魁梧，嗓音洪亮的。唯有他的扮相，是那樣的瘦削，嗓音是那樣的細膩悠揚，一望而知是個好演員的風度。有一次他跟金秀山合演《捉放曹》，曹操出場唱完了一句，跟著陳宮接唱「路上行人馬蹄忙」，我在池子後排的邊上，聽得不大清楚。呂伯奢草堂裏面的唱腔和對句，也沒有使勁。我正有點失望，哪曉得等到曹操拔劍「殺家」的一場，才看出他那種深刻的表情。就說他那雙眼睛，真是目光炯炯，早就把全場觀眾的精神掌握住了。從此一路精采下去，唱到《宿店》的大段二黃，愈唱愈高，真像「深山鶴唳，月出雲中」。陳宮的一腔悔恨怨憤，都從唱詞音節和面部表情深深地表達出來。滿戲園子靜到一點聲音都沒有，臺下的觀眾，有的閉目凝神細聽，有的目不轉睛地看，心靈上都到了淨化的境地。我那時雖然還只有一個小學生的程度，不能完全領略他的高度的藝術，只就表面看得懂的部分來講，已經覺得精神上有說不出來的輕鬆愉快了。

在梅蘭芳的眼裏，譚鑫培的唱不是單純的唱，演也不是單純的演，而是名副其實地演唱，他的表演是從人物出發，注重揭示人物內心，而只有這樣的演唱，才會感人至深。他與譚鑫培合演過《桑園寄子》、《汾河灣》、《四郎探母》等等，一次次近距離的領略到老譚的藝術修養。

他也有幸趕上了風華正茂的楊小樓在舞臺上的傳神表演，並且有機會和這位在年輩上是他的「楊大叔」的國劇宗師同臺演出《霸王別姬》，他對楊小樓這樣敘述：

楊老闆的藝術，在我們戲劇界裏可以算是一位出類拔萃、數一數二的典型人物……他的嘴裏有勁，咬字準確而清楚，遇到劇情緊張的時候，憑他念的幾句道白，就能把劇中人的滿腔悲憤儘量表達出來。觀眾說他扮誰像誰，這裏面雖然還有別的條件，但是他那條傳神的嗓子，卻佔著很重要的分量。所以他不但能抓得住觀眾，就是跟他同臺表演的演員，也會受到他那種聲音和神態的陶醉，不得不振作起來……

在梅蘭芳的眼裏，楊小樓除了武功之外，他在舞臺上的一行一動，他的道白、聲音和神態都能夠傳達出劇中人的心理內容，抓住觀眾和同臺表演的演員。梅蘭芳說是：

生旦淨末丑，哪一行的前輩們都有他們的絕活，就怕你不肯認真學，要是肯學的話，每天見聞所及，就全是藝術的精華……

譚鑫培、楊小樓這二位大師，是對我影響最深最大的，雖然我是旦行，他們是生行，可是我從他們二位身上學到的東西最多最重要。他們二位所演的戲，我感覺很難指出哪一點最好，因為他們從來是演某一齣戲就給人以完整的精采的一齣戲，一個完整的感染力極強的人物形象。

梅蘭芳從譚鑫培、楊小樓等前輩那兒懂得了，以聲容並茂的神韻刻劃人物是表演的關鍵所在，梅蘭芳慢慢地接受了不能死守門戶、勇於創新、博採眾家之長的理念，而且把這些有益的理念，逐漸貫徹到他自己扮演的戲曲人物心理、性格的多層次表現之中，並且開始開拓自己的與眾不同……觀眾立刻就敏感地注意到了這顆正在冉冉升起的明星……在他二十歲的民國二年（一九一三），他的「人氣」已經直趨老譚和小樓。

《舞臺生活四十年》第二集「二本《虹霓關》」中紀錄了一位叫做言簡齋的觀眾，在一九五一年感慨良深地回憶起四十年前，在廣德樓看義務夜戲時的一件往事：

民國二年（一九一三）的初夏，日子記不清了。我跟幾個朋友預先訂好了一個包廂，同座還有紅豆館主桐五爺（那桐）。我進館子的時候，臺上正是吳彩霞唱的《孝感天》，下來就是《黃鶴樓》，劉鴻聲的劉備，張寶崑的周瑜……

戲單上寫著梅蘭芳、王蕙芳合演《五花洞》，戲碼正在《黃鶴樓》前面一齣。觀眾先以為是把兩個戲碼換了演的，那麼下面該是《五花洞》了。等到瞧見《盜宗卷》的太后上場，就知道不對了。《盜宗卷》是譚鑫培的張蒼、賈洪林的陳平、戴韻芳的太后、謝寶雲的張夫人、陸杏林扮張蒼的兒子，照習慣是不會唱在《五花洞》的頭裏的。那準是《五花洞》不唱了。登時臺下不答應，騷動起來。人叢裏面亂哄哄地有許多人在自由發言，說：「為什麼沒有《五花洞》？為什麼梅蘭芳不露（不演出）？」您想樓上下都這樣嚷著說話，秩序還能好嗎？這情勢越來越嚴重，就連老譚的張蒼出場，也壓不下來。等他唱過兩場，臺上貼出一張紙條，上寫「梅蘭芳今晚準演不誤」九個大字，這才算稍微平靜了一點。

在這種紛亂的情緒裏面，老譚也唱不痛快，把這齣《盜宗卷》總算對付過去。跟著王蕙芳扮的東方氏上場，臺下又都嚷著說：「《五花洞》改了《虹霓關》，梅蘭芳又露了。」等梅先生扮丫鬟出場，觀眾是歡聲雷動，就彷彿有一件什麼寶貝掉了，又找了回來似的，那種喜出望外的表情，我簡直就沒法加以形容……

大軸是《殷家堡》，楊小樓的黃天霸、黃三（潤甫）的殷洪、錢金福的關太、王栓子（長林）的朱光祖、九陣風的郝素玉，搭配得非常整齊。可惜時間已晚，觀眾也都盡興了，有不少人就離座走了。

這場戲的戲碼，壓軸是老譚，大軸是楊小樓，梅蘭芳不過是倒第三，老譚和小樓早已經是多年的常勝將軍，偶像級的明星，觀眾居然因為「梅蘭芳不露」而騷亂，老譚和小樓竟然壓不住場，這使得「爺爺」和「楊大叔」都很沒有面子。那天，楊小樓唱完戲，一句話沒有說就走了，譚鑫培的心情也不亞於楊小樓……這是老譚和小樓在「人緣」上第一次輸給了梅蘭芳。

一九一三年，二十歲的梅蘭芳作為「二牌」角色第一次跟隨王鳳卿去上海演出大獲成功，風頭甚至於超過了「頭牌」王鳳卿。他在報紙上被說成是「初到申獨一無二天下第一青衣」、「環球第一青衣」……這樣的名頭雖然讓梅蘭芳覺得誇張太過得沒有邊際，但是上海的新奇，新思潮、時裝新戲仍然讓他興奮不已，回京以後他開始排演新戲。

在追逐新潮的社會氛圍中，梅蘭芳排演了穿老戲服裝的新戲《牢獄鴛鴦》；實驗了穿時裝的新戲《孽海波瀾》、《宦海潮》、《鄧霞姑》、《一縷麻》；創演了古裝新戲《嫦娥奔月》、《黛玉葬花》、《千金一笑》；從唱腔表情等方面改進了崑曲《思凡》、《春香鬧學》、《佳期拷紅》等等。

十八個月的改革實踐過去了，梅蘭芳的緊張、興奮、新異逐漸冷卻下來，回憶起前一段的日子，雖然靠著「梅蘭芳」三個字就已經具有的號召力，使他無論演出什麼戲都可以有「上座率」，新戲也的確吸引了一批求新求異的觀眾，可是他也失去了一批自己的老觀眾……他開始對於自己的實踐進行了實事求是的思考和評估，他得出了這樣的結論：

> 藝術的本身，不會永遠站著不動，總是像後浪推前浪似的一個勁兒往前趕的，不過後人的改革和創作，都應該先吸取前輩留給我們的藝術精粹，再配合了自己的功夫和經驗，循序進展，這才是改革藝術的一條康莊大道。如果只是靠著自己一點小聰明勁兒，沒有什麼根據，憑空臆造，原意是想改

善，結果恐怕反而離開了藝術。（見《舞台生活四十年》）

他的結論其實是「老生常談」，可老生常談卻常常是「真理」。這個「老生常談」後來被他表述為「移步不換形」，一九五零年曾經被批判為「阻礙京劇徹底改革」的「改良主義」理論。

做人、做事、唱戲、學術其實一理，世界上的道理也就那麼多，梅蘭芳是個藝人，文化程度連小學畢業都沒有，可是，他能有這樣的見識其實很了不起，這樣的見識比今天一些文化程度超高卻是急功近利的人高明得多——看來，見識與文化程度並不總是成正比的。

生性樸訥的梅蘭芳不是陡然升起的明星。他的漸變過程相當緩慢，從光緒三十年（一九〇四）他十一歲初次登臺，一直到民國五六年（一九一六、一九一七）梅蘭芳開始接替前輩名旦陳德霖、王瑤卿，取得了與年長他兩輩、當時的伶界泰斗譚鑫培唱「對兒戲」的資格，成為撐持旦行的中堅人物……再到民國十年（一九二一）他二十八歲時，才從唱配角、唱主角、唱堂會、灌唱片、會海派的一系列較量中，穩步地在京劇界確立了被公認的權威地位，標誌就是：一九二二年一月八日，梅蘭芳在名伶合作會演的義務戲中，成為了壓軸的主角。

辛亥革命後的一九二三年，紫禁城內的「皇廷」還存而未廢。這年的八月二十二、二十三日，在敬懿皇貴太妃整壽的時候，昇平署按照老例「傳戲」，曾經的內廷供奉和新走紅的民間演員都被傳進皇宮承應演戲，那是紫禁城中的最後一次「承應戲」。民間藝人被調選進宮給皇家演戲，在當時仍然是一種不可多得的榮譽，那意味著對一個演員素質、技藝的全面肯定。

梅蘭芳與姚玉芙、善妙香搭檔合演了《遊園驚夢》，與楊小樓合演了《霸王別姬》。次日，他得到了賞金三百元，成為新傳演員中獨一無二的「狀元」，只有早已成名的昇平署教習、內廷供奉楊小樓與他的賞金相同。

那時候譚鑫培已經去世，而梅蘭芳此次成為「狀元」、在皇宮中獲得「殊榮」，則意味著他在梨園的排行，已經上升到開始取代「伶界大王」譚鑫培，那一年他剛剛年屆而立，可以算得上是年紀輕輕。

一九二四、一九二五年，他與在清宮一同獲得衣料和文玩特賞的楊小樓、余叔岩，事實上已經成為又一屆雖無其名，但有其實的「新三鼎甲」，不過，與「三鼎甲」和「後三鼎甲」不同的是，「新三鼎甲」已不再是清一色的老生，男旦梅蘭芳的側身其間，開啟了「四大名旦」領先時尚的新時代。

梅蘭芳（左飾虞姬）與楊小樓（右飾楚霸王）合演《霸王別姬》。

關於「四大名旦」的來歷和排列，在八十年後的今天已經是眾說紛紜，有的說法還會與事實相去甚遠。

二〇〇二年，我在東京的「東洋文庫」，為了弄清楚辻聽花的事情去查閱《順天時報》時，特別注意到民國十六年（一九二七），該報是否有過「群眾投票」選舉、排列六大名旦、五大名旦、四大名旦次序的舊事，查閱的結果如下：

這件事是由《順天時報》的一次「五大名伶新劇奪魁投票」選舉引發出來的。

《順天時報》是日本人辦的中文日報，光緒二十七年（一九〇一）發刊於北京。負責新劇票選這件事的報社記者，名叫辻聽花，他是一個在日本人中不多見的、不折不扣的「戲迷」。一九二七年六月二十日，《順天時報》開始「徵集五大名伶新劇奪魁投票」活動，報上說明活動主旨是：「本社今為鼓吹新劇，獎勵藝員起見，舉行徵集五大名伶新劇奪魁投票，請一般愛劇諸君，依左列投票規定，陸續投票，以遂本社之微衷為盼。」五大名伶依次是：梅蘭芳、尚小雲、荀慧生、程硯秋、徐碧雲。每人名下舉列新劇四五齣，以供投票者選擇。到了一個月之後的七月二十三日，《順天時報》公佈「五大名伶新劇奪魁投票最後之結果」：

梅蘭芳的《太真外傳》當選，得票總計一千七百七十四張
尚小雲的《摩登伽女》當選，得票總計六千六百二十八張
荀慧生的《丹青引》當選，得票一千兩百五十四張
程硯秋的《紅拂傳》當選，得票四千七百八十五張
徐碧雲的《綠珠》當選，得票一千七百〇九張

這次投票，不是票選「四大名旦」，而是票選「五大名伶新劇」，投票結果的名次是：

第一：尚小雲的《摩登伽女》

第二：程硯秋的《紅拂傳》
第三：梅蘭芳的《太真外傳》
第四：徐碧雲的《綠珠》
第五：荀慧生的《丹青引》

在七月二十三日投票結束，發表「五大名伶新劇奪魁投票最後之結果」的同時，辻聽花在他的戲評專欄「縹蒂花」（一八四期）上，為這次活動寫了這樣的「結束語」：

> 嗚呼五伶新劇之奪魁，現已確定，聲譽隆起。果爾則各劇場若一旦將此種當選新劇再行開幕，熱心演唱，深受各界人士之歡迎，倍蓰從前，不卜可知矣。

算是為這次炒作了一個多月的活動畫上了句號。

這次「選舉」的意義和過程，沒有今人敘述的那麼特別和嚴重，它只是當時無數次選名伶、排座次之中的一次，也可以說是作為媒體的《順天時報》，為了引人注意而製造的一次新聞宣傳而已。

二〇〇四年作家出版社出版了《梅蘭芳畫傳》，其中對於「四大名旦」的稱謂和排列順序發生的來龍去脈做了清理：

> 「四大名旦」的稱謂是由天津《大風報》社長沙大風於年在《大風報》創刊號上首提（先指梅蘭芳尚小雲朱琴心程硯秋，後改梅蘭芳尚小雲程硯秋荀慧生）……
>
> 一九三〇年八月，上海的《戲劇月刊》首次以「四大名旦」之名舉行了一次有關梅、程、尚、

荀的徵文活動，此活動名為「現代四大名旦之比較」，說穿了其實就是一個座次排名問題。綜合天資、扮相、嗓音、字眼、唱腔、臺容、身段、臺步、表情、武藝、新劇、舊劇、崑戲、品格等，比較結果是梅蘭芳以五百七十五分的總分名列「四大名旦」之首，其次是程硯秋、荀慧生、尚小雲。

如果《畫傳》所言不虛，再加上前面所述《順天時報》「五大名伶新劇奪魁」票選結果，關於「票選四大名旦」的事，就算是清楚明白，可以不再以訛傳訛了，也就是說，「四大名旦」的說法，首提於一九二一年的天津，確定於一九三〇年的上海，一九二七年北京《順天時報》的「五大名伶新劇奪魁投票」只是一個中間環節。

以梅蘭芳為首的「四大名旦」的幸運之點是他們趕上了新舊交替的時代變遷。辛亥革命、五四運動和以後的社會變革，使社會和觀念都出現了近乎解體、但又醞釀著重建的狀態，也許正是這樣的失了章法、然而又顯得特別寬容的時代，充滿了各種生機和可能性，從而提供了使人的創造力和創新意識可以得到發揮的土壤，這與所謂「國家不幸詩家幸」是同樣的道理。梅蘭芳這個奇蹟是這個時代成就的，也是他自己成就的。

芙蓉草（趙桐珊）說：「梅大爺在臺上的玩意兒是沒法學的。他隨便抖一抖袖，整一整鬢，走幾步，指一下，都滿好看，很普通的一個老身段，使在他的身上，那就不一樣了。讓人瞧了覺得舒泰。這沒有說的，完全是功夫到了的關係。」

也就是說，梅蘭芳的藝術已經臻於化境。芙蓉草的說法與余叔岩評判楊小樓如出一轍。確實，中正平和、中規中矩、不峭不險、沒有特點就是梅蘭芳的特點。當然，如果你一定要追問他的特別之處，那就是他有著一種特別的氣度：高貴、大氣、從容，又不失神祕。

吳性栽說是：「他虛懷若谷，謙謙君子，在舞臺上儘管享盛名而不墜，作為一個藝術家和一個人，我覺得也是唯一不為盛名所累的。他不求特出，只求平凡，也許可以說，最高的藝術是從絢爛到平淡。他具備一切不平凡的美德，身體力行，終生不懈。」

此言甚是。

第四節　人緣好的名伶

如果說梅蘭芳對於職業的勤奮好學、臨事不苟，處事與人為善、從善如流的品性，是他在藝術上取得成功的根本原因，那麼他的為人謙恭平和、器量弘深則是他一生都有人鼎力相助、一生平安的因由。

謙恭平和是他的一種態度，也是他為人的出發點，從年輕時候直到他成為名重一時的伶界大王，他都能夠始終是以別人的長處衡量自己的短處，從別人那裏吸取長處。

看完黃三（黃潤普）的戲，他說：「這位老先生對

右：程硯秋（左飾丫鬟）、尚小雲（中飾東方氏）、梅蘭芳（右飾王伯党）合演《虹霓關》。
左：四大名旦（尚小雲、梅蘭芳、荀慧生、程硯秋）合影。

於業務的認真，表演的深刻，功夫的結實，我是佩服極了。他無論扮什麼角色，即使是最不重要的，也一定聚精會神，一絲不苟地表演著。觀眾對他的印象非常好，總是報以熱烈彩聲。假使有一天，臺下沒有反映，他卸裝以後，就會懊喪到連飯都不想吃。」（見《舞臺生活四十年》）看完王瑤青的《悅來店》，他說：「王大爺的玩藝（表演藝術）咱們簡直沒法比。」（見唐魯孫《南北看》）看完小翠花上蹺表演《貴妃醉酒》，他說：「看過于老闆的醉酒，咱們這齣戲，應該掛起來（不再上演）了。」（見唐魯孫《大雜燴》）

對於譚鑫培和楊小樓就更不用說了，每一次看完他們的演出，他都會有不同的收穫……

他對其他伶人的肯定都是真心真意的，正因為如此，他才能做到不斷地轉益多師，不斷地豐富自己。

他尊重所有的人：前輩名伶、同輩弟兄、晚輩生徒……用自己的方式——傳統而又充滿了人情味。

他生平最最尊重的人，就是與梅巧玲交情深厚的譚鑫培（他叫他「爺爺」）和小時候常常揹著他上學的楊小樓（他叫他「楊大叔」），然而，在他的人望開始高漲，而譚鑫培已經夕陽西下的時候，卻在事先毫不知情的情況下，與譚鑫培唱了一齣「對臺」。

那是雙慶社在東安市場的吉祥戲園演出，老闆俞振庭要求梅蘭芳把新戲《孽海波瀾》分唱四天，每天再搭配一齣老戲，以新舊搭配的「雙齣」增強號召力，俞振亭卻沒有告訴他，真正的原因是：他們碰上了老譚要在丹桂茶園演出，兩個戲園子相距不遠，俞振亭實在是害怕自己的雙慶社敵不過老譚的叫座能力——梅蘭芳並不知道這些情況，就答應了俞振亭的建議。

當時，梅蘭芳二十出頭，譚鑫培已經年近古稀；梅蘭芳風頭正健，老譚則無論身體和精力都已經是強弩之末；梅蘭芳新戲、老戲拼在一起每天演雙齣，自然是號召力大、賣座好。這四天，吉祥戲園的觀眾擠不動，老譚雖然是打點精神，以貼演平時叫座的「硬戲碼」來應對小梅，可是丹桂茶園的上座還是掉下去幾成，最後的兩天就更是觀眾寥寥了……譚鑫培的傷心、無奈可想而知。

知道了這樣的情況以後，梅蘭芳心裏好生不安，幾天以後，兩個冰雪聰明的人在戒臺寺相遇，梅蘭芳緊走幾步，雙手垂下，站在老譚旁邊恭恭敬敬地招呼一聲「爺爺」，譚鑫培是何等樣人？他很大度的拍了拍忐忑不安的梅蘭芳，笑道：「好，你這小子，又趕到我這兒來了，一會兒上我那兒去坐。」然後不改常態地與其他人打招呼——他顧及著自己的面子。

梅蘭芳果然到老譚的住處（戒臺寺的偏院）去看爺爺，祖孫兩個都沒有提「對臺」的事情。是啊！誰都知道：舞臺是無情的，觀眾只追捧年輕走紅的名伶，這件事之後沒多久，譚鑫培就去世了。

不知道是不是老譚的很快去世讓梅蘭芳更加不安和自譴，梅蘭芳在三十幾年之後，仍然沒有忘記這次錯在自己的「對臺」往事，在《舞臺生活四十年‧戒壇寺》一文中他說：

按說我跟譚老闆都是舞臺上的演員，各唱各的戲，本來談不到要什麼你讓我躲的，可是這一次的情形有點兩樣。因為他在晚年，是不常出臺的了。我正在壯年，唱的日子多得很。當他偶然露（出演）幾天，我不應該順著俞振亭的意思，用新戲老戲夾著唱的新花樣，來跟他「打對臺」的。我不錯在答應俞振亭要求的時候，我是錯在譚老闆在丹桂貼演重頭戲碼以後，沒有跟俞五（俞振亭）交涉，變更我們預訂的計畫。其實等譚老闆唱過了，不是還可以讓俞五使上這個噱頭的嗎？我當時的確只顧了吉祥的營業，忽略了丹桂會受這樣大的影響。後來事實已經告訴我們，他那邊座兒不好，我還是咄咄逼人，不肯讓步。使這位久享盛名的老藝人，在快要結束他的舞臺生活以前，還遇到這樣的一個不痛快。這無論如何是說不過去的。

在這件事之後二十年的一九三六年，梅蘭芳在第一舞臺演出時，有人建議他的最高票價一定要定在一元兩角以上，超過正在吉祥戲院演出的楊小樓，意思是：如果梅蘭芳的票價高，賣座還能超過楊小樓，楊小樓就真的是敗下陣來了……這樣的爭上下、比高低，也是當時一種常見的「打對臺」的方式。已經處於全盛時期的梅蘭芳，堅決拒絕了這樣的建議——他無論如何也不想讓楊小樓下不來臺。楊小樓當時五十九歲，已經進入老年，而梅蘭芳剛剛年逾不惑——或許是當年與老譚「打對臺」的事情依然還在他的心頭吧！

正在他顧念前輩名伶楊小樓，堅決不與「楊大叔」「打對臺」的時候，他的年輕氣盛的徒弟程硯秋卻在中和戲院實實在在地與他打了一場「對臺」。梅蘭芳以平和的心境，接受了徒弟的挑戰，結果，程硯秋在賣座上沒能勝出、在輿論上也沒有佔到上風，對於此番師徒「對臺」，旁觀者人言藉藉，當時的輿論，大多數習慣於以「事師之道」作為出發點來做道德判斷。

又過了十年，梅蘭芳與程硯秋在上海又不期遭遇了第二次「對臺」，這一年梅蘭芳已年屆五十歲，而程硯秋正值盛年，此次的程硯秋或許是面對年老的師父內心感到了不妥和不安，特別先期到梅宅致歉，梅蘭芳依然心境平和，大度地寬慰弟子儘量發揮。結果是師徒打了平手——想要扳倒梅蘭芳，看起來也不那麼容易！

名伶們對於「打對臺」的不同處理，透露出他們不同的人品和性情，雖然是「商場無情」可是人是可以「有情」的啊！對於一個人來說，名和利應該不是一切，這大概是梅蘭芳品性之中最可貴的地方。

在梅蘭芳的生命中，有兩種人一直伴隨著他，一是同事，二是朋友。對於一個出身梨園的藝人來說，同事和朋友的內容其實又很複雜：同臺演出的同事，經常本來就是親戚故交，而臺下研討戲曲的朋友，又常常是觀眾、崇拜者、利害相關的人，這是一個內容複雜、成分各異的群體。

說到與梅蘭芳常年合作的同事，那可真是數不勝數：年輕的時候，他「陪著」爺爺譚鑫培、大叔楊小樓唱；成名之後，小生姜妙香、丑角蕭長華、劉連榮是陪伴輔佐梅蘭芳時間最長的綠葉，與梅蘭芳合作將近半個世紀；年長半輩的老生王鳳卿，開始是「提拔」梅蘭芳，後來是為梅蘭芳「跨刀」（次主角）多年；姨父徐蘭沅為他操琴二十八年，姚玉芙曾經是梅蘭芳的配角，謝絕舞臺之後，與李春林一起幫助梅蘭芳處理對外事務；文公達、李斐叔、許姬傳都曾經為梅蘭芳司管宣傳和文書。其他如：路三寶、王蕙芳、俞振飛、周信芳、王瑤卿、孟小東、田際雲、俞振庭、李順亭、錢金福、王長林、楊寶森、程硯秋、尚小雲等等當時中國京劇的第一流名伶，都曾經是他的合作夥伴和同事……梅蘭芳遭逢了戲曲的全盛時代，他和一大批名伶共同造就了晚清至民國年間舞臺上的絢麗多彩。

梅蘭芳的朋友也是多得數不勝數，他不僅能夠在忙碌之中，與各式各樣的人相處到善始善終，而且可以在關鍵時刻得到他們的鼎力相助，這不能不歸功於梅蘭芳天性中的與人為善和器量弘深所具有的極大的吸引力。這種吸引力可以使不同出身、不同文化、不同教養的人與他同聲相應、同氣相求，比如：

馮耿光（中國銀行董事）從仰慕他才、藝的「老斗」，變成維護他的朋友，五十年如一日，在梅蘭芳走出國門前往美國之前遇到困難的時候，馮耿光還為他籌錢十萬元。

齊如山（世家子弟、同文館學生）輔佐梅蘭芳不遺餘力，為他編戲、排戲、策畫出訪美國，合作二十餘年。

其他如：李釋戡（留學日本、民國初年陸軍中將、行政院參事）、吳震修（留學日本）、黃秋岳（留學日本）、張彭春（哥倫比亞大學畢業、中西戲劇研究者）、余上沅（胡適學生、北大英文系畢業、曾經赴美研究戲劇）、費穆（電影導演）、羅癭公（光緒二十九年副貢、康有為的學生）等等，都是多年來圍繞在梅蘭芳的周圍，可以為他撰寫劇本、討論劇情、導演戲曲表演的人。

而曾經是北大學生的劇評家張厚載（張繆子）、京師大譯學館的學生張庾樓、張孟嘉、沈耕梅、陶益生、言簡齋，以及光緒元年恩科舉人易順鼎（實甫）、光緒三年進士樊增祥（雲門）等等，也都是他的崇拜者和朋友。

在競爭激烈的舊時代舞臺上，梅蘭芳度過了四十多年的舞臺生活，他從始至終都是一個人緣好、口碑好的名伶。

第五節　恰到好處的一生

梅蘭芳在圍繞著他的、有著不同的出身背景、工作經歷和不同文化修養的人的影響、薰陶、幫助下眼界大開，藝術品味也不斷地得到提高，以至於成為戲曲界走出國門的第一人：

一九一九年，第一次赴日本演出。

一九二四年，第二次赴日本演出。

一九二八年，第二次赴香港演出。

一九三〇年，第一次赴美國演出，帶回了「文學博士」的頭銜。

一九三一年，第三次赴香港演出。

一九三五年，第一次赴蘇聯演出、第一次赴歐洲考察戲劇。

……

梅蘭芳成為了中國藝術的使者、代表和象徵。

一九四九年梅蘭芳五十六歲，在齊如山東去臺灣的時候，他選擇了留在大陸。

新中國建立之後，他被挑選成為「戲劇界的一面旗幟」，他被委以諸多的「重任」，一躍成為政府的官員：全國政協常務委員、全國人大代表、中國文聯副主席、中國戲劇家協會副主席、中國戲曲研究院院長、中國京劇院院長、中國戲曲學院院長……

在進入老年的時候，這些「榮華富貴」的桂冠和光環依然簇擁著他。

他可以免去舊社會藝人老景淒涼的命運（就像是余玉琴）；也可以不必晚年時候還不能不登臺演出（就像是譚鑫培、楊小樓）；他還能夠在各種各樣的政治運動中平安無事（沒有像尚小雲、言慧珠、楊寶忠、葉盛蘭、葉盛長、奚嘯伯、馬連良一樣）。

梅蘭芳死在一九六一年，他睡在原本存放在故宮博物院、給孫中山準備的楠木棺材裏，死得安靜、清揚、瀟邈……那是周恩來總理建議，作價四千元賣給他的妻子福芝芳的。

他埋在香山碧雲寺萬花山自家的墳地裏，他的第一個妻子（王明華）的旁邊，另一邊留下了福芝芳的壽穴。

《人民日報》和多家報紙在頭版發表了他的巨幅訃告。

北京各界兩千餘人參加，陳毅副總理主持了他的追悼大會。

最最幸運的是，周恩來指示要修建的他的墓地還沒有來得及施工，「文化大革命」就開始了，當紅衛兵扛著工具衝向萬花山，準備挖掘梅蘭芳墳墓的時候，卻因為墳前尚未立碑，找不到確切的位置而無奈作罷，梅蘭芳終於沒有遭到掘墓揚屍。

他的死後哀榮為伶人們親眼所見，他的不算長壽也曾經成為大家的遺憾，可是，到了此時此刻，那些度日如年、看著同類死無葬身之地的名伶們才開始想到，梅蘭芳的死是多麼的恰到好處！

在從舊社會走到新中國的伶人之中，梅蘭芳一生都是幸運兒！

第十一章　「胡琴聖手」孫佐臣、梅雨田、徐蘭沅

京劇樂隊是由打擊樂和管弦樂器組成的。打擊樂器稱武場，基本樂器有單皮鼓、檀板、大鑼、鐃鈸、小鑼；管弦樂器稱文場，包括的樂器有京胡、京二胡、月琴、弦子、笛、笙、嗩吶、海笛子、挑子等等，總稱場面或文武場。

在晚清至民國的史料文獻中，文場、武場、文武場、場面的說法在民間經常使用，皇宮內院就不一樣了，王芷章的《清昇平署志略》和《清代伶官傳》之中記載的咸豐、同治、光緒時期，內廷供奉的樂隊（包括職司鼓、笛、弦子、手鑼、打傢伙、胡琴、大鑼、鼓板、大鼓、二鼓、喇叭、梆子笛、呼呼）和後臺勤雜人員（包括職司梳水頭、彩匣、盔頭作、火壺、看單、走場）都是籠而統之的稱做「隨手」。

早年票友出身的名琴師（也是音樂家和劇評家）陳彥衡在《舊劇叢談》中說：

> 場面有文武之別，武場以鼓為領袖，小鑼、大鑼次之，文場以胡琴為領袖，月琴、三弦次之。胡琴帶笛子、七鈸，月琴帶大鈸，三弦帶武劇堂鼓，二人又帶嗩吶，以六人為限。

場面上的六個人舞動十二種樂器，除了大鑼和小鑼，其他人都要兼職兩三樣。打鼓佬左手執檀板，右

手拿著單皮鼓的鼓鍵，是整個場面的指揮自不必說，胡琴還要兼吹笛子、打七鈸，因為笛子和胡琴不會同時演奏，而七鈸也是用於上演「跳加官」時候，與嗩吶吹的曲牌相配，那時候正好沒有胡琴的事。

場面最主要的職能是伴奏，伴奏的任務主要是「托腔」，名琴師徐蘭沅說是：

托腔……就是（胡琴）要與演員的「氣口」（演員在唱腔間歇或者若斷若續的時候換氣的地方）頓挫相投，進而能起著烘雲托月的作用，方能算妙……好的胡琴應該跟隨腔兒的情緒，要強則強，要弱則弱，緊緊的包著唱腔，順暢和諧地發展……簡潔的唱腔可以用繁密的花字（花腔）去伴奏……唱腔和伴奏，猶如魚和水的關係……

場面在戲曲中的作用，不僅僅是伴奏唱腔，它還是烘托氣氛、推動劇情不可或缺的部分，比如：以嗩吶為主加上鑼鼓，可以構成節奏急促、氣派昂揚、聲勢雄壯的樂曲，把曲牌〈大開門〉、〈點將唇〉、〈朝天子〉、〈得勝令〉、〈將軍令〉用在起兵、遣將、操演、交戰的時候就會有助聲威；以笛為主配以笙、弦、鑼鼓，可以奏出節奏典雅、音韻悠揚的曲調，把曲牌子〈水龍吟〉、〈迎仙客〉、〈萬年歡〉、〈夜深沉〉、〈哭皇天〉用於舞蹈身段、朝會宴席、祭奠悼亡的時候，都可以加強喜慶和悲哀的氛圍。

比如〈夜深沉〉曲牌，來自於崑曲《思凡》中「風吹荷葉煞」的發展變化，整個樂曲很像是一幅規模龐大的古戰場的圖畫：氣勢雄偉而且壯麗、氣魄澎湃而且蒼涼，徐蘭沅對於此曲非常鍾愛，他曾經把〈夜深沉〉用在梅蘭芳的《霸王別姬》的〈舞劍〉之中，引領著多少觀眾對於項羽的英雄末路由衷的同情和惋惜。

又如：古曲〈哭皇天〉原本就有旋律流暢、韻味深長的質地，用在「打掃靈堂」、「祭奠」、「掃墓」的場合，會逐步把人的感情帶向憂傷，特別是經過梅雨田對於音節細小之處的微妙處理之後，〈哭皇天〉的旋律就可以達到樸素的感人至深。

晚清至民初是戲曲的鼎盛時期，一大批名伶光彩奪目前仆後繼的同時，也湧現出不少優秀的樂師，開始是崑腔音樂的笛師和鼓師，後來是皮黃的鼓師和琴師，其中最優秀的當然就是那些進入南府時期宮廷劇團和昇平署時期成為內廷供奉的「隨手」了，在昇平署宮廷檔案上共有八十五個「隨手」的名字流傳下來。其中咸豐、同治時候二十八人，他們是：

鼓師：殷鍾林、陳瑞、陳益庭、潘來喜、唐阿招、張松林、楊玉福、劉兆奎、郝春年

笛師：方國祥、潘榮、趙坤祥、錢明德、錢三壽、沈湘泉、方秉忠、唐寶山

打傢伙：陸得升、錢恩福、錢恩壽、錢祥瑞

手鑼：朱桂林、朱喜保

大鑼：李福壽、孟大元、唐寶海

小鑼：劉雙全

梳水頭：郭順兒

光緒、宣統時候五十七人，他們是：

鼓師：沈立成（葆鈞）、劉永順、沈永和、劉加福、李奎林（李五）、唐春明、郭得順、鮑桂山、侯雙印、何斌清、耿永山、何永福、王景福、杜山

琴師：李春泉（李四）、韓明兒、樊景泰（樊三）、賈成祥（賈三）、李玉亭、柏如意、孫光通（佐臣）、謝雙壽、戴韻芳、梅雨田、耿永清

笛師：浦阿四、錢錦源、路昌立、沈星培、傅榮斌、陳嘉梁、浦長海

月琴：曹沁泉（心泉）
打傢伙：沈景丞、張三遠、張富有
大鑼：楊長慶、吳永明、潘壽山、郝玉慶、陳祥瑞
手鑼：錢樹琪
小鑼：汪福海、沈福順、羅文翰
呼呼：武奎斌、王玉海
梆子笛：武奎保、傅振廷
看單：朱廷貴
走場（檢場）：閻定、閻福
梳頭：徐生兒
管衣箱、盔頭箱：張七、杜四、陳祥、王福

這些人都是咸豐、同治、光緒、宣統時代民間戲班子之中「四執交場」（指大衣箱、二衣箱、盔頭箱、把匣箱的執事人員、管理對內對外聯絡事宜的交通科和文武場）和後臺服務人員的一時之選。

「四執交場」和後臺服務人員看起來都是「打雜的」，實際上都是舞臺演出的組成部分，他們所司的看起來既瑣碎又平常的事務，既可以在無形之中使戲曲演出斷裂、謬誤、漏洞百出，也可以使演員的演出水乳交融、天衣無縫……這些在不同的領域中最聰明、最敬業的佼佼者，都有不同的「絕活」，而今如果細說起來，他們都有屬於自己的、一大串既神奇又浪漫的故事。

光緒以降，宮廷樂師多半都既是內廷供奉、民間戲班子的臺柱子，也是名伶的搭檔，例如：

劉兆奎（一八二五－一九〇五）：鼓師（同治十三年入宮），春臺班臺柱子，俞菊笙的搭檔。

樊三（樊景泰）（一八二六－一八八五）：琴師（光緒五年入宮），三慶班臺柱子，程長庚的搭檔。

浦阿四（一八四〇－一九一六）：笛師（光緒五年進宮），雙奎班臺柱子，張二奎的搭檔。

李四（李春泉）（一八五五－一八九七或一八九八）：琴師，四喜班臺柱子，梅巧玲、時小福、余紫雲的搭檔。

方秉忠（一八五六－一九二七）：笛師（同治十二年為內廷供奉），春臺班臺柱子，楊小樓的搭檔。

李五（李奎林）（一八五七－一九一四）：鼓師（光緒十六年入宮），四喜班臺柱子，楊隆壽、姚增祿、譚鑫培的搭檔。

孫佐臣（孫光通）（一八六二－一九三六）：琴師（光緒十九年入宮），四喜班臺柱子，譚鑫培的搭檔。

梅雨田（一八六九－一九一四）：琴師（光緒三十二年入宮），四喜班臺柱子，譚鑫培的搭檔。

鮑桂山（一八八〇－一九四一）：鼓師（光緒二十八年入宮），楊小樓的搭檔。

汪福海（一八八二－？）：鼓師（光緒二十九年入宮），同慶班臺柱子，譚鑫培的搭檔。

杭子和（一八八七－一九六七）：鼓師，王鳳卿、余叔岩的搭檔。

耿永清（一八八九－？）：琴師（宣統三年入宮），楊小樓的搭檔。

徐蘭沅（一八九二－一九七六）琴師，譚鑫培、梅蘭芳的搭檔。

……

崑腔清雅，清唱時的伴奏是一支簫，京劇雅俗共賞，演員再好，也需要精采的文武場扶持，特別是胡琴，所以，「伶界大王」也好，「國劇宗師」也好，都少不了好的文武場，更少不了一個好琴師。

「胡琴聖手」是對於與眾不同、有天賦的琴師的讚譽，陳彥衡《舊劇叢談》中說梅雨田是「胡琴聖手」，馬連良在《徐蘭沅操琴生活序言》中說徐蘭沅是「胡琴聖手」，孫佐臣琴技被公認不在梅雨田之下，所以，我選擇了孫佐臣、梅雨田、徐蘭沅三位名琴師，分別敘述他們的故事。

選擇他們的原因是因為他們曾經在京劇的鼎盛時期，成為頂尖名伶譚鑫培、梅蘭芳的搭檔；他們曾經得到過宮廷和民間共同的認可，成為一個時代的明星；他們有文獻資料流傳至今，這些資料紀錄了他們距離我們不遠的事蹟，讓我們容易產生親切感。

第一節　孫佐臣天資過人

孫佐臣，名光通，小名老元，生於同治初年（一八六二），歿於民國二十五年（一九三六），享年七十五歲。

清末光緒前期，四喜班首創軟弓胡琴的名琴師王曉韶（王四）有李四、賈三兩個弟子，李善於剛、賈工於柔，由於軟弓很難駕馭，李四首創了硬弓胡琴。賈三也有弟子二人，孫佐臣和梅雨田，就像李四、賈三一樣，二人雖然同師學藝，卻是同源殊流，孫善於剛，梅工於柔。

徐慕雲《梨園影事》之中載有孫佐臣的小傳：

孫佐臣，名光通……年十七歲時，大老闆（程長庚）演《取成都》於三慶班，彼嘗一度為之操琴，一曲甫終，竟大得觀眾讚許，即大老闆亦許為後起之秀，自是名乃漸著，得於文場上嶄然露頭角矣。旋入內廷獻技，與其師弟梅雨田同為一時瑜亮，二人之藝，各有特長，無從軒輊，惟梅則善

> 聯，以穩妙勝。孫則善斷，以險奇見長耳。
>
> 孫氏常云，學琴如作書（書法），首須練習腕力及指法，迨功力稍深，復能晝夜習之無間，而後方可與言揮、打、揉、滑（胡琴的四種指法）四字之玄妙焉。

陳彥衡《舊劇叢談》說是：

> 孫佐臣手音極響，以挺拔取姿，雖好用花點，而路數大方，不失矩矱，較之以大鼓俚曲加入過門者（唐魯孫《說東道西》說是：王少卿喜歡劉保全的大鼓，他的若干新腔都是從大鼓腔裏變化出來的），其格調之高下，相去不啻天壤矣。

上面的兩則記載，不僅紀錄了孫佐臣成名於三慶班程大老闆麾下，而且記載了孫佐臣在胡琴功力上的造詣、格調和特徵。

孫佐臣原本是四喜班賈三（祥瑞）弟子，也久在四喜班操琴，後來應春臺班張紫仙之約，才離開了四喜班，不久春臺班倒歇，孫佐臣又應程長庚、徐小香之約，到了三慶班，光緒十九年（一八九三）在小丹桂搭班時被挑選入昇平署，也就是說，在他三十二歲的時候，已經成為琴師中的佼佼者。

後來，四喜班掌班梅巧玲以為名琴師興於四喜班：王四（首創軟弓胡琴）、李四（首創硬弓胡琴）、賈三、孫佐臣、梅雨田都是四喜班出身，不應該任他們改搭他班，因此，孫佐臣重新被邀回四喜班。

同是內廷供奉的譚鑫培，很欣賞孫佐臣的胡琴，於是請面子大的宮中總管太監明心劉和祥王為介，聘他為私人琴師，首開名伶自帶琴師的先例，在這之後，孫佐臣的搭班就跟隨著譚鑫培了，這一時期，孫佐臣既是民間戲班子之中名伶的名琴師，同時也是內廷供奉。

譚鑫培是蓋世無雙的伶界大王、孫佐臣是首屈一指的名琴師，兩個人又都是個性強、有自信的人物，他們的合作終於沒有做到有始有終，譚鑫培中途改聘梅雨田，孫老元也就另尋出路了。

孫佐臣一生當中搭班多，合作過的名伶也不少，他給名青衣時小福、余紫雲、陳德霖，名老生譚鑫培、汪桂芬、孫菊仙、許蔭棠、賈洪林，名花面金秀山，名小生德珺如都操過琴。

民國以後，內廷供奉隨著被取消，孫佐臣操琴生活之中的一半光輝消失了，他是否有過失落、有過困惑，誰也不知道。

梅雨田去世之後，孫佐臣與譚鑫培又有過合作，那時候，老譚已經進入晚年，演出的間隔逐漸加大，孫老元為了收入，主要是給孟小如操琴，遇到孟、譚二人同時演出的時候，孫佐臣就會兼顧不暇：論名望，應該以譚鑫培為主、論收入，孟小如是長期合作，戲份也多，孫老元真是不能做到左右逢源。

老譚死後，孫老元流落天津、上海，與潘雪豔、金少山、周信芳都曾經搭檔……白髮龜年江南乞食（唐代開元年間梨園宮廷樂師李龜年，安史亂後流落江南不知所終），貧困交加，晚年竟至於冬天棉衣匱乏，最終客死海上……一代「胡琴聖手」的下場竟至於此。

孫佐臣手音既佳，腕復靈妙，振出之聲，清響而逸，托腔之熟，雖不敢斷其為空前，亦可謂之絕後，其手法因有異稟，尤非常人所及——他無疑是一個天才。

唐魯孫有幸趕上孫佐臣晚年的琴藝，他在《說東道西．從北平幾把好胡琴談到王少卿》中說：

筆者聽過最老的琴手是孫佐臣又叫老元，他身長、臉長，手指頭也長，音域寬，據說他盛年時節手音特佳，剛勁俊茂、卓爾不群。筆者只聽過他給孟小冬拉過《捉放曹》、《盜宗卷》、《搜孤救孤》幾齣戲，過門宏邈高雅，托腔大概是孟小冬調門低，孫老晚年耳音已差，覺出小冬唱來，有時顯出稍感吃力。最後一次是哈爾飛戲院開幕（一九三〇年九月十四日），賽金花剪綵，孫菊仙《朱砂痣》，兩老都患重聽，拉者自拉，唱者自唱，兩不相伴，倒也有趣。

徐慕雲《梨園影事・孫佐臣小傳》和唐魯孫《說東道西・從北平幾把好胡琴談到王少卿》兩篇小文章中，還紀錄了孫佐臣、王少卿和幾把胡琴的故事，由於這些故事與人的品性相關，所以顯得很有意思。

徐慕雲說是：

> 清季某歲渠（孫佐臣）嘗以銅錢八百文新購一琴，試聽後倍覺滿意，蓋不惟桿筒之長短粗細俱甚合度，且聲音宏亮，於弦外別具銅音，故渠乃珍之無異拱璧焉，不幸事為清帝（光緒）所聞，竟強索以去，佐臣失琴後，終日怏怏竟為之廢寢忘食，後雖以鉅金另購一琴，然究不若前者為得心應手也，幸不久為慈禧察悉復命帝檢還，彼始色霽。此琴今已稍損，惟補膛*後仍朗潤如初。自購迄今已五十年，桿筒均已黧黑，即後置之一具，亦已三十年矣。此外尚有其師所傳之胡琴一把，及核桃兩枚，則皆七十年前物也。

唐魯孫說是：

---

* 徐蘭沅說「胡琴的『檐子』是竹製，為竹。」（見《徐蘭沅操琴生活》第一集，頁六五）。唐魯孫說「胡琴上的『擔子』、『引子』、『筒子』都離不開竹材」（見《大雜燴・扇話》，頁二七），和徐慕雲《梨園影事・孫佐臣小傳》中說的「補膛」應該說的都是胡琴的同一個部件，可是「檐子」、「擔子」和「補膛」究竟哪一個正確呢？

孫老元有一把羅漢竹的胡琴，據說是慈禧皇太后上賞的。孫老元封琴退隱後，這把名琴就給了王少卿了，孫老的胳膊長，所以他用的弓子也比別人用的長個一兩寸，少卿用著可就不稱手了。有一天他與馬連良正閒聊，發現有一隻弓子上隱然有一隻凸起的蘭花影子，他立刻拴上馬尾，跟他那把名琴配個珠聯璧合。他說胡琴一定要用琴套，用棉繩抽緊套口，別（插掛）在腰腿之間，一走一甩絕不打腿，讓胡琴過過風，到了臺上才能發出脆音，至於把胡琴放在皮匣裏，讓人瞧著好像西洋樂器似的，那叫狗安犄角（洋式），大家都知道，他當時是指著楊寶忠說的……

王少卿自從承受孫佐臣上賞的那把胡琴，立刻做了一幅黃緞子琴套，自正屋北上牆，打了一座彩錯金披的琴龕，偶或研究出新腔，必定把御賜胡琴請下來，拉奏一番。有一年過年，有些同行至好到他家拜年，正趕上他跟太太發脾氣，他養了不少水仙花，琴龕下面放著一隻紫檀的半圓桌，他太太好心好意放了一盆水仙，他看見之後，楞說（一定說）水仙花的水氣上升，能影響了胡琴的音色。他家人有時背後叫他二膘子，他除了鑽研琴藝外別無所好，每逢他譜出一個新腔，他一高興叫泰豐樓給做了份清湯翅子（魚翅）來，一人獨享，這就是他最大的嗜好了。

上：名琴師孫佐臣操琴照。
下：民國十七年四月十一日刊登在《北洋畫報》上面的孫佐臣速寫。

孫佐臣對於自己以銅錢八百文購置的、音色最美、最最中意的胡琴視若拱璧，失琴（即使是皇上奪愛）之後，寢食俱廢，失而復得之後終生相伴。失琴之後購得的胡琴，雖然是付出了「鉅金」，仍然視若雞肋。對於師傅所傳的胡琴一把及核桃兩枚，孫老元終生保存不離左右，相反，對於慈禧皇太后上賞的、應該是可以讓他「受寵若驚」的羅漢竹胡琴，卻沒有那麼珍視，封琴退隱之後就送給了徒弟王少卿。

孫老元到底是性情中人，一生在最多世俗氣息的社會底層梨園行摸爬滾打，卻能保持了一顆高潔的心，不容易。

第二節　梅雨田大雅不群

梅雨田（初名竹芬、小名大瑣）是梅巧玲的長子，梅蘭芳的伯父，他生於同治八年（一八六九），死於民國三年（一九一四），享年四十六歲。與他的師兄孫佐臣相比，梅雨田的生命到中年時候戛然而止，雖然短促卻是順利而且有效。

梅巧玲的兩個兒子大瑣和二瑣開始也是子承父業，在梅巧玲的「景和堂」做歌郎，梅巧玲給他們都取了一個既雅氣又香豔的名字，大瑣叫梅竹芬，二瑣叫梅肖芬。

光緒年間客居京師的番禺人沈太侔在他的筆記《宣南零夢錄》中紀錄了召請歌郎梅竹芬侍酒的情景和梅竹芬從歌郎到琴師的身份轉變：

> 梅大瑣初名竹芬，十六七歲時，余曾召之侑酒，既至，則斂襟默作（坐？）沉靜端莊，類大家閨

秀，肥白如瓠，雙靨紅潤，若傅脂粉，同人擬以「荷露粉垂，杏花煙潤」八字，謂其神似薛寶釵也。後忽不見，聞已改行習弦索，及余再入京，有梅大瑣胡琴，一時無兩者，試往聆之，始識即竹芬之變相。

當梅大瑣改行操琴，退出「打茶圍」的行業之後，就不再使用「梅竹芬」這個名字了，他的大號改為「梅雨田」。後來，由於堂子，特別是梅家三代歌郎的經歷，都成為一件被諱言的事情，所以大瑣的名字「梅竹芬」、「梅雨田」和一直在做歌郎的梅蘭芳的父親二瑣的名字「梅肖芬」就開始發生混亂，直至今日，《京劇二百年概觀》、《中國京劇史》、《中國京劇史圖錄》、《民國藝術》、《一代宗師梅蘭芳》等還都是拎不清。而最不可思議的是一九五一年梅蘭芳述、許姬傳記的《舞臺生活四十年》之中的「秦家姑母」也說是「他的父親『竹芬』是我的第二個哥哥」。

梅雨田生於梨園世家，對於音樂的愛好和天賦規定了他獨特的藝術生命。當梅巧玲因為他的戲班子中的場面總是不順手，下決心「我一定要讓兒子學習場面」的時候，梅雨田來到人間，而且，三歲的時候，就坐在一個木桶裏，抱著一把破弦子，叮叮咚咚地彈著玩，表現著他對於音樂特殊的興趣和敏感。

梅蘭芳在《舞臺生活四十年》中這樣敘述伯父的師從：

我伯父是從學文場入手的。他生的時代湊巧，正趕上文武場的人才林立，又都集中在當時的三慶、四喜、春臺這些大的戲班裏面，我祖父掌管的就是四喜班。為了培植兒子的藝術，是不惜付出任何高的代價來請教師的。有句俗話「近水樓臺先得月」，像本班的文場高手賈祥瑞（賈成祥）、李春泉，人都管他們叫「賈三」和「李四」，那就不用說了，都是我伯父的開蒙老師。

賈三的父親名叫賈增綬，跟徐小香同時，也是唱崑曲小生的，他是陳金爵的女婿，跟我祖父是連襟，我們家跟賈家是至戚，我伯父的音樂天才又好，我祖父的期望又切，有這幾層關係，賈三對這個學生真是悉心指授，絲毫不肯含糊。我伯父一面在家裏苦學，一面跟著老師每天在場上做活，實地練習，所以他的胡琴很早就享名了。

賈三死後，得到李四的傳授最多，同時三慶的樊景泰（人都叫他樊三）、春臺的韓明兒，也全是胡琴的高手，我伯父都常去請教的。

他還拜過一位南方來的老曲師名叫錢青望的為師，錢吹笛子有名，文武場樣樣精通，我們本界有位崑曲專家曹心泉，就是他的學生。我伯父跟他學了不少崑曲的玩意兒，現在的人只知道我伯父胡琴拉得好，其實笛子、嗩吶也吹得不壞，他的肚子裏裝滿了三百來套崑曲，有人要問他崑曲牌子的源流，那就算問著了……

胡琴「得彩」（獲得觀眾特地為胡琴叫好）始於梅雨田的師傅李四，當然，胡琴「要彩」（胡琴為了希望觀眾給他喝彩而特地拉出花樣）只能偶一為之，因為胡琴是「綠葉」，不能夠為了出風頭，不合時宜地把胡琴拉得又花哨又響亮，喧賓奪主，可是，在「過場」和一些過渡劇情的交代性質的表演中，觀眾的心情暫時處於鬆弛狀態的時候，胡琴就可以大顯身手，吸引觀眾的注意力。

梅蘭芳在《舞臺生活四十年》中，曾經說到過梅雨田的胡琴在《玉堂春》「請醫」一場恰如其分的精采表演：

我第一次在文明茶園貼演《玉堂春》的情況，在我自己說是值得紀念的，這是宣統三年秋天的事……（「請醫」一場之後）我剛下場，不多一會兒，就聽到前臺的彩聲（叫好喝采的聲音）四起，好像打雷一樣一陣陣的接著不斷。你想場上的角兒，是扮的一個醫生，出來也不過做些身段，對著王金龍磕了三個頭，按兩次脈，打開藥箱取一包藥給院子（僕役），就下場了，壓根兒沒說一句話，這「好」打哪兒來的呢？這不顯然都是叫胡琴的「好」嗎？

我伯父那一天因為戲是他親自教的（梅蘭芳的《玉堂春》是由梅雨田傳授），我又是第一次唱，當然非常興奮，我記得頭裏「二位大人到」的時候，他是拉的乙字調的「工尺上」牌子，「請醫」的時候，他有兩種拉法，一種牌名叫〈寄生草〉，是梆子腔裏的牌子，他吸收過來加以融化的；一種是〈柳青娘〉轉〈青海歌〉，那天他拉的是〈寄生草〉又新鮮，又好聽，臺下的觀眾，本來就愛好他的藝術，對他的手音、指法、韻調十分熟悉，今天瞧他高興，拉出一個新鮮的牌子，來回不同的變著拉，觀眾聽得實在痛快，壓不住自己的嗓子，脫口而出地在那裏叫好的，這跟普通「捧場好」的性質完全不同。

梅雨田繼承了師傅賈三以柔見長的風格，與師兄孫佐臣同師異曲、同幹各榮。徐筱汀在《說皮黃之文場》中談到二人的迥然有異之處是：孫佐臣「能於險奇之中見造詣之深，屬於剛者也」，梅雨田是「穩妙之中見功力之厚，屬於柔者也」。

梅雨田沒有孫佐臣的異稟，成名比孫佐臣晚，進入昇平署也比孫老元晚了十三年，在賈三、李四、樊三、韓明兒之後，能夠比他略勝一籌的，也就是成名在前的孫佐臣了。

可是，梅雨田比孫佐臣聰明的地方就是，在孫佐臣與老譚鬧翻之後，就傍著譚鑫培一直到去世，佔穩了地利和人和——名琴師和第一鬚生在一起，紅花綠葉互相映襯、相輔相成水漲船高，加上他正在藝術生命處於頂峰的時候早逝，他的琴藝就給人留下了悠長的追撫難忘和永久的神話傳說，不像是孫老元，活到古稀之年，耳目失聰，琴藝也自然而然隨著生命一起晚景落拓……人的幸與不幸真的是很難說清楚。

譚鑫培選擇樂師非常挑剔，他明白紅花綠葉的道理，也明白鼓師、琴師必須與演劇者性情迅速息息相通，才能夠彼此都感覺得心應手。他的琴師先是選了孫佐臣，孫佐臣之後是梅雨田，梅雨田之後又是孫佐臣，鼓師他選了李五，他們都是操琴的大家、打鼓的巨擘。

鼓師是文武場的中心，李五完全是一個「帥才」，徐蘭沅說：李五的單皮鼓「大方、乾淨、俐落……鼓點準確、尺寸穩練、力度均勻、音色圓潤……他的鼓點能啟發誘導演員的情緒」，梅雨田就不用說了。所以，這三個人在一起搭檔被時人稱為「三絕」。

齊如山在《談四角》中紀錄了在伶人之間流傳的「三絕」合作，創製新腔的傳說：

> 他們三個人（譚鑫培、李五、梅雨田）天天晚上討論研究，這個說這句應該怎麼唱，那個說胡琴怎麼托怎麼補，那個又說鼓怎麼加點……
>
> 因為這三個人都是各人有各人的技術，旗鼓相當誰也不肯聽命於人，討論半天，大多數總是沒有結果。末了必是有一人假託說閒話，說：比方某一句，如果要這樣唱，胡琴這樣托，鼓這樣打，大致必可以好聽。這套話說完，也必沒人回答，可是到第二天臺上唱時，必定是如前一晚那一個比方的。倘若有一人說，咱們應該這樣辦，那是誰也不會聽從的。總而言之，誰也不肯聽誰的，可是每次討論，總有好的結果。
>
> 這當然是他們三人個性使然，大致也就是文人相輕之義，然亦足見他們三人的知識技術都夠，

且判斷優劣的能力很強，為什麼要這樣的說法呢？由於三個人的主意，哪個的好，哪個的壞，三個人彼此都知道，只要某一人說的有理，彼二人便都很以為然，不過只是心中認可，而不肯輸嘴（嘴上認輸）耳，所以一有人用商量式的語氣提出來，總可獲致通過的……

陳彥衡《舊劇叢談》中也紀錄了譚、梅兩個驕傲的高人合作《擊鼓罵曹》的精采故事：

《罵曹》一劇，重在擊鼓，名角擅長者，桂芬而外，譚氏最精，擂鼓三通，錯綜變化，五花八門，迥異尋常蹊徑，「夜深沉」一段，格律嚴謹，韻味淵雅，佐以雨田胡琴，音節鏗鏘，如出金石，可稱神品，惟二人合奏，每至尾聲，雨田胡琴緊與板連，而鑫培鼓點起於板後，微有參差，頗懷疑問，後詢鑫培，據云：「雨田於收束處尚缺一句，故不能合拍。」並將此句工尺（曲譜）告余……然鑫培不告雨田，雨田亦不問鑫培，蓋鑫培名重藝高，頗自矜貴，雖雨田為之操琴，非低首請教，不肯輕易語之，而雨田自負聰明，以為聲入心通，可不學而能，亦不肯自貶聲價，降心相從，其負氣好勝，故自高人一等，余曾以鑫培之語告雨田，雨田以為老譚杜撰，此句絕無，然舊譜「節節高」後，實有一句收束，後接尾聲，工尺雖異，老譚所云未始無據也。

譚鑫培的眼高和驕傲是在梨園行名列第一的，梅雨田也是自視甚高的人，他們二人能夠合作多年，自然也都是別無選擇。特別是譚鑫培，他在與梅雨田和李五相處時表現得能夠克制自己，長期合作，沒有散夥，很可能是接受了與孫佐臣相與不愉快的教訓。

他們三人確實可以稱做是「絕配」，比如說，《碰碑》的唱腔板式安排比較特別，也不好唱，因為很難銜接得好。陳彥衡在《舊劇叢談》中細細地談到了他們三人在唱《碰碑》時候的嚴絲合縫：

《碰碑》「倒板」（「導板」）後「慢三眼」、「迴龍」接「快三眼」，與《桑園寄子》「見墳臺」一段同一體裁。反調第一段「三眼」、第二段「原板」，亦二黃定例。劉鴻聲唱「歎楊家」至「馬前英豪」六句，即歸「元板」（「原板」）。或以語老譚，譚大為駭異，以從無此唱法也。凡唱《碰碑》第一段「慢三眼」，往往失之散漫，至「大郎兒」急轉直下，又不能停留，至前後尺寸懸殊。譚氏此段，起句即凝練合度，以下句句精密，寬而不散，緊而不促，至「大郎兒」一氣呵成，恰合「快三眼」尺寸，梅雨田胡琴，「快三眼」純用雙弓串合，於細針密縷之中遊刃有餘，而打鼓李五又能提綱挈領，相輔而行，其疾徐頓挫，三人若合符節，洵稱絕技……

梅琴李鼓水乳交融進入化境，他們不只是能讓老譚唱著「舒服」，有一次，湖廣會館演堂會戲，陳德霖、謝寶雲演出《孝義節》，梅、李應邀為陳德霖「幫場」，李五打鼓、梅雨田操弦，李五於「下高臺」過門中，用堂鼓肖風水聲，泠然動聽，雨田胡琴，隨腔如水銀瀉地，無孔不入，雖專門為陳（德霖）操弦者無此吻合。可知名手無所不能也。

梅雨田和李五死於同一年（一九一四），老譚感歎：「自失梅、李，唱此劇時每覺費力。」很是感傷——惺惺相惜、物傷其類，人之常情。

梅雨田有崑曲的底子，並且打通了崑曲與京劇之間音樂的藩籬，將雅氣的崑曲曲牌化入京劇音樂之中，這讓他的胡琴格調大雅不群。

和孫佐臣一樣，梅雨田也有一把終生相伴的珍品舊胡琴，琴柄上端線綁漆粘，竹柄下端松香陳跡古駁斑斕不堪入目……梅雨田死後，這把胡琴就珍藏在梅蘭芳的家中。

孫佐臣和梅雨田都曾經是戲曲史上「場面」的奇蹟，從三十年代到五十年代，不少人都常常將二人對舉著談他們的風格差異和排名次序：

王芷章《清代伶官傳》中說：「光通手音既佳，腕復靈妙，振出之聲，清響而逸，故頗為時人所許，李四之外，以胡琴享盛名者，當推光通為首。」

徐筱汀《說皮黃之文場》（見徐慕雲《梨園影事》）的說法是：「孫之長，能於險奇之中見造詣之深，屬於剛者也；梅之長，在乎穩妙之中見功力之厚，屬於柔者也，其情景與李四賈三之同幹各榮、同師異曲相若，亦難於判其高下。」

陳彥衡《舊劇叢談》說是：「雨田胡琴，剛健而未嘗失之粗豪，綿密而不流於纖巧，音節諧適，格局嚴謹，有時偶用花點，不必矜奇立異，自然大雅不群，其隨腔墊字與唱者嗓音氣口針芥相投，妙在遊行自如，渾含一氣，如天孫雲錦無跡可循，洵可稱胡琴聖手。孫佐臣手音極響，以挺拔取姿，雖好用花點，而路數大方，不失矩矱。」

徐蘭沅在《徐蘭沅操琴生活》中說：「梅雨田……胡琴其所以冠於四大家（梅雨田、孫佐臣、陸彥庭、王雲亭）之

名琴師梅雨田。

首的，是音色純淨、節奏鮮明、板眼嚴正、隨腔墊字，絕不做作，運弓自如有力，能使胡琴的清脆、嘹亮的特點發揮得淋漓盡致……孫佐臣……琴音響亮、尺寸瓷實，拉出花字乾淨從無噪音，兩手剛健，功夫在梅雨田之上，單字隨腔，能把唱腔不顯山不露水，包裹得渾圓，托腔又是非常平正大方，使演員有舒暢順適的感覺。所惜的是其他方面知識如嗩吶、崑笛等遠不及梅雨田先生。」

孫佐臣年長梅雨田七歲，進入昇平署也比梅雨田早十三年，可見孫佐臣成名——也就是得到民間和宮廷兩方面的承認要早於梅雨田，可是，孫佐臣沒有能夠一生一世「傍著」老譚，水漲船高，跟著「伶界大王」一起享盛名，最後弄到自己浪跡江湖、客死他鄉……這可能是性格使然，也應該是他平生最最失策的一件事了。

第三節　徐蘭沅多才多藝

徐蘭沅（一八九二－一九七六），祖籍江蘇，生於北京梨園世家，幼年開始學戲，由於喜歡文武場，迷戀胡琴改學場面，轉益多師、刻苦努力之後，在四喜班、春慶社、富連成搭班，後來為譚鑫培看中約為琴師。老譚死後，他就成了梅蘭芳的琴師，為梅蘭芳操琴二十八年。

徐蘭沅天性聰明，為人厚道，琴藝好，口碑好，無論是在舊社會還是在新中國，徐蘭沅都是好人緣。他寫了三集《徐蘭沅操琴生活》，寫什麼是文武場、寫胡琴的技巧與伴奏、寫琴理曲牌鑼鼓經、寫譚鑫培的唱腔和表演、寫梅蘭芳的虛心和勤學、寫當年的梨園軼事、寫京劇音樂的專業知識、寫京劇行當和演出習俗……因果始末都是娓娓道來，不愧是「六場通透」。

什麼是「六場通透」呢？「六場」是指：京劇伴奏的六種樂器（胡琴、南弦、月琴、單皮鼓、大鑼、小鑼），「通透」就是全都鑽研透了。

梅蘭芳在《徐蘭沅操琴生活》第一集的序言裏說：

> 徐蘭沅先生是一位「六場通透」的樂師，他的胡琴伴奏已經是舉國聞名，無須介紹的了。他對培養下一代，一向是誨人不倦、知無不言的，因此他又是一位具有教學才能的教師。
>
> 徐先生早年在富連成工作，二十歲後，為京劇界的傑出表演藝術家譚鑫培老先生伴奏胡琴，從而熟悉了譚派的唱腔。譚老先生故後，徐先生為我操琴，幾十年來，我所排演的新戲，在場子的穿插、曲牌的選擇、唱腔的組織上，都得到他的幫助。

蕭長華在第二集的序言裏說：

> 徐蘭沅先生是全國聞名的京劇胡琴家，他的知識廣博，經驗豐富，京劇文武場的樂器件件精通，鑼鼓曲牌無不爛熟，人們尊之為「六場通透」的樂師。
>
> 我與徐先生是世代相交，彼此之間瞭解較深，我認為他最大的優點就是他一貫虛心誠懇，勤學苦練，多少年來如一日。他幼年間如此，到為梅蘭芳先生操琴時也如此，及至現在從不自滿，仍然如此。因此他在藝術上卓越的成就是可以理解的，也是非常值得我們敬佩和學習的。
>
> 在藝術上也是從不墨守舊章，死守陳規的，他經常這樣說：「唱腔、曲牌、過門、鑼鼓，用當傳神就必須要變化翻新。」

馬連良在第三集的序言裏說：

遠在富連成科班的時代，我與徐先生就在一起了，當時我們都非常年輕，演出皆都由他操琴，大家都親切的尊之為大哥。大哥對人的謙虛誠懇，對藝術的好學不倦，五十年來在我的印象裏是始終如一。幾十年來，徐先生雖然長期的為藝術大師梅蘭芳先生操琴，然而我們之間在藝術上的磋商研究卻是一直不斷的，我所演出的劇目不時的得到他的關心與協助……徐先生不僅於京劇音樂上有淵深的藝術造詣，對京劇表演藝術同樣也有深刻的研究……

梅蘭芳說他「知無不言、誨人不倦」，蕭長華說他「虛心誠懇、勤學苦練」，馬連良說他「造詣淵深、研究深刻」——「六場通透」是圈內人對他學養的評價。

唐魯孫在《故園情》和《大雜燴》裏，也有兩篇文章洋洋灑灑，敘述了舞臺之下的徐蘭沅：

梅蘭芳的二胡是王少卿，伶票兩界都叫他二片，他除了給乃父鳳卿、乃弟幼卿拉胡琴之外，專門給蘭芳拉二胡，梅蘭芳給高亭公司灌全本《太真外傳》、《俊襲人》、《晴雯補裘》唱片的時候，只要王二片認為過門、托腔有的地方不滿意就得重灌，第三本《太真外傳》，一晚上重灌了四次之多，徐、梅兩位照拉照唱，臉上都沒有絲毫不愉快的顏色，這種涵養功夫在座的沒有一位不讚歎稱許的。

徐蘭沅跟穆鐵芬都是儀表堂堂一點沒沾梨園行習氣的，言談舉止更是雍容大度不溫不火，言菊朋常說，徐蘭沅往客廳一坐，不認識的總猜他是位封疆大吏，至不濟也是位實缺府道。

徐蘭沅人雖方正不苟言笑，可是遇上戲班有為難地方，他秉著「救場如救火」的梨園行老規矩，毅然以赴，毫不猶豫。梅劇團赴美公演，因為角色計算的過分緊湊，上演《慶頂珠》，他曾經上臺串演過丁郎兒教師爺，他送過筆者一張教師爺劇照，可惜沒從大陸帶出來，沒法讓大家一瞻他又哏又趣的風采。

徐常說：「拉胡琴是傍角的，人主我配，一定要讓角兒唱得舒坦如意，所以對於尺寸、墊頭、托腔、氣口、過門都要細心琢磨因人而施，才夠得上是把胡琴。至於琴師一上場就來個花腔要個滿堂彩，或是胡琴過門加上若干零碎，引得臺下直喊好胡琴，只顧自己要好兒，把個主角僵在臺上幾分鐘，這都是喧賓奪主溢出範圍的舉措，不足為訓的。」他這番話語重心長，確有至理存乎其間，希望後之學者，能夠多多玩味。

徐蘭沅除了胡琴之外，他的字也寫得古樸蒼勁，精審入微。他開始寫字是從寫碑入手，取法乎上，所以他的字氣機通暢，駸駸入古。中年以後他極力模仿樊樊山，不但可以亂真，甚至真假難辨。當年樊增祥（字嘉父，號雲門、樊山）在琉璃廠各大南紙店都掛有筆單，所以時常有人自己登門或找南紙店的人到樊宅請補上款（在書畫上端題寫受物者的姓名、稱謂、事由）的，後來樊家一算所得墨潤跟請補上款的情形不成比例，雖然犯疑可也想不出什麼道理來，有一天樊雲門忽然想到琉璃廠逛逛，溜來溜去經過徐蘭沅所開的竹蘭軒胡琴鋪，玻璃窗裏掛著一副自己寫的對聯，似曾相識可又模糊，到店裏細看，自己也分不出是真是假，過沒兩月果然有人拿這副對聯請補上款，後來經派人查訪，才知道是徐的傑作，從此徐的書法在梨園行其名大彰，假的樊雲門對聯，也就從南紙店裏絕跡了。

記得筆者來臺之前，（與徐蘭沅）在勸業場的綠香園茶敘，他認為畢生有三大憾事……第三件事是冒樊雲門老大名寫對子，然人家大度包容一笑置之，可是自己始終覺得有愧於中。（見《故園情》〈記名琴師徐蘭沅〉）

……

此外，名琴師徐蘭沅收藏湘妃竹的扇子也不少，徐在北平琉璃廠開設了一家竹蘭軒，以製售胡琴二胡為主，胡琴上的「擔子」、「弓子」、「筒子」都離不開竹材，所以他不時要跟竹行人打交道，有一年跟他交往多年一家竹行，年近歲逼，一時無法脫手，徐大爺一慷慨，二十多包竹料，竹蘭軒一律全收給包圓啦（北平話全買下來的意思）。誰知後來打包一看，其中有四包全是湘妃竹，當然胡琴鋪除了做擔子，根本用不上湘妃竹，別瞧徐蘭沅是梨園世家，可是人極風雅古博，平日喜歡臨池揮灑一番，體式極近樊雲門，幾可亂真，閒來還愛盤盤漢玉，玩玩鼻煙壺，對於玩玩扇子，更是內行，這批湘妃竹經他量才器使，爬羅剔抉，居然讓他製成四十幾把上品湘妃竹的摺扇來。其中有兩把斑痕明晦，螺紋重疊，一把相（像？）極達摩祖師在蒲團上參禪打坐，意境高古，另一把彷彿游魚喋藻，也是栩栩如生。扇子打磨完成，正趕上紅豆館主溥侗到竹蘭軒小坐，徐大爺心裏一高興拿出來一獻寶，誰知侗五爺一陣軟磨，好說歹說，愣是把妙趣自然達摩面壁的湘妃扇拿走了，後來拿一部蔣衡寫的初拓十三經全套回贈，雖然也非常名貴，可是徐大爺心裏總覺得不十分愜意呢。（見《大雜燴》〈扇話〉）

唐魯孫筆下的徐蘭沅是一個聰明的藝人，他不僅有好的琴藝，既可以給老生譚鑫培拉琴，也可以給旦角梅蘭芳伴奏，老生和旦角的格調是不一樣的呀！而且對於自己在舞臺上的角色——「拉胡琴」有一個得當的定位，不偷懶也不僭越，盡職盡力而且有藝德。

他還是一個聰明的商人和匠人，他不僅會操琴，而且還會製售胡琴，那可是需要兼有音樂的天才和匠人的本事啊！而且，他居然還會別出心裁的把買多了的湘妃竹，製作出幾十把上品湘妃竹摺扇，這該是有多麼風雅的創意？又是有多麼精巧的手藝啊？

他也是一個儒士，他就像是風雅古博的書生一樣，玩漢玉，玩鼻煙壺，玩扇子，還會書法，他的書法還不是一般的臨、一般的寫，他從臨碑入手，取法乎上，唐魯孫稱讚他的字「氣機通暢，駸駸入古」、「古樸蒼勁，精審入微」，評價可謂不低。中年以後模仿當時的書法家樊增祥，他把伶人的模仿能力運用到書法上，竟然達到了連樊樊山都不能判斷是不是出於自己的手筆的地步，真得說是有水準！不容易！

他賣假的樊雲門對聯，既賺了錢，也贏得了名聲。雖然他堂堂儀表、有雍容大度的舉止，有封疆大吏、實缺府道的風度，歸根結柢他的行為還是一個出身舊梨園行的藝人。不過，比起今天以作偽為專業的知識人來說，他的「有愧於中」表現出的道德底線，仍然值得尊敬。

好的琴師鼓師，能夠把音樂對於人的感染力發揮到極致，「一套鑼鼓半臺戲」，就是對於音樂在戲曲中可能達到的位置的形象說明。唐魯孫《說東道西・從北平幾把好胡琴談到王少卿》中說：

> 筆者年輕時候，不但喜歡聽戲，而且有時還粉墨登場，深深體會到在臺上打鼓佬跟拉胡琴的重要性。您的身段再細膩再邊式，要是沒有好打鼓佬的幫襯，是顯不出精神來的，您的唱腔再磅礴再柔美，要是沒有好琴手托腔，是顯不出功力來的。

《談余叔岩》作者孫養農說：

> 每一個第一流角兒，必有第一流的琴師相輔，每一個第一流的琴師，必會配合著他那個角兒的唱法韻味，特創一種相合無間，氣味類似的性格，使他們形成一個與眾不同的搭檔！比如梅雨田之於譚鑫培，徐蘭沅、王少卿之於梅蘭芳，是角兒影響了琴師，也是琴師頂得住角兒。總之他們的唱和拉

之間，起了統一的韻律，產生了會意的共鳴。

好的琴師和鼓師從來都是演員的左右手，任何一個舞臺上光彩奪目的人物形象的創造，都離不開琴師、鑼鼓的輔佐，就像是譚鑫培和鼓師李五、琴師梅雨田三位一體；梅蘭芳和琴師徐蘭沅、王少卿珠聯璧合；楊小樓和鼓師鮑桂山、笛師方秉忠、琴師耿永清、大鑼陳四年復一年相幫相守；余叔岩和鼓師杭子和、琴師李佩卿、王瑞芝天造地設；程硯秋與琴師胡鐵芬、三弦錫子剛形影相隨一樣。

徐蘭沅的一生可以說是「走運」，在他藝術生命最旺盛的時候傍著譚鑫培、梅蘭芳，算得上是相輔相成、相得益彰。晚年趕上了新中國，建國之後，曾經做過北京市戲曲學校的副校長直到去世，不僅僅是衣食無憂，而且可以算得上是名利雙收。

梅蘭芳和他的琴師徐蘭沅、王少卿合影。

第十二章　京派和海派

在今天看來，京派、海派只不過是表示「北派」和「南派」的地域區分而已，可是在當年可不是這樣，這裏所說的「當年」就是指光緒至二十世紀二三十年代京劇的全盛時期。

當老北京的戲迷們談到北京和上海戲曲表演的區別，說到京派二字的時候，其中就包含著正統、嚴謹、優雅的意思，而說到海派時，就意味著非正統、不嚴謹、追求噱頭和庸俗浮淺。

上海的京劇愛好者顯然不同，他們覺得京派保守而且固步自封，海派時尚、洋氣，他們對於趕得上潮流有一種不加掩飾的優越感。

京派又名「京朝派」、「北派」，海派也叫「外江派」、「南派」。

京派是指北京的演員表演的京劇，海派是上海演員表演的京劇，兩地京劇從流行劇目、演員表演一直到觀眾的審美要求，傳統、時尚都不一樣。

第一節　京劇南行落戶上海

同治五年（一八六六），英籍華人羅逸卿在上海修建了一座戲園子，名為「滿庭芳」，建築式樣完全仿照京師大柵欄的廣和樓。

同治六年，他派人去天津邀角（邀請伶人走穴）南下演出。

同年，鉅賈劉維忠在上海修建了丹桂茶園，邀請北京伶人：老生銅騾子（劉義增）、文武老生夏奎章、熊金桂、景四寶、周長春、周長山、架子花臉董三雄、寧天吉、疤瘌王（王攀桂）、武生胖羊兒、武丑張三、青衣王桂芳、花旦陳雙喜、老旦馮某、何某及周長順等南下上海演出。

同治七年，丹桂茶園園主再度進京邀角：老生周春奎、武旦王桂喜、淨角大奎官（劉萬義）、武生孟七、任春廷、武丑張七、老生兼武生楊月樓及鼓師程章甫（程長庚之子）等十數位京劇伶人南下演出。

京劇南下之前的上海曾經是戲園林立，崑、徽、紹、粵、秦腔、花鼓諸腔雜奏，那時候的上海娛樂界是一個雜七雜八熱鬧繁盛的大舞臺。而當天津和北京的伶人一旦南下上海，就以與眾不同的大氣、規範和修養深厚取得了轟動效應——雖然那些南下的伶人大多數並不是北京頂尖的名伶，上海的刊物說是「滬人初見，趨之若狂」，其結果不僅是戲園子獲利頗豐，而且南下伶人也得到優厚的報酬。

從此，在利益的驅動之下，天津和北京的伶人頻頻南下走穴演出……上海人把這種演出稱為「京班戲」。

由於當時北京的京劇已經趨於成熟，戲班演出早已是競爭非常激烈，有一些在北京並非是名伶的伶人們到上海受到空前的歡迎之後，感覺也可以在上海生存和發展——畢竟在上海掙錢和走紅都比在北京容易些，夏奎章就是落地生根的第一人。

這是京劇藝術從天津和北京傳到上海之始。

這一時期，是上海作為遠離首都的邊遠城市，仰慕京師的文化時尚，以京劇為經典和模仿對象的階段。

第二節　海派京劇自成一家

戲曲作為一種娛樂消費，原有遊走四方、落地生根、入鄉隨俗的傳統，這個傳統也是戲曲生存和發展的必需。

一直到光緒年間，北京都是說「聽戲」，而上海則從同治時代京劇南下一開始就叫「看戲」。這一「聽」一「看」，其實是有原因的，這「原因」說起來既複雜又簡單：根本原因是對於國家政令遵守的程度不同，直接原因則是戲園子的照明設備有異。

清代從乾隆二十九（一七六四）年起就明令京城「五城戲園，概行禁止夜唱」，這個政令一直延續到清末，北京的戲園子都不能唱「夜戲」，演戲大都是中午十二點左右開戲，六七點鐘煞臺，這樣就出現了舞臺上的照明問題，梅蘭芳在《舞臺生活四十年》中曾經說過：

> 前清時代，北京的各戲館，一向規定不准帶燈演戲。這是老聽戲的都知道的。這樣在白天演戲，時間上往往不夠支配，因為每天的戲碼，總有十幾齣，也跟現在一樣，好角的戲是排在後面的。在夏

季天黑得晚，還可以從容唱完，到了冬季天短了，大軸子戲，老是天黑才能上場。政府的禁令，既是不准帶燈，館子方面，根本也就沒有燈的設備。那怎麼辦呢？一般的習慣，點幾個火把照著唱，這火把都是用香點的。自然啦，觀眾就同霧裏看花似的，哪能夠瞧得很清楚呢。所以就有了這樣的事：有些人看過譚老闆許多次的戲，對他的面貌，還不十分認識，就是這個緣故。幸虧當時的觀眾，對這方面的要求並不太高，就在這火把底下，渺渺茫茫地看完了事。

封閉式的戲園子，光線不好，冬天天黑得早，戲園子點上火把，壓軸戲和大軸戲都在最後，所以北京的觀眾對於重頭戲也就只剩下「聽」了。

可是，上海同治五年的第一座戲園子「滿庭芳」，照明設備就是採用當時最先進的煤氣紗罩燈，明亮而且舒適，所以上海觀眾從一開始對於「京班戲」就是「看戲」。

兩地的舞臺不同，照明設備不同，欣賞京劇的條件不同，造就了兩地不同的審美標準：北京觀眾稱譽伶人的好壞，多半都是從「聽」著手，唱工佳、咬字真的伶人，就會受到推重，而對於伶人相貌的美醜卻常常並不在意；上海由於一開始就可以有條件「看戲」，而且上海觀眾是把京劇作為新鮮的娛樂項目來接受的，所以，上海人對於京劇的審美取向是：身段好、容貌好，至於唱得好壞、藝術好壞倒在其次。在北京人看來：上海人「不懂」京劇；上海人覺得：只要好看，能讓人開心就是好戲……北人重藝（唱念做打）、南人重色（花哨好看），這兩種不同的由來已久的藝術價值觀一直延續至今。

南下的北京藝人武老生夏奎章、孟七、林連桂、王攀桂帶著自己的拿手戲在上海扎下根來之後，就必須開始入鄉隨俗，因為上海觀眾喜歡看新戲，不喜歡琢磨舊戲和戲理，也不像北京觀眾那樣，喜歡看名角和經典，對於名伶的經典戲會百看不厭，所以戲園子總是以「新角、新戲、新彩、新砌」作為號召，因此伶人也要不斷地趕排新戲、增強號召力。所以清末、民國時期的上海名伶汪笑儂、潘月樵、夏月珊、夏月潤，一直到周信芳，除了上演老戲之外，還無一不是革新、改良的能手，新戲的擁戴者和實踐者。

比如：汪笑儂編演很多的新戲，《黨人碑》、《罵閻羅》、《瓜種蘭因》等等，潘月樵演唱的代表作有《潘烈士投海》、《黑籍冤魂》、《拿破崙》等等，夏奎章的兒子夏月珊、夏月潤兄弟創演《濟公活佛》、《查潘鬥勝》、《新茶花》、《賭徒造化》等等，這些都曾經是當時上海劇壇紅極一時的京劇——從這些中不中洋不洋的劇目上，也可以看到上海觀眾不同於北京觀眾的審美取向。

為了迎合上海觀眾漠視唱念做打的真功夫、喜歡新奇威猛表演的心理，上海名伶們刻意追求身段動作的火爆、誇張、驚險，甚至於武打採用真刀真槍、空中飛人、空中搬家、空中打拳、空中盤鐵槓，猶如雜技盤點……真汽車上臺、應用魔術技巧、電影和演員交錯映演，感覺光怪陸離。

上海觀眾的大多數在聽曲的時候不講板眼、不辨音律、不明韻角、不深究曲中三昧，只喜歡高嗓和激昂，所以在上海，名伶對於唱腔只要追求靈活和流暢就行了，比起在京師可是容易多了。

上海觀眾喜歡新奇，所以上海戲園的舞臺布景講求現代、燈彩戲大受歡迎，經常是臺上火樹銀花、花裏胡哨，臺下嘖嘖稱讚、滿意歸去。

上海觀眾沒有經歷過像是京城觀眾與「三鼎甲」、「後三鼎甲」名伶們在審美上的互相磨合，趣味一直停留在接受娛樂的初級階段，一般民眾對於噱頭和賣弄風情的特別愛好也很難改變。

這些特徵久而久之就鑄成了上海京劇不同於北京京劇的藝術特色。

就在從光緒末到民國初這一階段，海派京劇脫離京派格局自成一家。

第三節　海派、京派的對峙

海派審美意向的基點是接受外來思想、西方事物、新鮮觀念，而京派審美標準的出發點是維護傳統、崇尚優雅、把以娛樂為學問作為自己的驕傲。海派和京派的觀眾、伶人所處地域的不同和審美價值取向的差異，決定了海派、京派之間不同的發展走向、彼此之間的不可調和以及長期對峙。

上海開埠以後，成為接受外來思想的碼頭和改革舊事物的實驗場所，戲曲也是一樣，不僅海派名伶的代表人物多半又是改革家，而且觀眾對於戲曲改革也有期望。比如：

汪笑儂，出身八旗，入過「八旗官學」，中過舉人，做過太康知縣。戊戌政變失敗之後，編劇《黨人碑》悼念慷慨就義的「六君子」，汪笑儂從此成為以戲曲言志、借古諷今、宣傳革命、長歌當哭的「伶隱」。他憂國憂民，希望改革，而且明確地想要通過高臺教化達到移風易俗的目的，所以他編劇驚世駭俗，演戲情緒投入，他的新劇目、新表演，又都是恰恰投合了上海觀眾的審美要求，在上海他被譽為「伶聖」。

潘月樵，出身貧苦，聰明異常，九歲登臺，名揚海上，以一己唱戲所得，創辦過科班，創立過學堂，專收貧家子弟，不取學費……這些革命行為，都是出於「痛種族淪亡，生革命思想」。辛亥革命爆發後，潘月樵投身戰役，積極向軍政府和慈善事業捐贈、參加反袁鬥爭，終於遭到通緝和抄沒家產。他的演戲是出於針砭社會的理想，鼓動革命的目的，投合時事的需要，也同時受到求新求異的上海觀眾的歡迎和鼓勵。他是南派京劇的代表演員，也是名副其實的革命伶人。

夏奎章同治年間從北京的三慶班赴滬，落戶之後，生有五個兒子，四個唱戲，以老生夏月珊、武生夏月潤最為優秀。夏氏兄弟一邊創辦茶園，一邊致力於京劇改良，而且熱心於社會活動，組織伶界救火聯合會，加入伶界商團，參加光復上海戰役等等。他們對於排演時事新戲、創建近代劇場、引進新式劇場的技術等等，都有特殊的興趣。

光緒三十四年（一九〇八），夏氏兄弟創建了上海新舞臺，並且東渡日本約請日本技師親臨設計布景、燈光……上海舞臺從茶園式帶柱方臺（廣和樓模式），衍化成半月形布景轉臺（日本模式），即發端於此。

以創建舞臺為標誌，海派京劇已經從以京派為師，轉變成為以東洋為師，似乎是經歷了一場「明治維新」。

當上海京劇自立格局、自成一家的時候，以正統自居的北京京劇開始有了一個大相徑庭的對立面，在京派看來，海派是越來越離譜地朝著「新、奇、野」的野狐禪路子走得越來越遠了。

可以代表北京京劇評家立場觀點的「燕山小隱」在民國七年（一九一八）的出版物《菊部叢刊》裏，這樣批評海派的諸位大牌名伶：

……平心而論，（王鴻壽）自較趙如泉、夏月潤、小孟七為優，惟行頭又太荒謬，劇場規則無論何種裝束，其彩褲必為紅黑二色，方靴又必為黑色，王（鴻壽）製黃緞金繡褲，綠緞平金靴，五顏六色，把一位乃聖乃神之關公，竟扮成太平天國之長毛。

……其（汪笑儂）演劇或以舊劇改新詞，或以新戲唱舊法，故示奇異……改良舊劇曲本，文亦未必勝舊。

……（潘月樵）初出臺唱雖不佳，嗓音尚有，做雖不好，尚守規範，倒嗓以後，聲似破鑼，於是趨重做工，但矯枉過正，每覺火氣十分，彷彿要拼命一般，滿口飄字，一臉怒容，除搖頭晃腦，攢眉甩鬚之外，蓋亦無所謂做工也。

……（麒麟童周信芳）以做工老生自命，演《盜宗卷》摹忠直類癲狂，演《天雷報》飾鄉愚似乞丐，演《烏龍院》則宋公明嬉皮笑臉，演《梅龍鎮》則正德帝行若流氓。……

上海的劇評家馮叔鸞（馬二先生）、楊塵因在民國三年、五年出版的《嘯虹軒劇談》和《春雨梨花館叢刊》中，對於上海舞臺上的表演不合戲理和上海觀眾的欣賞品味也有評說：

《草船借箭》……全齣中角色當推麒麟童（周信芳）首屈一指，然亦僅中駟而已，以此種角色演壓座戲（壓軸戲）真是萬難……

麒麟童好在一口說白，壞在兩腿亂搖，好在肯賣氣力，壞在未能脫火……

（滬上演戲）戲品不雅馴……

（滬上演員）下手把子（非主角武打演員）非常鬆懈，配角手腳慌亂……

滬人不懂戲……（滬人喜歡的）《賣身投靠》、《大鬧番菜館》之類都是胡鬧戲……

滬地胡調黨太多，以胡調黨看胡調戲，正中胡調心曲，宜乎是戲之能聲騰四座也……

楊塵因還紀錄了一九一五年老譚南下上海，獻演拿手戲「失、空、斬」，上海觀眾對於精采之處全然不覺，戲到最後，諸葛亮背身吐一「斬」字，用音極其微細，幾不能辨，把諸葛亮斬馬謖時的萬分無已之態刻劃殆盡……正當精采之時，觀客卻已紛紛退場，一個少年還說：「夜費一元，僅觀一副老枯骨，說白既不似蘇白嘹亮，做工又不似武打精神，且無出色之布景，徒負虛名……」

燕山小隱、馮叔鸞、楊塵因貶抑上海伶人和上海觀眾的基本觀點是：滬上伶人不懂戲理、演技欠火候，滬上觀眾不懂戲、胡調黨太多……批評的視角，都是從「戲理」出發，評判藝術的標桿都是北京的頂尖名伶。

而這些被貶得幾乎是一無是處的海派伶人們，都是上海觀眾熱烈歡迎的、在上海走紅的頂尖名伶——三麻子王鴻壽是上海的「紅生泰斗」，汪笑儂是聲望極高的「伶聖」，潘月樵是南派京劇的代表，周信芳就更不用說了，他是上海天王巨星級的名伶，就像是梅蘭芳在北京一樣！

由此可見京派與海派在藝術見解上是如何的水火不相容！

從總體來看，以老大自居的京派與以新潮自詡的海派，互相之間的「接受」都有一個艱難的過程——京派對於海派的離經叛道、賣弄庸俗一直是採取了批評和蔑視的態度，而海派對於京派的抱殘守缺、固步自封也不買賬。

可是，從清末到民初，北京名伶南下的頻率卻是越來越高——京派對於海派的「漠視」沒有能夠堅持多久，很快就感覺到了海派的不能忽略，

事實上，進入二十世紀的北京名伶，已經是一定要在上海也能夠唱紅才算是完美的成功，也就是說，對於京派名伶來說，南下上海和灌唱片已經成為成功的兩項重要標誌，海派的認可已經成為京派演員的不可或缺。

第四節　京派名伶南下的收穫

譚鑫培、梅蘭芳、楊小樓都曾經南下上海多次，每個人對於初到上海都有不同的感覺，從上海回京也有不同的收益。

京派首席明星譚鑫培在一生之中一共去過上海六次，間隔也是越來越密：第一次，光緒五年（一八七九），三十三歲。第二次，光緒十年（一八八四），三十八歲。第三次，光緒二十七年（一九〇一），五十五歲。第四次，宣統二年（一九一〇），六十四歲。第五次，民國元年（一九一二），六十六歲。第六次，民國四年（一九一五），六十九歲。

老譚第一次南下帶回了上海女子張秀卿，使他的家庭結構變成了一妻一妾；第三次南下時，夏奎章的四子夏月潤成了他的女婿。這也許可以算是老譚南下的收穫吧！

民國二年（一九一三）梅蘭芳與王鳳卿一起南下，王鳳卿掛頭牌（包銀三千二百元），梅蘭芳二牌（包銀一千八百），那一年梅蘭芳二十歲，在北京已經開始走紅，名聲卻還沒有傳到上海。梅蘭芳初次登臺時，對於上海的新式舞臺有特別新奇的感受：

……檢場的替我掀開了我在上海第一次出場的臺簾，只覺得眼前一亮，你猜怎麼回事兒？原來當時戲館老闆，也跟現在一樣，想盡辦法，引起觀眾注意這新到的角色，在臺前裝了一排電燈，等我出場就全部開亮了……我初次踏上這陌生的戲館的臺毯，看到這種半圓形的新式舞臺，跟那種照例有兩根柱子擋住觀眾視線的舊式四方形的戲臺一比，新的是光明舒暢，好的條件太多了，舊的又哪里能跟它相提並論呢？這使我在精神上得到了無限的愉快和興奮……

王、梅二人「一期」（一個月）唱下來，觀眾仍然熱情不減，又延長了「半期」——那時候，王鳳卿在上海已經早有名氣，梅蘭芳初次赴滬也算是大獲全勝。

梅蘭芳第二次南下是在一九一四年底，一九一五年初從上海歸來以後，有一年半的時間都是在忙著編排時裝新戲、古裝新戲，嘗試著把上海舞臺求新求異的演出理念帶到北京。看到上海的新劇場、學習了上海的革新思路、得到了上海觀眾的認可和歡迎，這是梅蘭芳兩次南下的收益。

楊小樓民國元年（一九一二）從上海歸來之後，對於上海的布景新奇、座位舒適的新式舞臺情有獨鍾，他的感受也許和梅蘭芳差不多，可不同的是，他念念不忘於要把上海的新式舞臺搬到北京……

他與買辦孫蓋卿、商人殿閬仙、名旦姚佩秋志同道合地用銀行借款蓋起了「第一舞臺」——也許他並不知道，那銀行借款是通過由孫蓋卿運作的，並非是通過光明正大的渠道實現的。

這個「第一舞臺」從竣工的民國三年（一九一四）一開始就不吉利，開幕火災，接二連三又有火災出現……

為了這個夢想的實現，一生之中都是只管演戲的楊小樓做了許多從來沒有做過的事：他出面組建了戲班子喜慶和社，並與鴻慶社連為一體，幾乎將京城名角一網打盡，他想要北京的名伶們都在新舞臺上展現風采。他的一齣《水簾洞》打炮戲連演七天，轟動京城。他飾演新戲，與賈璧雲合作編演《宏碧緣》，與尚小雲合作編演《楚漢爭》，與梅蘭芳合作編演《霸王別姬》。他一反常規天天出演（以前他不常出演，演出數日必定滿座），而且不怕賣力氣，常常演出最為叫座的《水簾洞》、《安天會》。為了這個新式舞臺，他幾乎是竭盡了全力。

然而，楊小樓卻不懂經營，他可能不知道：籌資建園、添置設備、雇傭員役、健全組織、經營副業、招徠觀眾、收益分配、收回投資、協調合作關係等等，都是很深的學問。

抱著不同目的的合作者，不久就由經營管理起因，導致了債務問題發作，受到利益驅動的「警察廳司法處」以權力機構的身份介入了「第一舞臺」的糾紛，未經審理就做出判決並且馬上執行。

當然最後還是沒有權力背景的人損失慘重，三個股東之中的商人殿閬仙破產抵債，還搭進了自己的性命；楊小樓的一生積蓄（三萬餘元）全數變成了「抵債款」——那可是楊小樓多年以來在舞臺上一招一式換來的辛苦錢啊；結果也仍然還是有權有勢的人裝滿腰包……

民國二十六年（一九三七），這個擁有很多「京城之最」的，具有劃時代意義的「第一舞臺」，在又一次火災之中結束了它的歷史——它同時也焚毀了楊小樓一生當中在舞臺下的唯一的一次創舉。而且，楊小樓次年的去世，顯然與他的三萬餘元遭到「查沒」，失去了一生的積蓄，經濟拮据有關。

沒有人給他做過口述史，也沒有人紀錄下他的感受，他的一切都隨風而逝了。

這是楊小樓南下上海的「收穫」——與譚鑫培和梅蘭芳相比，老譚和小梅的收益聰明而且現實，楊小樓可是太浪漫、太理想了。

在接受新潮方面，諸如舞臺、照明、夜戲、新戲等等，北京都是要比上海慢好幾拍，而且，上海接受新思想一往無前、舉一反三，北京接受新事物不僅踟躕不前，而且進進退退、經常回潮，比如一些書籍、刊物曾經這樣紀錄：

上海的夜戲出現在仿京式舞臺滿庭芳建立的同治六年（一八六七），而京城夜戲始自民國初年（一九一二），一說始自「第一舞臺」，那就已經到了民國三年（一九一四）。

上海的舞臺使用「煤氣紗罩燈」作為照明設備，始於滿庭芳建立的同治六年（一八六七），而在光緒十二年（一八八六）《申報》九月十七日已經登載了上海戲園使用「地火電燈」作為照明設備的社論，一九〇八年的「新舞臺」開始使用燈光布景。而北京的「第一舞臺」建成開始使用電燈，卻是在一九一四年。

上海的第一家京劇女班戲園（美仙茶園）出現在光緒二十年（一八九四），而最初天津女班進京演出的時間是民國元年（一九一二）。

上海第一座仿日式新式舞臺「新舞臺」建立在光緒三十四年（一九〇八），北京的新式舞臺「第一舞臺」則建成於民國三年（一九一四）。

上海的新戲編演，始於同治時期的京班戲園，時裝新戲始於光緒三十年（一九〇四）（汪笑儂《瓜種蘭因》、潘月樵《潘烈士投海》），而在北京，梅蘭芳的《孽海波瀾》上演於民國三年（一九一四），是為北京編演時裝新戲之始。

……

事實上，在追趕時髦方面，京派遠遠趕不上海派，梅蘭芳從一九一五年四月至一九一六年的九月，在實驗了十八個月的新戲改革之後，開始總結經驗，他檢討了京劇改革的可能性和北京的演員和觀眾對於新戲的接受能力、鑑賞能力之後，走上了古裝新戲的改革之路，時裝新戲則被停了下來——北京人求新求異的要求和能力畢竟有限。

相比之下，京城出現的時裝新戲中，尚小雲的《摩登伽女》改革力度最大——佛教故事、燙髮、絲襪、高跟鞋、印度風格的服裝、跳英格蘭舞，都使人感覺耳目一新，在《順天時報》舉行的「五大名伶新劇奪魁投票」中得票也是最多（六千六百二十八票），竟是梅蘭芳《太真外傳》（一千七百七十四票）的三倍半，可是他仍然不能名列四大名旦之首，北京人仍然喜歡「移步不換形」的梅蘭芳。

新式舞臺被北京人接受也是一波三折，「第一舞臺」之後，雖然又有新明大戲院、開明劇場，而且其他的舊茶園也對舊舞臺和舊設備進行了或多或少的改造，比如：把臺口改成半圓形，其他卻保持原狀；臺前安裝兩排普通電燈，卻仍然不夠明亮，大軸戲上場的時候，臺前左右還要吊上兩盞大煤氣燈，特別是管理上一仍其舊——並不預先售票，仍然使用「看座的」，仍然要沏茶、賣點心、甩手巾把……北京人還是覺得一邊看戲，一邊喝茶，一邊嗑瓜子，一邊叫好才算「有派」。

三十年代的報刊雜誌對於京派、海派的來源、特點，京派新戲、海派新戲的優劣都曾經有過各種各樣的議論，各說各話之外也不乏投入的、情緒化的互相攻訐，直至今天，讀起來還是會令人覺得有滋有味。時過境遷了將近一個世紀之後，京派和海派已經成為歷史概念進入了回憶和戲曲史。工具書中對於京派和海派的介紹已經是字裏行間力求冷靜客觀，比如：

> 京派……清末起逐漸形成。主要特點是重視基礎功夫的鍛鍊，嚴格講究藝術規格……另一方面是藝術思想比較保守，接受新鮮事物比較遲緩。近年來這種封閉式的思想已經逐漸消除，一般改稱北派。
>
> 海派……主要特點是勇於革新創造，善於吸收新鮮事物，及時反映現實生活……另一方面……追求噱頭、華而不實、膚淺庸俗。近年來這種商業化的影響已經逐漸消除，一般改稱南派。（見《京劇知識手冊》）

這樣敘述的好處是沒有了煙火氣，可同時也就沒有了味道。

第十三章　早年名伶們的修養和派頭

優伶在元、明兩代都被看作是「賤民」。

在元代他們被叫做「官身」，有義務無償地為官府服務。

在明代，情況比較複雜，但是，他們屬於「樂籍」，不准與「良家」通婚，不准參加科舉考試，衣著以及乘坐受到限制，一仍其舊。

清代《大清會典》把人分為「良」「賤」兩類，娼妓與優伶都是明文規定的「賤民」。

但到了清末民初，社會情況發生的諸種變化，影響到優伶們的社會生活，一大批名伶的文化修養、經濟地位、社會地位都發生了奇異的變化，如果我們從學術上進行考量，大致可以歸納為以下幾點：首先是政權（包括律令和發佈律令的帝王）對於優伶和戲曲的態度和規定發生變化，壓迫藝人的有關律令在執行上發生鬆動。其次，由於晚清帝王對於戲曲的嗜好愈演愈烈，始於咸豐十年的、大批優伶獲得的內廷供奉的桂冠，使他們的社會地位急劇上升，「賤民」的說法逐漸消失。第三，晚清時期戲曲的商業化程度日趨提高，戲曲演出逐步成為當時作為大都市的北京的娛樂時尚和消費熱點，特別是到了清末民初，名伶的經濟收入節節攀升。第四，在經濟收入大幅度飆升的同時，名伶們的社會地位也得到根本性的改變。

第一節　經濟地位的飆升

程長庚時代戲班子的分配實行「包銀制」，那是一種根據伶人的技藝不同，按月計算報酬的分配制度，從伶人加入戲班子的時候就說好了包銀的數目，一年之內不做更改，那時候，同是「吃戲飯」的名伶和普通伶人的報酬相去不遠，多少帶有一點平均主義的色彩。

光緒初年楊月樓從上海回到北京，他覺得自己很能叫座，拿包銀不合算，提出要每天「分成」，就是在每天的戲班收入裏面，他要幾成（十分之幾），因為戲班子要仰仗他的號召力，所以就答應了他的要求，從此戲班子的「包銀制」就改成了「戲份制」。

以「戲分制」代替「包銀制」是一個有著標誌性意義的、非常大的變化，他的實質性內容是拉開了名伶與普通伶人的收入距離，「戲份制」潛在的商業理念是：誰有叫座能力誰就應該多拿錢！

無論這「戲分制」是不是楊月樓從上海帶進京城的新觀念，它都意味著北京戲曲界商業化的新進展，它的直接結果就是：名伶收入的大幅度提升。

我們可以以光緒和民國時代的名伶譚鑫培和梅蘭芳為例，從他們收入的一個側面，看看他們的經濟地位上升的神速。

總括一下劉菊禪的《譚鑫培全集‧譚鑫培之戲份》和周劍雲的《菊部叢刊》裏面的紀錄，可以把譚鑫培（從光緒初至民國初）的營業戲、堂會戲、外串、外出上海的收入變化列成下表：

時間	營業戲（一齣戲戲份）	堂會戲（一齣戲報酬）	外串（特約）（一齣戲報酬）	外出上海（一個月包銀）
同治末至光緒初	四吊至八吊京錢			
光緒中葉	二十四吊至四十吊	十兩		
光緒庚子	七十至一百吊	二十兩		
光緒庚子後	一百吊至二百吊	一百兩		
光緒末宣統初	一百五十至二百吊	二三百兩	五十兩	
宣統初	臨時演出戲份：三百至四百元			
清末民初			一百兩→二三百兩→ 五百兩→七百二十元	
光緒二十七年				二千元
民國元年				包銀一萬六千元其他費用五千元

由於白銀、銀元、銅錢、銅元之間的換算非常複雜，特別是光緒、宣統、民國年間，幣制的更換尤其頻繁，很難做到準確的估算，只能從數字遞增上做一點類比：

營業戲戲份：從光緒初（京錢八吊）到光緒末（京錢二百吊）是翻了二百五十倍。

堂會戲報酬：從光緒中葉（十兩）到光緒末宣統初（二三百兩）是翻了二十至三十倍。

外串報酬：從光緒末宣統初（五十兩）到清末民初（五百兩至七百二十元）翻了十幾倍。

外出上海一個月包銀：從光緒二十七年（二千元）到民國元年（一萬六千元），十一年間翻了八倍。

譚鑫培是清末民初頂尖的名伶，他的收入變化情況雖然不能夠表現伶人的全部，可是卻能夠代表名伶在那一時期經濟收入陡然攀升的軌跡。

梅蘭芳生於光緒二十（一八九四）年，十歲之前生活在伯父梅雨田家中，過的是入不敷出、寅吃卯糧的日子。十四歲那一年，梅蘭芳做歌郎結識了馮耿光。穆辰公民國六（一九一七）年的《伶史》和波多野乾一民國十五（一九二六）年的《京劇二百年歷史》都記載了馮耿光給梅蘭芳「為營住宅，卜居於蘆草園」、「為營住宅於北蘆草園」的事情，時間應該是在光緒三十三（一九〇七）年。

一九〇八年，梅蘭芳的母親病逝之後，梅家遷居鞭子巷三條，梅蘭芳在這裏結婚生子。

一九一一年，梅家遷居鞭子巷三條，梅蘭芳自言：「鞭子巷三條，是一所極平常的四合房，上房五間，左手兩間是祖母的臥房，右首兩間是伯父伯母帶了兩位未出閣的妹妹住的。當中這間，佈置了一個佛堂，我祖母喜歡看經念佛……我伯父在上年（一九一四）的秋季就病死在這所房裏。」

從民國五年（一九一六）起，梅蘭芳收入漸多，他用兩千幾百兩銀子，「典了」一所寬敞的房子，又一次住進了蘆草園。

據梅蘭芳在二十世紀五十年代《舞臺生活四十年》中的回憶描繪，蘆草園的房子「是兩所四合院合併起來，在裏邊打通的，上房是十間，南房也是十間。南房這部分除了一間是大門洞，一間是門房，再緊裏邊靠牆是堆雜物的一間之外，其餘的七間：外面的三間打通了是我的客廳；裏面的四間也打通了，是我用作吊嗓、排戲、讀書、畫畫的地方。我們都叫它書房。有些熟不拘禮的朋友，和本界的同仁來了，就在這一大間書房裏談話。」梅蘭芳「熟不拘禮」的朋友應該是包括馮幼偉、齊如山、樊樊山、李釋戡、羅癭公等等。

梅蘭芳購買無量大人胡同的房子應該是在民國十三（一九二四）年之後，因為梅的祖母故去是在一九二四年，那一年他還住在蘆草園，祖母去世的時候，梅蘭芳三十一歲，那時候的他已經取代了譚鑫培，成為梨園行公認的、首屈一指的名伶，已經有能力隨心所欲的為自己購置和建造房產。

許姬傳的《許姬傳藝壇漫錄》中對無量大人胡同的房子也有詳細的描繪：

梅蘭芳後來買了無量大人胡同的宅子，北平淪陷，搬到上海之前，他一直居住在這裏，也是兩所四合院合起來的。一九四九年我隨梅蘭芳先生到北京參加文代會，住在東交民巷六國飯店。一天，梅先生邀我同去無量大人胡同，他說：「這所房子，是在抗日戰爭時期，我因經濟困難（停止演出）賣掉的。」到了門口，見門外掛著一塊「攝影協會」的牌子。進門後，他帶我走進一座小樓，是座有衛生設備的「洋樓」，陽臺是圓形的。下樓時，他說：「這座洋樓在古老的四合院群中，是並不協調的。」說著走進了樓對面的一間大平房，房內上方設有藻井，雖已褪色，仍可看出彩繪雕琢的圖案。梅先生說：「當初這裏是個院子，建造這座廳是我的主意，並請彩畫工匠把一個乾隆粉彩盤子裏的圖案照描上去。」他又說：「這就是『綴玉軒』，當年曾在這裏接待過許多國內外的文學家、藝術家、詩人、畫家。印度詩人泰戈爾、瑞典皇太子古斯塔夫、日本歌舞伎座的守田勘彌、村田嘉久子都在這裏做過客。」

無量大人胡同房子是梅蘭芳親自設計和改建的，它的時髦、豪華和氣派，都是梅蘭芳作為一代名伶經濟地位的寫照。

在諸多的關於梅蘭芳的敘述裏，不僅梅蘭芳第一次蘆草園住處的來源被諱言，無量大人胡同房子的變賣原因也是眾說紛紜。梅蘭芳自己說無量大人胡同的房子是在「抗日戰爭時期，我因經濟困難（停止演出）賣掉的」，可是一九四九年後就定居香港的吳性栽在《京劇見聞錄》說是：

當時（一九二七年）梅跟孟小冬戀愛上了，許多人都認為非常理想，但梅太太福芝芳不同意，跟梅共事的朋友們亦不同意，後來梅的祖老太太（梅雨田夫人？）去世，孟小冬要回來戴孝，結果辦不到，小冬覺得非常丟臉，從此不願再見梅。

有一天夜裏，正下大雨，梅（蘭芳）趕到（孟）小冬家，小冬竟不肯開門，梅在雨中站立了一夜，才悵然離去，所以，梅、孟二人斷絕來往，主動在孟，但雖如此，梅總覺得是他對不起人，他想送一點錢給小冬，作為他對她愛情上缺陷的補償，可是他實在沒有錢，最後，他把心愛的無量大人胡同的房子賣掉了，大概得到了三四萬塊錢，託人送給了孟（小冬）。

許錦文《梨園冬皇・孟小冬傳》說是：

（梅孟仳離之後）一九三一年夏、秋之交，（孟小冬）南下上海，正式延請鄭律師為法律顧問，要讓（梅）蘭芳給個說法……杜月笙給梅蘭芳掛了北平長途，告訴他小冬來滬請律師事，杜說：「好來不如好散，公了不如私了，不是我偏心，好男不跟女鬥，真要鬧起來，大家面子上都不好看，以後的路還要走。我來做個和事佬！請梅老闆拿出個三萬、五萬的，算作離婚補償，從此脫離關係，鄭大律師那邊也由我去打個圓場。梅老闆，您看怎麼樣？」

梅蘭芳在和孟小冬分手之時，本來就想送一筆錢給她，欲化解矛盾，以表心意，怎奈當時她（孟小冬）耍小孩子脾氣，一口回絕，現在又把事情鬧到上海去了，雖然心裏不很痛快，但杜月筆親自出面調解，不能不買他的賬，所以在電話裏滿口答應：「好吧！就按杜先生說的辦，給四萬。」……為付這筆錢，他後來不得不把他心愛的北平無量大人胡同的花園住宅賣掉，一九三二年四月全家遷居上海。

吳性栽和許錦文的敘述，都說是變賣這所房子的原因，關乎梅蘭芳同居四年的紅顏知己、當時的名伶（女老生）孟小冬。

始於一九二七年終於一九三一年，由兩情相悅而結合，因名分不正而分離的梅孟之戀，曾經轟動了當時北平的梨園內外：當時，梅蘭芳是首屈一指的名伶，孟小冬正在走紅；一個男旦、一個坤生；一個年過而立、一個青春年華；一個有兩個妻子，一個初涉戀情……他們的關係有太多的看點，周圍的人也在起勁地撮合，於是這兩個公眾人物被關注、被追蹤、被爆炒、被讚美、被扭曲……也就在所難免。

梅孟之戀的當事人有四個，四個人立場不同想法各異：梅夫人王明芳一兒一女都已夭折，自己又做了絕育手術，自從福芝芳進門之後就退居次位的她，此時已經是肺病三期，住在天津的醫院裏，對於孟小冬與梅蘭芳的結合，採取了一貫的寬容大度；二夫人福芝芳正值當令，對於梅蘭芳金屋藏嬌的「外室」孟小冬，開始是不聞不問，可是，當一九三〇年梅雨田夫人病故，梅家大辦喪事，孟小冬提出要去奔喪「戴孝」（很可能是想藉此機會進入梅家，結束不明不白的「外室」的身份）的時候，福芝芳懷揣六甲、身穿重孝、坐鎮靈堂，斷然拒絕讓那個「是妻是妾，身分不明」的孟小冬進門磕頭，絕不給她進入梅家的機會。福芝芳站在「理」上，左右為難的梅蘭芳顯然也是不能做主，孟小冬含羞帶愧離開梅府之後就大病一場，一直希望自己在梅家得到名分的孟小冬徹底敗北。

這一場沒有結果的戀情，讓情真意切的梅孟二人都受到了傷害：梅蘭芳賣了無量大人胡同的房子，以四萬元的補償了結此事，然後回到福芝芳的身邊，繼續忙家事、忙演出、忙出國……埋葬了他對於這段戀情的回味和感受。

梅家賣了房子遷居滬上，也許讓孟小冬覺得是挽回了些許面子和尊嚴……

和任何時代的任何一樁不對等的婚外戀一樣，受傷害最多最深的一定是女方，這場刻骨銘心的戀情的陰影一直跟隨著孟小冬，先是使她經歷了二十二年的痛不欲生、絕食自殘、謝絕舞臺、剪髮洩恨、吃齋念佛……多年之後，方才重新於平津獻藝、拜師余叔岩，繼續她的伶人生涯。對於婚姻心灰意冷的她，最後終於走到了屈從杜月笙這一步，二十二年之後的一九四九年她四十二歲了，才與六十三歲、已經病入膏肓的杜月笙補行了結婚禮，擁有了一個屬於她的「名份」。

梅蘭芳於一九六一年亡故於北京，孟小冬在七十歲的一九七七年病逝臺北，帶走了他們不為人知的內心感受和他們所經歷的人世滄桑。（見許錦文《孟小冬傳》）

在一九四九年以後出版的京劇史相關敘述中，梅孟之戀一直被小心地回避著，直到進入二十一世紀，這件事才被重新發掘出來並進行重新的闡釋，而此時此刻，孟小冬已經沒有了發言權，因為她沒有兒女，也沒有人代她發言。

當然，這些都是個人隱私細節，當事人梅蘭芳的說法與他人的記載不同，也在情理之中。

……

從梅蘭芳遷居記載的縫隙裏，我們其實可以覺察到梅蘭芳經濟地位的變化：清代京師「東富西貴南貧北賤」的說法大致不錯，梅蘭芳生在長在貧賤的南城（李鐵拐斜街、蘆草園、鞭子巷），三十歲左右的時候，他搬到富人區東城，住進了自己購買、自己參加設計的無量大人胡同華居，那時候，他已經取代了譚鑫培伶界大王的地位，成了名副其實的富人，一九三二年，梅蘭芳遷居上海，一九五一年，當他的全家重新遷回北京，住進了王府近鄰的西城護國寺街一號的時候，他本人也已經貴為新中國的官員。

無量大人胡同的房子是梅蘭芳的鍾愛，賣了它也是別有隱衷，難怪在事隔十七八年之後的一九四九年，梅蘭芳還會邀許姬傳同去看望久別的無量大人胡同舊居，可能是因為那裏有梅蘭芳太多太多的心血和記憶……

許姬傳在《許姬傳藝壇漫錄》中說：

> 一九四九年梅蘭芳到北京參加文代會，周恩來同志（當時是副主席）對梅蘭芳說：「我希望你們到北京來主持即將成立的『中國戲曲研究院』，你可以住到無量大人胡同。」
>
> 那天，梅先生和我商量說：「此房在解放前賣給柯家，現在如果住進去，人家會懷疑我倚靠政府力量強佔此屋，你把這層意思告訴阿英同志，請他向周副主席代達我的苦衷。」

也就是說，新中國建國以後，梅蘭芳曾經有機會再住進無量大人胡同，那也就是周副主席一句話的事，然而，梅蘭

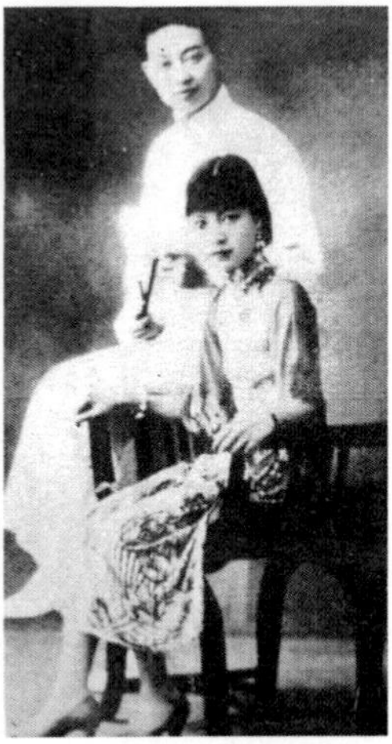

右：一九二八年梅蘭芳、孟小冬合影。
左：梅蘭芳（左六）在北京的寓所接待英國駐華公使，馮耿光（最後排左一）等陪同。

芳到底是有自尊和道德底線的人。

譚鑫培、梅蘭芳們作為頂尖名伶收入的大幅度飆升，與戲曲本身地位的改變是同步的，當然，更多的是直接受到市場需求的升沉浮動的影響，特別是當戲曲成為一個時代的時尚消費藝術的時候。

當時的名伶們雖然不是都能趕得上老譚和小梅，可是，有能力置辦自己的行頭、自己的下處、自己的騾車、自己的跟包、洋車的人也不在少數。

第二節　社會地位的驟變

事實上，到了光緒時期，名伶的社會地位已經相當顯赫，特別是在清末民初，戲曲的性質，不僅僅逐漸從以雜劇戲謔、滑稽調笑娛人，走向帶有現代意味的商業化的消費藝術，而且在一些具有革命意識的人那裏，還被賦予了「改良社會，戲曲之鼓吹有功」的政治意義。隨之而來的，就是在戲曲表演行業之中，從業優伶社會地位的根本性變化。

在經濟地位上升的同時，名伶們的社會地位也逐漸發生改變——上層社會開始接納這些曾幾何時還被看成是「下九流」的「戲子」，最引人注目的是八旗官員、漢官文人、豪客富商都開始與優伶密切往來——與他們交朋論友、談藝學藝、平等相處，甚而至於巴結逢迎……似乎能夠與名伶、明星交往，已經被視為是一種「光榮」，或者是一種「身份」的標誌；一種「風流」或者「風雅」的表現。傳統的觀念顯然已經發生混亂和動搖。

這種混亂和動搖，是從道光年間開始的，比如，楊掌生在《京塵雜錄》中，就談到了京師優伶與文人、士大夫交往的開始和關係的變化。

一九三二年的《劇學月刊・旗下提倡戲曲》中談到了同治、光緒年間旗人士大夫與伶人的親密關係和旗人高官們普遍性的票戲愛好：

> 清同治間，旗下士大夫提倡戲曲者，以工部侍郎明善為最，次則戶部侍郎延煦。光緒朝，延煦進禮部尚書，猶日與伶人往還，蓋終身如是也，其後則肅親王善耆、戶部尚書立山、將軍溥侗，均以知音名，善者、溥侗均自登場，溥侗藝尤工。

《劇學月刊・譚鑫培專記》中，還記載了譚鑫培一生之中最榮耀的「經典」故事：

> 光緒宣統之交，「店主東……」（譚鑫培的拿手戲《秦瓊賣馬》中的唱詞）之聲洋洋盈耳，迄今雖有「只罵得……」（程硯秋的拿手戲《賀後罵殿》中的唱詞）佔去大部分勢力，但譚音仍然與之分途發展，這是說鑫培在民間的勢力。
>
> 再則，在所謂廊廟中，亦復有很大的勢力，這裏可以舉一個例：光宣間，慶親王給他的一個姨太太做壽，要唱壽戲，當然是邀了鑫培。那夜裏酒綠燈紅，奇饌雜陳，在座的都是一個個腦滿腸肥的所謂社稷之臣。
>
> 忽然一位官員用輕細的腳步走到慶王面前，低聲報告：「鑫老來了！」慶王立刻自己跑到儀門口去迎，在座百官自然也就跟著慶王去接，慶王並且和鑫培攜著手走進來，累得文武百官都侍立著不敢先走一步。慶王把鑫培帶到一個抽大煙的屋子裏，用那人間所不易見到的闊綽煙具來招待他，

讓他抽個十足，這才陪他和那些文武百官品茗談天。

在談天時候，慶王說：「鑫老來了，我很有面子，我很感激！但是，請鑫老再賞一個面子，唱兩齣好戲，如何？」鑫培說：「這也不難，只是我的病剛好一點，恐怕不便遵命！如果定要我唱兩齣，便是軍機大臣下命令也不行，除非那軍機大臣向我跪求，面子礙住了，我就只好不顧性命唱兩齣。」鑫培這話，不過是極力推脫不肯唱兩齣，萬不料話猶未完，卻已有一位朝衣朝冠的人向他跪下了，你道是誰？那就是軍機大臣那桐！這夜裏，他才勉強唱了兩齣戲。

袁世凱做五十歲整壽唱戲，鑫培剛出臺，有一個和老袁坐在一塊兒的大人物突然起立朝臺上拱手行禮，此人是誰？又是這位那桐、那琴軒先生。

那時，他是一個六品銜的內廷供奉，甚為慈禧太后所寵幸，他之為朝士所尊崇是沒有問題的了。

慶親王和軍機大臣那桐一接一跪的故事廣為流傳，使得本來就不脛而走的譚鑫培神話，從「六品銜」、「內廷供奉」一直擴展到「譚貝勒」。

清末民初時候名伶與旗人貴族、官員富戶的來往交際不絕於書，《南北看》、《談余叔岩》、《大雜燴》、《舞臺生活四十年》、《春遊紀夢》、《故宮退食錄》等書中的記載比比皆是，他們之間的關係，從有天壤之別的貴賤有份、各安其位，演化成為社會地位幾乎達到平等的「朋友」，而且，他們之間還有很多親密交往的故事不脛而走：

（溥西園）對於庭院的佈置，也是不惜重金。因為看中了言菊朋家裏有一株樹，姿勢很有畫意，就和言菊朋商量，能否出讓，言菊朋說：「我沒打算賣樹，你如果十分喜歡這棵樹，我就送給你，可是你怎麼挪走？要是移到你家種下去不活，那不是白饒嗎？」當時西園先生向護國寺悅容花廠請來一位種樹人，經過與種樹人研究，提出了具體辦法：需要五個年頭的工夫，第一年先在樹的北面挖下去，切斷這一面向外延伸的根，用木板插進泥土中做截斷，然後仍舊把土埋起，以後每年做一面，第五年做樹根下面，到第六年才可以起動，連根帶泥用草席、草繩包起來，運到另一個地方種下去，可以保活。後來就是照這個辦法做的。據說在言家運出的時候是拆了一段牆，到西園先生家也是拆牆進去的。這株樹確實活了，西園因為菊朋不要錢，就贈了他一身黃靠。菊朋先生在世時凡是演黃忠的戲，一直是穿這身黃靠，西園先生種活了這棵樹也心滿意足，所花費的人工、物力價值大概比十身靠還多。（見《故宮退食錄‧記溥西園先生》）

到民國七八年，北平的遜清遺老、各界名流，一股狂潮力捧小梅，把個梅蘭芳捧成名伶大王之後，《群強報》上的木刻排名，字的大小，先是譚、梅並駕齊驅，後來小梅名字加上花邊，之後索性梅的木刻姓名大於老譚了。老譚本就性情高傲，連遜清的那中堂琴軒、內務府大臣世續都管他叫譚貝勒，平起平坐，現在小梅居然咄咄逼人，要把他壓下去，嘴裏雖然不說什麼，可是心裏總彆彆扭扭的一直不痛快。

後來有一次，金魚胡同那家花園唱堂會，譚跟那琴軒的交情相當深厚，特地自告奮勇，要跟小梅唱一齣《探母回令》。梅大瑣一看這裏頭有文章，除了關照小梅場上要多加小心之外，也沒有其他好辦法。等〈坐宮〉一上場，老譚使出渾身解數，同時放下煙槍就扮戲神滿氣足，嗓筒兒又高又亮。對口板如珠走盤，不但乾淨俐落，而且板槽扣得滴水不漏。小梅一看譚老闆是跟我校上勁啦，事已如此，也只好一咬牙抖擻精神，全力以赴啦。

小梅向來不管多累的重頭戲，臉上不會見汗……（可是）把這場戲唱下來，梅蘭芳向來不見汗的臉，汗珠兒也直往下滴搭，從此以後，倆人的疙瘩算是結上啦。

後來，雖然倫貝子溥倫和紅豆館主溥侗哥倆出名擺過一次請兒（清客），暗含著（暗地裏包含著）給譚、梅拉拉和，可是倆人始終耿耿於懷。譚老闆去世，出殯的時候，用寸蟒棺罩，六十四人槓大出喪，天津、上海梨園行有頭有臉的都趕到北平執紼送殯，楊小朵跟余玉琴一邊送殯一邊咬耳朵。楊說：譚老闆上回把小梅大概真擠兌急了，小梅一向對梨園老一輩兒的，永遠是敬老尊賢執禮順恭，譚的喪事居然禮到人不到，可見得實在太傷這孩子的心了。（見《南北看・燕京梨園雜談》）

記得當年合肥李新吾經畬（李瀚章公子）在他甘石橋寓所過六十大壽，他的公子炳廣是春陽友會名丑票，會友大眾合送一場代燈晚（從下午到晚上）的清唱，李八爺（新吾行一）跟陳德霖是多年老朋友，晚飯後陳老夫子自告奮勇跟袁寒雲來了一齣《鴻鸞禧》，陳是正工青衣，平素不苟言笑，這種說京白閨門旦的戲，在任何場合也沒露過，臨場居然茹柔雅謔一絲不苟，看他龐眉皓髮，一種小兒女嫣紅柔綠可掬嬌態，真是妙絕……後來馮六爺耿光等人一起鬨，臨時攢了一齣《打麵缸》，梅畹華的張才、王君直的大老爺、李炳廣的老爺、侗厚齋的王書吏、趙桐珊的周臘梅、余叔岩司鼓、穆鐵芬吹嗩吶，大家都是臨時鑽鍋（上場之前沒有排練）溫居賀喜一場，你一言我一語，把個周臘梅又要搭茬兒，又要提調，鬧了個暈頭轉向。事後梅蘭芳說：這是他第一次上清音桌，也是第一次唱《麵缸》。（見《大雜燴・古都茶樓清音桌兒的滄桑史》）

溥西園與言菊朋之間贈樹回靠、移樹拆牆，都可以視作朋友之間互通有無；譚、梅二人結下樑子，貝子溥倫和紅豆館主溥侗哥倆出面請客，意在希望他們盡釋前嫌，也算是朋友之間的好意；李鴻章之兄、兩廣總督李瀚章的公子，顯貴李新吾、袁寒雲、馮耿光、溥西園和名伶陳德林、梅蘭芳、趙桐珊、余叔岩、穆鐵芬……在堂會上一起起哄、鑽鍋、調笑、取樂，更是顯示了他們的親密無間。

再加上唐魯孫的《南北看》裏，紀錄了譚鑫培和那琴軒（軍機大臣）的交情相當深厚，樂十二爺（同仁堂老闆）跟（王）瑤卿交情久長，孫養農的《談余叔岩》裏說是，民初河南督軍張鎮芳之子張伯駒與余叔岩交遊有二十年之久，馮耿光說是，溥西園（前清皇族近支）與梅雨田常常在梅家討論音樂問題，梅雨田對溥侗很隨便，反是侗五爺對梅雨田很謙和。

可見李大猶在《燕都名伶傳》序中感歎：「伶人地位日高，安富尊榮，為天驕子，貴賤今昔，不啻雲泥……」所言甚是。

至於張伯駒《春遊紀夢・紅毹紀夢詩注》之中所說：

> 李石曾以退回庚子賠款成立中華戲曲音樂院，內設南京分院、北平分院。南京分院屬程硯秋，北平分院屬梅蘭芳。南京分院並不在南京，仍在北平，院內並附設戲曲音樂學校。北平分院則只成立一委員會，梅蘭芳、馮耿光、齊如山、余（張伯駒）及王紹賢為委員，既無附設學校，亦無研究機構。
>
> 李又以庚款（退回庚子賠款）支持程赴法國出演，一時程大有凌駕乃師梅蘭芳之上之勢。此時由馮、齊、王及余倡儀，梅、余（叔岩）合作，成立國劇學會，此為師生鬥法之事……中國銀行有馮耿光、張嘉璈兩派，馮捧梅、張捧程。後李石曾自對人言云，支持程硯秋乃受張公權（嘉璈字）之託也。

民國政府的官員、中國銀行的實力人物，利用手中的資源和權力，用給名伶出國的機會和贈予官銜等等好處來參加、支持伶界梅、程二人的「師生鬥法」，這樣的事情則有點超出了「朋友交往」的範圍。

不過，從中還是可以看出名伶在社會中的位置。

第三節　名伶的修養和派頭

伶人追求文化修養始於道光年間的堂子，堂子的主人為了招攬生意，對於修飾堂子的格調和提升歌郎本人的文化品味開始注意起來，那當然是為了靠近上層社會達官和文人的愛好。歌郎們除了修飾面容、訓練禮儀、講究會話技巧、學習陪酒的能耐之外，學習繪畫書法也非常普遍……這些情況在楊掌生的筆記裏面有詳細的記載。

晚清以降，堂子逐漸衰敗，伶人們也越來越少從事「打茶圍」這一行當，可是對於文化修養的追求仍然不曾間斷，尤其是名伶們，大多數都有書法或者繪畫的一技之長，比如：

日本人辻聽花《中國戲曲》（一九二五年）出版時，王瑤卿畫梅、朱素雲贈詩、時慧寶書畫、尚小雲畫菊致以為賀。

《國劇畫報》（一九三二）中載有：梅蘭芳梅花扇面、楊小樓篆書扇面、梅蘭芳治印、蕭長華所書祝詞、時慧寶所書祝詞、余叔岩畫扇、王瑤卿畫歲寒三友、王琴儂繪畫、梅蘭芳畫佛、尚和玉祝聯、姜妙香祝字、朱霞芬為梅巧玲所書紈扇、裘桂仙祝詞、梅肖芬畫扇、王瑤卿畫菊、王鳳卿題字、王少卿題字、孫怡雲繪畫、王蕙芳題字、李桂芬祝詞、王瑤卿寫生畫、姚玉芙祝詞、朱蓮芬所書紈扇、朱桂芳祝詞、高百歲書軸、孫怡雲祝詞、高慶奎祝詞、李春林祝詞、張榮奎祝詞、高盛麟祝詞……

徐慕雲《梨園影事》（一九三三年）中載有：梅肖芬畫扇、朱素雲書扇、梅蘭芳畫佛、楊小樓所書對聯、梅蘭芳所書對聯、程硯秋書扇、王瑤卿畫扇、姜妙香畫扇、賈璧雲畫扇、荀慧生畫山水、時慧寶字、馬連良畫蘭……

這樣一大串名單是不是可以說明：晚清至二十世紀二三十年代的名伶們都很嚮往提升自身的文化修養呢？

晚清時候，戲曲遵循著自身的發展規律，已經演化成為整個社會的消費藝術。不僅視戲曲為賤役、視優伶為賤民的大清傳統律令對於優伶、平民和八旗官兵都逐漸不再有效，而且，戲曲、優伶的滲透能力與日俱增，作為生活中重要的娛樂，戲曲和名伶幾乎逐漸成為被整個社會接受、迷戀和追逐的對象。

在名伶們的經濟地位和社會地位迅速提升的同時，名伶們的自我意識也在不斷地膨脹和增強，他們的生活品味、愛好嗜好、修養派頭也都向著上層社會看齊。

劉菊禪的《譚鑫培全集・譚氏生平之嗜好》中說是：

> 遜清鼻煙盛行一時，王公大臣、商販大賈，莫不以好此為榮。外來上品，每兩有售價數百銀者。而鼻煙壺亦有稀世珍品，每只價值數千者亦有之。鑫培亦好此物，除歷來內廷承值，慈禧所賜者之外，觀音寺青雲閣東首，有已閉之鼻煙鋪，招牌裕興，為其照顧，日久竟成其坐落，每下戲必至鋪中小憩，或在家無事，閒步街市，亦必入是鋪閒話為樂，鋪中人相習既久，於其至也，亦不招呼，任其自來自往。有欲與之商量事宜者，在家不遇，至裕興必可把晤，且可脫略形跡，諸事容易接洽。據聞天津名票王君直氏，初次見譚時，即贈以價值三千餘金之鼻煙及鼻煙壺，為進見禮，亦

投其所好也。

（蟋蟀）每居秋季，必出重價，購軀幹雄偉之蟋蟀若干，所用罐子，非真正趙子玉者不用，常聚二三同好鬥之為樂……每年由此道耗費金錢，為數雖巨，亦所不惜也。

（大煙）鴉片入華以後，美其名曰福壽膏，因用之能提一時之精神，故上自王公大臣，下至販夫走卒，莫不受其害者，譚氏中年即染此物……譚氏所用之煙，除歷來內廷承差，慈禧所賞賜之上品外，平日亦非廣土（印度產來至廣東者）不過癮，所用煙具，如膠州燈、廣東槍、張拌桿子等，均為最優等者……

在我們的觀念裏：抽大煙是腐朽的統治階級的惡習，我們在戲曲史上瞭解的汪笑儂也只是「晚清戲曲改革家」的一面，卻不曉得他嗜好鴉片最深，「每日能抽煙膏二兩」。而且，吸鴉片能減免色欲（防止在男女問題上走歪道）、止小恙、止咳，上臺之前抽上半小時，可以做到中氣十足、嗓音圓潤，所以，不少名伶全都喜愛鴉片，譚鑫培、譚富英、高慶奎、余叔岩……都是「煙嗓」。

孫養農的《談余叔岩》中說是：

從前梨園行中人，因為多接近騷人墨客，所以也習於風雅，每個人都有鑑賞蒐集一種或多種古玩的嗜好，像王鳳卿之對於磁器、王瑤卿之對於漢玉、梅蘭芳之對於湘妃竹、楊小樓之對於鼻煙壺、余氏（叔岩）之對於鳥食罐，都是收藏得多而且精……

蟋蟀，北平話叫蛐蛐，梨園行中人跟富家子弟們，很多都喜歡餵養，並專門請一個人照料……譚鑫培喜歡養蛐蛐，在當時是很有名氣的，後來余氏（叔岩）也喜歡養蛐蛐，關於一切都極其考究……

徐慕雲的《梨園外紀》說到過老譚和孫菊仙的勢派、舉止和修養：

> 古今的名伶中就數老譚的派頭大，飲食起居和家中一切設備固然都考究已極，就是私下穿的衣服，也是極力模仿貝子、貝勒等裝束，四季的衣服全按單、夾、皮、棉一定的套數次序，逐日更換，白襪、套雲鞋、緞袍、漳絨馬褂、瓜皮小帽上鑲著珠玉寶石，手拿鼻煙壺，腰間繫著荷包漢玉，出門時向雙跨轅的轎車上一坐，的確很有個樣兒。同時他寓中每日來來往往的都是些達官貴人、貝子、貝勒等，同行中瞧他的舉動豪闊，儼如貝子、貝勒的勢派，所以譚貝勒這個稱呼也就遍及九城了。
>
> 菊仙這人因為是票友出身，平時極力避免伶人的習氣，照例梨園行人多不留鬚，要說平日架起眼鏡的，更不多見。但菊仙則不然，一遇休息或不被傳差的日子，他就把鬍鬚留起，鼻間高架墨鏡，緞靴貂帽，身穿皮外套，相貌魁梧，舉止端莊。如果預先不知道他是票友下海的優伶的話，那簡直真要把他當作一位候補道啦，而他這「候補道」的外號，也就是由這上頭得的。

老譚的穿著打扮著力模仿貝子、貝勒，可以八九不離十；菊仙高架墨鏡、舉止端莊，可以與候補道真假難辨；這當然都是用心擺脫伶人習氣的結果，就如同是在舞臺上表演一樣。

梅蘭芳在《舞臺生活四十年》中，也紀錄了名伶們的娛樂品味和愛好：

> 北京的風俗，每到一個季節，都有一種應時點綴。這裏面尤以跑馬賽車為最盛。像元宵節的白雲觀、三月三的蟠桃宮、端陽節的南頂（永定門外），都是跑馬的地方。

跑道是經過選擇的一條寬坦的曠地，長約一里，寬約兩丈，臨時用土墊平。跑道兩旁，許多趕會的商販，預先搭著席蓬，中設茶桌，預備看熱鬧的人憩坐。

當時跑馬的慣例，是單騎下場，講究的是要馬走如飛。同時騎馬的人的姿勢，要腰桿筆挺，不許傾斜，從起步到終點，一氣貫串。馬的步伐需要單腿邁步大走，如果雙腿摟竄，就不合要求了，兩旁觀眾也必報以倒彩。這純粹是一種娛樂，不像後來的跑馬，觀眾可以買票，跑著頭馬、二馬，還能得彩，就帶有賭博性了。

參加這種盛會的，大半是一般社會上的闊人。親貴中的濤貝勒與肅王、鉅商中的同仁堂樂家、戲劇界的譚鑫培，都是此中能手。最令人矚目的是譚老闆，一下趟子（就是下場）觀眾就叫好不絕。那時，他已經是六十開外的老人，精神抖擻、姿態飄逸，頭戴黑緞小帽，上綴紅結，正面釘一塊碧璽，身穿梅花鹿皮坎肩，下穿皮套褲，足蹬快靴，荷葉襪子（是一種雙層布襪，襪上還鎖有黑花），腰繫「搭膊」（即腰帶），穩坐在鞍上。只見馬尾飄揚，馬步勻整，蹄聲的合拍，如同戲臺上快板一般。觀眾看到他實際騎馬的姿勢，更會聯想到他在舞臺上上馬、下馬、趟馬的各種抽象的姿態。拿來做一種對照，非常有趣。所以兩旁彩聲雷動，他本人也顧盼自喜。

賽車的分兩種：一種是車夫執鞭，車主跨沿；一種是車主執鞭，約請名流跨沿。騾子的步伐與跑馬相同，也講究大走，不許摟竄。這時候我們戲劇界裏的好車都齊集會場，一顯身手，如王楞仙、楊小朵、陸華玉、朱素雲、俞振庭等，都是賽車跑馬的健將。我那時年紀很輕，只能跨沿，還不能執鞭。

從光緒初年到清末民初再到二十世紀二三十年代，以譚鑫培為首的一大批名伶在經濟收入和社會地位方面，都經歷了翻天覆地的變化，他們迅速地從社會的最下層上升到上層社會，他們的交往層面、生活品味、業餘愛好，甚至於心理思維都發生了根本性的改變。

從八旗官員、漢官文人、豪客富商一方來看，名伶顯然已經不再是傳統意義上的「賤民」，也不僅僅是「平民」、「良民」，而是帶有了一種「明星」的意味。

而且最重要的是，他們擁有了一個比較固定的愛好者群體、一大群崇拜者——從帝王、王公貴族、旗人高官，一直到引車賣漿者流。

如果是在今天，這些人就應該叫做「追星族」了。

後記

記得小時候，父親和兄長在一起看裱在畫軸上的兩個扇面，一個上面寫著字，一個上面畫著畫，父親還對兄長說：「時慧寶的書法在名伶裏面首屈一指，他是臨魏碑出身。」當時我也在旁邊像「狗看星星」一樣的亂看一氣。

很多年之後，我對時慧寶有了一點瞭解，知道他出身梨園世家，是「同光十三絕」之一時小福的兒子、藝宗「三鼎甲」之一的孫菊仙，後來在上海聲譽日隆，民國年間成了與劉鴻聲齊名的京劇老生，他書法上乘且多才多藝、崑亂並進，還可以在臺上自拉自唱、臨場揮毫。

這時候我才有興趣仔細地看父親保存的那兩個扇面：有字的扇面開頭寫的是「嶽峻基厚，流清源潔」，結尾是「天經至極，人倫終始」，落款是「壬午夏五月 藹光先生雅正 時慧寶」；繪畫的扇面畫的是蘭花，題名「卻俗」，下署「壬午夏五月 藹光仁兄正 智農又寫於古都」（「藹光」是我父親的名字，「智儂」是時慧寶的字），字和畫的首尾都有朱文白文的圖章和閒章很合規矩地鈐在妥當的地方，扇面是絹質，一方還能看清的閒章寫著篆字「智農畫蘭」，很是雅氣。

「壬午」是民國三十一年（一九四二），當時，請名伶寫扇面畫扇面是時尚，那一年我父親二十四歲，正是追星勁頭十足的年齡。

上個世紀的五十年代，兄長進入了北京工業學院，他在學生文工團的京劇隊裏票戲唱老生（當時的高校都有京劇隊這樣的學生社團組織），北京工業學院的學生京劇隊有黃金璐這樣的名伶指點，後來居然可以粉墨登場，兄長的《探母》、《回令》、《碰碑》、《空城計》都演得不錯，一張《草船借箭》的照片留存至今，他飾演的諸葛亮身穿八卦衣，手執羽毛扇，功架和神情也是中規中矩的，記得他和他的同學們（琴師尹國梁、丑角陶龍光、小生張世傑）都曾經聚在我們家清唱過癮，當時兄長也是二十一二歲。

兄長比父親強，父親一張嘴就跑調，父子倆都喜歡四大鬚生，可是卻經常爭得面紅耳赤，父親說譚富英聲音洪亮悅耳，兄長說楊寶森的嗓音是「雲遮月」，發音吐字有韻味。

六十年代我上高中的時候迷上了京劇，開始是喜歡老生馬連良，整天哼的是「諸葛亮上壇臺觀看四方啊……」，後來改學旦行，喜歡梅蘭芳和張君秋。當時，廣播電臺每天都有半小時「教唱京劇選段」，放學之後我都是趕快做完作業，然後，面對著收音機跟著學唱，廣播電臺教的都是名戲中的名段（比如：張君秋的《望江亭》中的「只說是楊衙內又來攪亂……」、程硯秋的《鎖麟囊》中的「春秋亭外風雨暴……」、馬連良的《空城計》中的「我本是臥龍崗散淡的人……」），西皮、二黃，教什麼學什麼，幾年下來也算是大有長進，可以開口清唱了。

一九六三年上了北大，記得我剛剛入學不久，第一個新年的時候，我們年級到中文系所在的二院去給老師們拜年，帶了幾個小節目作為禮物，其中有我的「京劇清唱」，唱的什麼已經記不得了，只記得唱完之後有熱烈的掌聲，而且一位先生被推出來，和我又對唱了一段《打漁殺家》，那位先生的蕭恩、我唱蕭桂英，事後我才知道那位先生是吳小如。

我加入了北大學生社團的京劇隊，在學校的新年晚會上，我和一個西語系、一個歷史系的男同學在辦公樓表演清唱《二進宮》，我的李豔妃，「你道他無有篡位的心腸，封鎖昭陽為的是哪樁？」一句唱下來之後，臺下掌聲的熱烈曾經嚇了我一跳——雖然我知道「你道他」三個字後面的拖腔很長、裝飾音設計華美，而且音調很高，從來都是「要好」的地方，可是我還是沒有想到在北大我會得到這樣的熱烈的掌聲。

後來文化大革命之中，就改唱李鐵梅了，中文系先生中的京劇行家金申熊（金開誠）先生、胡雙寶先生都說我唱得不錯、挺有味兒。忘記了是在一個什麼場合，我和金先生、裘錫圭先生一起表演過《沙家浜》的三人對唱，金先生的胡傳魁，裘先生的刁德一，我的阿慶嫂。

一九六八年畢業之後，我被分配到新疆，在前往烏魯木齊的火車上，列車員組織了「列車毛澤東思想宣傳隊」，帶著我們到各個車廂去表演清唱《紅燈記》。在新疆奇臺解放軍農場的「毛澤東思想宣傳隊」裏，在連隊、到農村、到吉木薩爾縣城，表演清唱《杜鵑山》、《海港》、《龍江頌》……那時候我也是二十三四五歲，正在青春年華。

就業之後的忙忙碌碌幾乎讓我把這點帶著家族遺傳性質的「業餘愛好」忘記了……

可是，想不到這被埋藏的灰燼到了花甲前後卻又被重新點燃，它不僅和我的職業合而為一，而且，讓我的興趣和熱情也得到了發揮，於是就有了我的學術專著《晚清戲曲的變革》，也有了現在的這一本《程長庚・譚鑫培・梅蘭芳——清代至民初京師戲曲的輝煌》，這兩本書都曾經讓我在寫作的過程中自始至終都保持著熱情和興趣。

在這本書完成之後，我應該感謝兩個人，一位是人民文學出版社古編室的周絢隆，一位是北京大學出版社的張雅秋，因為這本書最初來自於周絢隆的創意，結果是張雅秋的責編。

周絢隆曾經是我的同事，因為他在文學所做過博士後；曾經是我的責編，他在我的《晚清戲曲的變革》這本書的成書和再版的過程中，傾注了大量的勞動。後來，他約我把《晚清戲曲的變革》做一個普及本，我想，再做一個普及本，和學術本配成一對也不錯。

寫著寫著，我就越來越感謝周絢隆的這個創意了。因為當初有很多原因讓《晚清戲曲的變革》匆匆結尾，一些在我的內心已經考慮得接近成熟的想法卻被捨去，實際上就留下了不小的缺憾，而這個普及本有足夠的空間，讓我能夠有機會把學術本難以割捨的部分抒寫成文，這倒是始料不及的。所以，這個普及本實際上只有很小的一部分脫胎於學術本，而大部分是重新搭架另起爐灶的，應該說它是學術本的繼續和延長。

這本書是敘述體，不出註，篇幅也不大，可是因為我不會寫科普書，所以蒐集材料、辯證查書、從不敢肆意揮灑以一當十的本性一仍其舊。洪子誠笑我：一個本來可以輕輕鬆鬆娓娓道來的普及本，結果還是把自己弄得暈頭轉向筋疲力盡——人的天性真是很難改的。

從二〇〇六年春到去年的七月，一年半的寫作接近煞尾，我的眼睛開始不斷地出現新問題：晶狀體混濁、玻璃體混濁、初期白內障……看書、看電腦、看天空，眼前都會飛蚊飛霧鬧得心煩意亂，停下手裏所有的活計開始看眼科、吃藥、點藥、吃偏方……半年下來都不見有什麼好的意思出現，真是讓殘酷的西醫說中了：吃藥、點藥都是死馬當活馬醫罷了！

為了能夠請北大出版社的張雅秋幫助我完成零零碎碎的結尾事端，也為了能夠快一點出版，這本書最後挪到了北大出版社出版。

今年年初完稿以後交給了張雅秋，統一體例和標點、劃一數字和用法、訂正文字的訛誤和設計封面……她都做得盡心盡力。如果這本書還算是差強人意的話，應該感謝他們二位的智慧和辛勞。

二〇〇八年十月二十八日於藍旗營

從《程長庚‧譚鑫培‧梅蘭芳——清代至民初京師戲曲的輝煌》到這本《從程長庚到梅蘭芳——晚近京師戲曲的輝煌》，內容上經過一些調整和刪改，感謝臺灣中國文化大學的宋如珊教授願意幫助我把這本書介紹給臺灣的讀者。也感謝責編奕文為這本書付出的勞動。

么書儀　二〇一二年七月二十八日於藍旗營

參考書目

清・李斗，《揚州畫舫錄》，揚州：江蘇廣陵古籍刻印社，一九八四年
清・昭槤，《嘯亭雜錄》，北京：中華書局，一九九七年
清・黃文暘，《曲海目》（見《揚州畫舫錄》）
清・鄂爾泰等修，《八旗通志》
清・鄂爾泰、張廷玉，《國朝宮史》，北京：北京古籍出版社，二〇〇一年
清・楊靜亭，《都門紀略》（光緒六年重鐫）
清・楊掌生，《京塵雜錄》，揚州：江蘇廣陵古籍刻印社，一九八四年
清・趙翼，《簷曝雜記》，北京：中華書局，一九九七年
清・蔣廷錫等修，《大清一統志》乾隆九年武英殿刊本
清・鐵橋山人等撰，周育德校刊，《消寒新詠》，北京：中國戲曲藝術中心，一九八六年
晚清・沈蓉圃繪圖，《同光十三絕》
趙爾巽主編，《清史稿》，北京：中華書局，一九九一年
國家圖書館善本組製作，《清升平署戲曲檔案清冊》
《清實錄》，北京：中華書局，一九八六年

丁汝芹，《清代內廷演戲史話》，北京：紫禁城出版社，一九九九年
丁秉鐩，《菊壇舊聞錄》，北京：中國戲劇出版社，一九九五年
王芷章，《清升平署志略》，上海：上海商務印書館，民國二十六年
王芷章，《清代伶官傳》，北平：中華印書局，民國二十五年
王慧，《梅蘭芳畫傳》，北京：作家出版社，二〇〇四年
包天笑，《釧影樓回憶錄》正續編，香港：香港大華出版社，一九七三年
朱家溍，《故宮退食錄》，北京：北京出版社，一九九九年
杜廣沛收藏，《舊京老戲單》，人民美術印刷廠，二〇〇四年
周志輔，《枕流答問》，香港嘉華印刷公司，一九五五年
周志輔，《近百年的京劇》，香港印刷，一九六二年
周明泰，《幾禮居隨筆》，中華書局香港印刷廠，一九五一年
周明泰，《〈都門紀略〉中之戲曲史料》，上海光明印刷局，民國二十一年
周明泰，《道咸以來梨園繫年小錄》，北平商務印書館等處代售，民國二十一年
周明泰，《清升平署存檔事例漫抄》，北平商務印書館等處代售，民國二十二年
周明泰，《楊小樓評傳》，北京：北京燕山出版社，一九九二年
周華斌，《京都古戲樓》，北京：海洋出版社，一九九三年
周劍雲編輯，《菊部叢刊》，上海交通圖書館，民國七年
吳小如，《吳小如戲曲文錄》，北京：北京大學出版社，一九九五年
吳同賓編，《京劇知識手冊》，天津：天津教育出版社，二〇〇一年

金耀章主編，《中國京劇史圖鑒》，河北教育出版社，一九九四年
信修明，《老太監的回憶》，北京：燕山出版社，一九九二年
唐德剛，《晚清七十年》，湖南：嶽麓書社，一九九九年
唐伯弢，《富連成三十年史》，北平：京城印書局，民國二十二年
唐魯孫，《故園情》，臺北：時報文化出版事業有限公司，民國七十三年
唐魯孫，《老鄉親》，臺北，大地出版社，一九九八年
唐魯孫，《大雜燴》，臺北，大地出版社，一九九八年
唐魯孫，《南北看》，臺北，大地出版社，一九八九年
唐魯孫，《老古董》，廣西師大出版社，二〇〇四年
唐魯孫，《說東道西》，臺北：大地出版社，二〇〇〇年
徐慕雲，《梨園影事》，上海：華東印刷公司，一九三三年
徐慕雲，《梨園外紀》，三聯書店，二〇〇六年
徐蘭沅，《徐蘭沅操琴生活》，中國戲劇出版社，一九九八年
徐淩霄，《古城返照記》，北京：同心出版社，二〇〇二年
孫養農，《談余叔岩》，香港：香港中國印刷廠，民國四十二年
陳志明，《陳德霖評傳》，文津出版社，一九九八年
許姬傳，《許姬傳藝壇漫錄》，北京，中華書局，一九〇七年
許錦文，《梨園冬皇•孟小冬傳》，上海：上海人民出版社，二〇〇三年
張次溪編纂，《清代燕都梨園史料》正續編，北京：中國戲劇出版社，一九八八年

張伯駒，《春遊紀夢》，遼寧教育出版社，一九九八年
張肖傖編輯，《菊部叢譚》，上海大東書局印刷所，民國十八年
淩善清、許志豪編《戲劇彙考》，上海：大東書局印刷發行，民國二十三年
梅蘭芳，《舞臺生活四十年》上下冊，北京：團結出版社，二〇〇六年
梅紹武，《一代宗師梅蘭芳》，北京：北京出版社，一九九七年
馮叔鸞，《嘯虹軒劇談》，上海：中華圖書館，民國三年
黃裳，《舊戲新談》，上海：開明書店，民國三十七年
路工編選，《清代北京竹枝詞》，北京：北京出版社，一九六二年
楊塵因，《春雨梨花館叢刊》，上海，中國圖書公司，民國六年
齊如山，《國劇畫報》，北京：國劇學會，民國二十一年
齊如山，《齊如山回憶錄》，北京：中國戲劇出版社，一九九八年
劉菊禪，《譚鑫培全集》，上海：上海百宋印刷局，民國二十九年
劉蟄叟，《論老譚獨到之處》（見《戲劇月刊》第七期）
魯青主編，《京劇史照》，北京：燕山出版社，一九九〇年
潘之恒，《潘之恒曲話》，北京：中國戲劇出版社，一九八八年
鄭逸梅，《藝林散葉續編》，北京：中華書局，一九八七年
穆辰公，《伶史》，北京宣元閣印刷，民國六年
穆辰公，《梅蘭芳》，盛京時報社，民國九年
檻外人，（吳性栽）《京劇見聞錄》，北京寶文堂書店，一九八七年

蘇移，《京劇二百年概觀》，北京：北京燕山出版社，一九八九年
《中國大百科全書·戲曲曲藝》，北京：大百科全書出版社，一九八三年
《中國大百科全書·中國文學》，北京：大百科全書出版社，一九八六年
《中國京劇史》，北京：中國戲劇出版社，一九九〇年
《中國戲曲志·北京卷》，北京：中國ISBN出版中心，一九九九年
《升平署月令承應戲》，北平：國立北平故宮博物院印行，民國二十五年
北京大學歷史系《北京史》編寫組編，《北京史》增訂版，北京：北京出版社，一九九九年
《北京街道胡同地圖集》，中國地圖出版社，一九九九年
《北洋畫報》，天津：光華美術印刷公司
《汪笑儂戲曲集》，北京：中國戲劇出版社，一九五七年
《京劇談往錄》、續編、三編、四編，北京：北京出版社，一九九六、一九九八
《翁同和日記》，新華出版社，二〇〇六年
《順天時報》一九二七年六月二十日、七月二十三日
《戲劇叢刊》，天津市古籍書店影印，一九九三年
《劇學月刊》，北平：南京戲曲音樂院北平分院研究所，民國二十一年
（日）波多野乾一，《京劇二百年史》，上海：上海啟智印務公司，民國十五年
（匈）阿諾德·豪澤爾，《藝術社會學》，上海：學林出版社，一九八七年

（英）馬戛爾尼，《乾隆英使觀見記》，上海：中華書局，民國五年
（韓）朴趾源，《熱河日記》，上海：上海書店出版社，一九九七年
王芷章，《清朝管理戲曲的衙門和梨園公會、戲班、戲園的關係》（見《京劇談往錄》）
王瑤卿，《我的中年時代》（見《劇學月刊》一九三三年二卷四期）
朱希祖，《整理升平署檔案記》（見《燕京學報》第十期）
袁行雲，《清乾隆間揚州官修戲曲考》，北京：文化藝術出版社（見《戲曲研究》，一九八八年第二十八輯）
翁偶紅，《記憶所及的幾場義務戲》（見《京劇談往錄續編》）
陳紀瀅，《中國戲劇的發展與未來》（見《章遏雲自傳》，中國戲劇出版社，一九九一年）
陳墨香，《觀劇生活素描第二部》（見《劇學月刊》一九三三年二卷四期）
曹心泉口述，邵茗生筆記，《前清內廷演戲回憶錄》（見《劇學月刊》創刊號）
景孤血，《精忠廟瑣談》（見《京劇談往錄》）
齊如山，《戲界小掌故》（見《京劇談往錄三編》，北京出版社，一九九〇年）
齊如山，《談四角》（見《京劇談往錄三編》）
齊如山，《清代皮黃名角簡述》（見《齊如山全集》

現當代華文文學研究叢書02　AG0141

從程長庚到梅蘭芳
——晚近京師戲曲的輝煌

作　　者 / 么書儀
主　　編 / 宋如珊
責任編輯 / 王奕文
圖文排版 / 楊家齊
封面設計 / 陳佩蓉

發 行 人 / 宋政坤
法律顧問 / 毛國樑　律師
印製出版 / 秀威資訊科技股份有限公司
114台北市內湖區瑞光路76巷65號1樓
電話：+886-2-2796-3638　傳真：+886-2-2796-1377
http://www.showwe.com.tw
劃撥帳號 / 19563868　戶名：秀威資訊科技股份有限公司
讀者服務信箱：service@showwe.com.tw
展售門市 / 國家書店（松江門市）
104台北市中山區松江路209號1樓
電話：+886-2-2518-0207　傳真：+886-2-2518-0778
網路訂購 / 秀威網路書店：http://www.bodbooks.com.tw
國家網路書店：http://www.govbooks.com.tw
圖書經銷 / 紅螞蟻圖書有限公司
114台北市內湖區舊宗路二段121巷28、32號4樓
電話：+886-2-2795-3656　傳真：+886-2-2795-4100

2012年10月BOD一版
定價：350元

國家圖書館出版品預行編目

從程長庚到梅蘭芳:晚近京師戲曲的輝煌 / 么書儀著 . --
初版. -- 臺北市 : 秀威資訊科技, 2012. 10
面； 公分.
ISBN 978-986-221-988-1(平裝)

1. 清代戲曲 2. 京劇 3. 戲曲評論

834.7　　101015876

讀者回函卡

感謝您購買本書，為提升服務品質，請填妥以下資料，將讀者回函卡直接寄回或傳真本公司，收到您的寶貴意見後，我們會收藏記錄及檢討，謝謝！如您需要了解本公司最新出版書目、購書優惠或企劃活動，歡迎您上網查詢或下載相關資料：http:// www.showwe.com.tw

您購買的書名：________________________________

出生日期：________年________月________日

學歷：□高中（含）以下　□大專　□研究所（含）以上

職業：□製造業　□金融業　□資訊業　□軍警　□傳播業　□自由業

□服務業　□公務員　□教職　□學生　□家管　□其它_____

購書地點：□網路書店　□實體書店　□書展　□郵購　□贈閱　□其他

您從何得知本書的消息？

□網路書店　□實體書店　□網路搜尋　□電子報　□書訊　□雜誌

□傳播媒體　□親友推薦　□網站推薦　□部落格　□其他__________

您對本書的評價：（請填代號　1.非常滿意　2.滿意　3.尚可　4.再改進）

封面設計____　版面編排____　內容____　文／譯筆____　價格____

讀完書後您覺得：

□很有收穫　□有收穫　□收穫不多　□沒收穫

對我們的建議：________________________________

____

____

____

請貼
郵票

11466
台北市內湖區瑞光路 76 巷 65 號 1 樓
秀威資訊科技股份有限公司 收
BOD 數位出版事業部

（請沿線對折寄回，謝謝！）

姓　名：＿＿＿＿＿＿＿＿ 年齡：＿＿＿＿ 性別：□女　□男

郵遞區號：□□□□□

地　址：＿＿＿＿＿＿＿＿＿＿＿＿＿＿＿＿

聯絡電話：(日)＿＿＿＿＿＿＿＿ (夜)＿＿＿＿＿＿＿＿

E-mail：＿＿＿＿＿＿＿＿＿＿＿＿＿＿＿＿